U0570287

國家清史編纂委員會·文獻叢刊

# 呂留良全集

俞國林 編

中華書局

康熙丙申秋仲新鐫

楚邵車雙亭編次

# 晚邨呂子評語正編

晚聞軒藏版

金陵顧鏻祉辛

# 呂子評語正編略例

朱子而後學朱子之學。心朱子之心。而氣魄力量又實足以發揮朱子傳註遺書之藴者晚村呂先生一人而已。今特尊之曰呂子。尊呂所以尊朱也。

宋末元明以來。儒者守朱子家法。闢邪崇正。代不乏人。大槩見粗力小。不足與斯道之傳。故亦無以撲異端之燄。杯水車薪。滅乃益熾。一經呂子辭闢。便如日月之出。爝火不復有其光。山陬海澨。聞呂子之説者。莫不感發興起。宇内得再覩一番經正。此是何等力量。

呂子之説。大約散見於時文評語。評文寔皆所以明道。則集呂子之説者。卽謂之評語可。舊本以語録講義爲名。不知語録乃門弟子記録其師之詞。講義當自成一書。或自成一首。呂子自云生平未嘗開堂說法。則知本無講義流傳。而評語出呂子手筆。初非門弟子記錄語也。此等名目。固已不得其寔。甚至有無限要義。拘於語錄講義之名。槩從節去。學者不能無憾。故不得不另爲編集。

是非二字。不知世間必欲含糊過去。是何肺腸。是非不明於人心。此邪說之所以橫流。江河之所以不返也。呂子之說。只不肎含糊是非。不肎含糊是非。只爲要正人心。人心正則邪說者不得作。故嘗論評語之功在人心。直與孟子好辨等。不是尋常事業。附錄明云先生非選家也。偶評非時書也。先生之言間托於是爾。今必曰選家。且妄推曰選家高手。呂子所以屢歎不幸其形迹似之也。

呂子評刻時文。不過借爲致其說於天下之具耳。認煞便不是。

究竟道理逼塞逼滿無往不是時文亦即其發見之一端批摘點勘只是此理言借尚看成兩橛也

呂子評文正呂子知言處我輩閲呂子所評之文即我輩窮理處胸中眼中總可不存時文見識也知此意者可與讀呂子評語並可與讀呂子所評之時文

呂子是以評文發揮道理其就題論題就文論文針鋒各有對處如題係一節兩節一句半句上下截斷牽搭移步換形其文各有結撰而評亦因之以立論更有因文感發推論時或不盡爲本文本旨所有然融而會之無不互相發明我輩讀書本只求此理之明時下講章越細密越支離儒先議論越開濶越通暢此意非俗學所知也

讀是編者須知每條前自有時文在而此爲評語其議論推廓

處本不得槩以字箋句釋之義例求之要使呂子就書作傳註又另有說然道理總無二也

此編自成呂子明道救時之書與從來講章本頭絲毫不相比附時下動將呂子之說夾和蒙存等說數一例編纂混看此種冤苦直是無處申訴

時講惑亂益深俗學蔽錮益甚凡一切拘文牽義破碎支離之解從前無不誤中蠱毒直當徹底吐瀉一空方可與領是編之奧否則胸腹有宿痞喉間早已壅滯雖排列珍異强之使食豈能適口下咽乎

孟子謂仁人心也說得是程朱謂人之心未便是仁心之德方是仁呂子謂單說心即本心之學非聖學也又說得是告子謂生之謂性說得不是明道亦謂生之謂性却說得是荀卿

謂性惡說得不是明道謂惡亦不可不謂之性却又說得是異者不異同者不同此間總須解人强聒不得

程朱直接孔孟呂子而外敢道無人眞信得及無論假竊孔孟非毀程朱者直是異教兒孫吾道蟊賊即自負爲尊信程朱者亦僅以爲程朱者孔孟之功臣由程朱可漸至孔孟論未嘗不當理而語實出於隨聲微窺其胸中便有老大信不及畢竟勉强帶三分周旋世情在展轉遷流終歸異學俗學皆此一點勉强周旋處爲之伏根試看呂子評語中孔孟程朱連稱並舉夾縫不必更著一字總由其本領印合洞然無疑寔見得前聖後聖道脉心原揆同致一其間縱不無些子層級總非境地隔絕遼遠者所得妄加擬議評騭也時下貴遠賤近輕置低昂都是無知耳食人門外猜疑影響夢話名爲

尊信其實去背畔者無幾。凡此等只在見地上爭高下。所見不真。不但不能尊信程朱。即孔孟亦何嘗受汝曹尊信來。

竊嘗謂四書之後。當續以小學近思錄。更集朱子語爲一書。與四書而七。使萬世學者首先誦習。痛下工夫。打定盤針。而後徐及諸經史。庶不至蹉却路頭。閱向來編朱子語者。如蔡覺軒續近思錄。葉雲叟語錄類要。丘瓊山學的。高景逸節要諸本。皆有未安。而呂子晚年欲成此書。未及而歿。徒爲千古恨事。今於呂子評語一編。亦願與當世學者重加商訂。一體先行誦習。否則盤針不定。雖窮經而博考註疏。讀史而橫生論斷。到底都成錯鑄。求一言之幾於道而不可得也。

呂子趁快說去。亦間於章句集註小有出入。然枝葉之失。總無傷於其大本之同也。

程子曰學者全要識時不識時不足以言學呂子所下之藥多是薑桂大黃時症不同故也然每以此攖衆喙滋羣疑甚矣此事之難言

孔父談仁義期其萬一回聾者自不與豈能廢神雷東海老腐儒歌哭出蒿萊其樂有餘樂其哀有餘哀噫嘻呂子固不得已耳

朱子文集語類中有問目極長而答止一二語一二字者無不收錄祇欲由此得理之是非耳此編兼載時文及他評者即以時文他評當問目也

文仍其姓名評仍其字甫或即仍其書名總不欲掩是非之由以便查考

間有數條合爲一條者取其意義貫通彼此相足庶不失呂子

之意。非敢妄爲比附也。

首大學。次論孟。次中庸。此朱子讀法次第也。今遵之。

呂子評語。研窮精微。辨析同異。其於書義文法。皆歸斯理不易之極則。雖若條分縷析。其實同出一源。不可分而爲二者也。但編次雜和。不便觀覽。今以發明書義者編正。其論文則别爲餘編。一並付梓。庶學者得覩評語之全。

慗書三十首。以理則透宗。以文則絶項。正呂子所謂道所生之文也。今亦附載各章之末。若謂必守溪鶴灘而後爲經義正則。則余不敢知矣。

余之爲此編也。恐其評本久久磨滅。不得已而出此。固不能盡得呂子之意。且收拾雖云略備。而遺漏終復不免。呂子評本未至磨滅。正須尋求。此編不過爲窮鄉晩進無力全購者地非謂有此可廢評本。亦非導人以簡便也。

此編自壬辰迄乙未。繙閲反復。中間以事作輟。凡四年而成。胡君虹山。與余季弟須上。更互商訂。又幾一載。固已章分節次。黑白瞭然。若吕子生平評文公案。則卷首數篇。自道已盡。而此編之指要亦明。故不敢復以己意輕爲之序。懼褻也。

康熙丙申仲春晚聞軒主人車鼎豐謹識

# 呂子評語正編目錄

孟子告子下
卷之三十六
孟子盡心上
卷之三十七
孟子盡心下
卷之三十八
中庸第一章至第十一章
卷之三十九
中庸第十二章至第十六章
卷之四十
中庸第十七章至第二十章
卷之四十一

呂子評語正編目錄終

# 呂子評語正編卷首

程子曰。今之學有三。而異端不與焉。一訓詁。一文章。一儒者。余按今不特儒者絕於天下。即文章訓詁皆不可名學。獨存者異端耳。昔所謂文章。蘇王之類也。訓詁。則鄭孔之類也。今有其人乎。故曰不可名學也。而有自附於訓詁者。則講章是也。儒者正學。自朱子沒。勉齋漢卿僅足自守。不能發皇恢張。再傳盡失其旨。如何王金許之徒。皆潛畔師說。不止吳澄一人也。自是講章之派。日繁月盛。而儒者之學遂亡。惟異端與講章。觭互勝負而已。異端之徒。遂指講章爲程朱。而所爲儒者。亦自以爲吾儒之學。不過如此。語雖夸大。意實疑餒。故講章諸名宿。其晚年皆歸於禪學。然則講章者。實異端之涉廣。爲彼驅除難耳。故曰獨存異端也。永樂間纂修四書大全。一時學者。爲靖難殺戮殆盡。僅存胡廣楊榮等。苟且庸鄙之夫主其事。故所摭掇。多與傳註相繆戾。甚有非朱子語而誣入之者。蓋襲通義之誤。而莫知正也。自餘蒙引存疑淺説諸書。紛然雜出。拘牽附會。破碎支離。其得者無以逾乎訓詁之精。其失者。益以滋後世之惑。上無以承程朱之餘緒。下適足爲異端之所笑非。此余謂講章之説不息。孔孟之道不著也。腐爛陳陳。人心厭惡。良知家挾異端之術。窺羣情之所欲流。起而決其籬樊。聰明向上之士。喜其立論之高而自悔其舊説之陋。無不翕然歸之。隆萬以後。遂以背攻朱註爲事。而禍害有不忍言者。識者歸咎於禪學。而不知致禪學者之爲講章也。近來坊間盛行本子。淺陋更甚。又有增改各刻。愈出愈謬。然且家佔戸畀。取其簡便。穢惡既極。勢不得不變。變則必將復出於異端。此有心吾道者之所深憂而疾首也。朱子教人但涵泳白文。有未得而後看本註。看註未得而後看或問。今當依之爲法。以本註爲主。無論新舊講章。一切勿泥。卽大全中。亦但看程朱之言。其餘諸儒。合於註者取之。否則闕之。如此則進可以求儒者之學。退亦不失爲古之訓詁。或庶乎其可也。東皋續選附錄

此理之不明。又數百年矣。毒鼓妖幢。潛奪程朱之坐。以煽惑天下也又久矣。此又孟子以後。聖學未有之烈禍也。生心害事。至於此極。誰爲厲階。不知所居。此凡有血氣所當共任之責。況於中讀書識字。又頗知理義者耶。某竊不揣。謂救正之道。必從朱子。求朱子之學。必於近思錄始。又竊謂朱子於先儒所定聖人例內的是頭等聖人。不落第二等。又竊謂凡朱子之書。有大醇而無小疵。當篤信死守。而不可妄置疑鑿於其間。此數端者。自幼抱之。惟姊丈聲始頗奇其神合。故某喜從之論說。餘皆不之信

也。昔聲始謂目中於此事躬行寔得，只老兄一人。於時已知嚮往，旋以失脚俗塵，無逐請益。於今雖知覺未盡泯滅，而於小學入手工夫，未嘗從事，直無一言一動之是。此病不是小小。平生言距陽明，却正坐陽明之病，以是急欲求軒岐醫治耳。與張考夫

某南邨之鄙人也。至愚極陋，未嘗學問，幼讀朱子集註而篤信之，因朱子而知信周程，因程朱而知信孔孟，故與友人言，必舉朱子為斷。友人遂謬以為好理學者，其實未嘗有所聞也。足下書云篤於信孔孟，故深於疑程朱。某則不然，竊恐於孔孟未必篤信耳。果篤信孔孟，則未有更疑程朱者。若疑程朱之不合於孔孟，某將謂從孟子便應疑却孔門，但言仁，孟子則言仁義；孔子言性相近，孟子則言性善，可疑也。且不止此，將謂從孔子便應疑却孔門問仁，孔子答之，彼此異詞，無一言之同，又何從得所

謂一定之論。明聖賢之指趣。爲後學之宗依耶。如此則直合疑殺。東坡所云疑漢不曾有揚子雲也。足下書又云。宋賢之所謂理。卽老莊之所謂道。且未說程朱。卽老莊二公。亦未肎心服。在無怪乎觸處皆疑也。嘗聞之矣。言不難擇。而理未易明。必於古人之書。反復翫味。寬心游意。使其所說。如出於吾之所爲。無復纖芥之疑。而後發言立論。辨其可否。不則理有未明。於人之言有未能盡其意者。豈可遽絀古人。而直任胸臆之所裁乎。某之所聞於朱子者如此。若兩書中云云。某學識卑闇。實不能辨也。

答潘用微

道之不明也。幾五百年矣。正嘉以來。邪說橫流。生心害政。至於陸沉。此生民禍亂之原。非僅爭儒林之門戶也。手教謂陸派沸揚。朱學湮塞。從陸者易。從朱者難。足盡末流波蕩之失。某竊惟其故亦由從來尊信朱子者徒以其名而未得其眞而近世闡提陸說者其權詐又出金溪之上金溪之謬得朱子之辭闢是非已定特後人未之讀而思耳若姚江良知之言竊佛氏機鋒作用之緒餘乘吾道無人任其惑亂夷考其生平恣肆陰譎不可究詰比之子靜之八字著脚又不可同年而語矣姚江之罪烈於金溪而紫陽之學自吳許以下已失其傳不足爲法今日闢邪當先正姚江之非而欲正姚江之非當眞得紫陽之是論語富與貴章先儒謂必取舍明而後存養密今示學者似當從出處去就辭受交接處畫定界限札定脚跟而後講致知主敬工夫乃足破良知之黠術窮陸派之狐禪率臆妄議自知粗狂無當於理惟先生不棄其愚而教正之幸甚復高彙旃

王學之惑亂幾二百年其間大人先生亦頗知其謬然大約指摘

其弊病者輕。而許與其具體者重。甚則與朱子兩分其是非。知其於邪正之間。蓋猶有所未確矣。讀貴師質疑所論。剖决精詳。絶無包羅夾帶。自羅整菴陳清瀾徐養齋以來。未有如是之親切著明者。此誠斯道之幸。生民之幸。非小小文字之功也。顧弟更有所進者。近世王學惑亂。雖未能廓如。然猶多疑而辨之。至於陳獻章一宗。幻妄充塞。如謂意爲心所存。愼獨有獨體。一貫爲入門工夫而非究竟。其背畔程朱爲尤甚。然不幸其淵源誤出於前輩正人之口。遂足以鼓動流俗。不審張先生亦嘗聞其説而闢之乎。此宇宙生心害政之大患。有心者不可不力持而救正之也。（與吳容大）

聖道在兩間。雖千年無人任。異端所惑亂。而未嘗澌滅也。今日疑果澌滅矣。忽於澌滅中得先生之言。又有一某。千里不相約而合先生之言，此何由乎？卽所爲澌滅不得也。是以君子不必爲道憂，而亟爲自憂，憂之必辨之，辨之必極其至而後已，豈過求以爭勝，立異以爲高哉？不如是不能定是非之歸，而實得之於己耳。故得彼之所爲非，而益信此之是，一辨也；眞得此之所爲是，而後能盡彼之非，又一辨也。讀先生甲寅所示正王諸文，於彼說之非，旣洞抉無餘矣，某復何以進？無已，則商吾之是者可乎？夫所非爲王，則所是爲朱可知也。按朱子平生所嚴闢者三焉：一金溪，一永康，一眉州也。金溪之爲姚江，不必言；若永康之功利，眉州之權術，兼挾文章之奇，尤足以痼學士大夫之疾，故朱子闢之甚厲。果以朱子爲是乎，宜於此擇之精，語之詳矣。今讀後寄街南諸作，於義例似未嚴也，且議論往往出入永康、眉州間，毋亦朱子謂賢如吾伯恭，亦尚安於習熟，不甚以爲非者乎。倘於此有纖毫之疑。即於所是有未的。則所非雖甚辨。尚須勘驗也。自古有道所生之文。有因文見道之文。如退之、永叔因文見道者。先儒猶少之。以其有所明。亦有所蔽。不足定是非之歸也。故學者多患不能文。能文者又患不純乎道。又必有韓歐其人。生程朱之後。實得其道於己。一開斯域焉。度其文必韓歐有未之及者。而惜未之見也。先生幾之矣。可仍爲未見程朱之韓歐哉。狂迂之言。似無端而可怪。然譬之舶賈泛大海。遇颶濤羣以盤鍼致戒於舵師。非其使嫻於舵師也。衆賈之命存焉爾。某且托命於先生矣。故不揣固陋。以求正於左右。其或未然。藉以發鍼石之施。尤某之深幸也。答吳雨若。下同

前者正王之教。似以某有一知半見之仰同。足與共論者。今兹惠示旨迹。則又似憫其知見之陋。而欲以所得廣之者。天下芸芸。

幾人理會斯事。其高座說法者。勢又不可復受商量。如老兄之擔荷大業。而垂誨不倦。誠世俗之所稀。某何幸而得此於老兄也。然某之惷頑僻固。寔有所不可廣。亦不敢曲附爲同者。不敢不明告。而冀垂亮焉。某生平無他識。自初讀書。即篤信朱子之說。至於今。老而病。且將死矣。終不敢有毫髮之疑。眞所謂賓賓然守一先生之言者也。今教之曰。爲講義制舉文字。則當從朱。而辨理道之是非。闡千聖之絕學。則姑舍是。夫講章制藝。世間最腐爛不堪之具也。而謂朱子之道。僅足爲此。則亦可爲賤之至。惡之至矣。此某之所未敢安也。夫朱子章句集註。正所以辨理道是非。闡千聖絕學。原未嘗爲講章制藝而設。即定制經訓從朱子。亦謂其道不可易。學者當以是爲歸耳。豈徒欲其尊令甲取科第已耶。況某村野廢人。久無場屋之責。其有所評論。亦初非爲制舉文字當爾也。今指某尊朱以攻王。爲制舉家資則其不然又甚矣。果僅爲制舉家資云爾則王何必攻。王非令甲所禁也。且某尊朱固有之。攻王則未也。凡天下辨理道闡絶學。而有一不合於朱子者。則不惜辭而闢之耳。蓋不獨一王學也王其尤著者爾。昔者孔子之道雖大。然當戰國時楊墨老莊儀衍輩出。天下幾無孔子矣。寘寘然守一孔子之言者。孟子耳。今天下知尊孔子而不敢非。此非今天下之明。孟子之力也。然孟子之言歷千餘年猶少信之者。以宋司馬温公之賢猶疑且詆之。他可知矣。及南宋朱子出。寘寘然守一孟子之言然後孔子之道乃益著。今日老兄與某得以尊信孔子之道者。由孟子也而得尊信孟子以及孔子者。由朱子也。故某之尊信朱子也。又親於孔孟。今教之曰。奚爲寘寘然守一朱子之言。則孔孟先危矣。奚有於朱子。陽明不云乎。道天下之公道。學天下之公學。非朱子可得私。非孔子可得私也。求之於心而是也。雖言之出於庸人。不敢非也。而况出孔子乎。求之於心而非也。雖言出孔子。不敢以爲是也。而况未及孔子者乎。今尊書之旨。毋亦猶是。而且闢王學爲内簒。告子爲内畔。佛老爲外寇。不知所云云者。爲内簒與。内畔與。外寇與。吾恐老兄之於王學猶未盡其說。且有陰墮彼中而不自覺者矣。夫陳獻章王守仁。皆朱子之罪人。孔孟之賊也。今特宗獻章後人之旨。而讕斥守仁。是猶魏吳皆漢賊也。尊魏得漢統而獨斥吴。宜非吴人之所服矣。况又奉魏以攻後漢乎。集中如意爲心所存。大學從古本。格物格本末。皆陳湛後人之所已言。是老兄固未嘗不賓賓然守一先生之言也。但其爲一先生者不同耳。由朱子而程子。而孟子。而孔子。此一先生也。由尊刻所述而湛若水。而陳獻章。亦一先生也。則由陳獻章王守仁而陸九淵。而達磨。而告子。亦一先生也。凡此先生者宜何從。則千古必有能辨之者矣。蓋某之闢王說也。正以其叛朱子。而老兄之闢王也。不必不叛朱子。則某之闢王。固不可仰爲同。而某實實然守朱子之說。有一不合。即以爲叛道而不敢從。則尤非尊教之所欲廣矣。老兄高明迥出。不難駕越朱子而上。度必有同得者。與爲証合。最下亦須與朱子等者。而後能契服焉耳。某方俯伏朱子門廡之下。又安能知。而敢與辨所說之是非哉。所敬布左右者。第以明己意。不敢强爲附和而已。

先生膺斯世斯文之望。所居與遊。論文講義。流傳遠近。在陶鑄中者不爲少矣。某跧伏荒塍。日趨舁固。偶於時藝寄發狂言。如病者之呻吟。亦其痛癢中自出之聲。而賞音者以爲有當於歌謳顧先生亦有取焉。又自⿰亻雙然也。至謂痛抹陽明太過。爲矯枉救弊。此則非某所知。平生於此事不能含糊者。只有是非二字。陽明以洪水猛獸比朱子。而以孟子自居。孟子是。則楊墨非。此無可中立者也。若謂陽明此言。亦是矯枉救弊。則孟子云云。無非矯救。將楊墨告子。皆得並轡於聖賢之路矣。且所論者道。非論人也。論人則可節取恕收。在陽明不無足法之善。論道必須直窮到底。不容包羅和會。一著含糊。即是自見不的。無所用爭。亦無所用調停也。使陽明而是。則某爲邪說。固不得謂之太過。陽明而非。則某言猶有未盡者。而豈得謂之太過哉。從孔孟程朱。必以明辨是非爲學。即從陽明家言。渠亦直截痛快。直指朱子爲楊墨。未嘗少假含糊也。然則不極論是非之歸。而務以渾融存兩是。不特非孔孟程朱家法。即陽明而在。亦以爲失其接機

把柄矣。某所以寧犯不韙之名。而不敢以鶻突放過也。先生不鄙其愚。伏望更有以垂誨之。幸甚。與施愚山。下同

事理無大小。文字亦猶是也。有謂此與事理有別。與凡文字又有別。知其人於事理文字。都成斷港絶流。未有見處在。君平握粟尚可言忠孝。況本來此物此志乎。論文正當共明此義也。

某衰病日深。醫事久已謝絶。惟點勘文字。則猶不能廢。平生所知解惟有此事。即微聞程朱之墜緒。亦從此得之。故至今嗜好不衰。病中賴此摩挲。開卷有會。時一欣然。覺先聖賢一路。目前歷歷。而正嘉以後。諸公講學紛紜。病譫夢囈。皆因輕看經義。不曾用得工夫。未免胡亂蹉却路頭耳。若謂弟逐蝸蠅生計。弟雖不肖。不至汗下如此。尊教殷殷。愛我而賜之鞭策。敢不感激思奮。然於斯意尚多未達。又未免耿耿也。竊謂事理無大小。文義無

精粗。莫不有聖人之道焉。但能篤信深思。不失聖人本領。即擇之狂夫。察之邇言。皆能有得。如本領差却。則以曾子之慎獨。孟子之良知。未嘗不原本經傳。然適爲近世惑亂之鼓笛。路頭一蹉。雖日日靜坐。時時讀書。徒以佐其謬妄耳。病在小時上學。即爲村師所誤。授以鄙悖之講章。則以爲章句傳註之說。不過如此。導以猥陋之時文。則以爲發揮理解。與文字法度之妙。不過如此。凡所爲先儒之精義。與古人之實學。初未有知。亦未嘗下火煅水磨之功。即曰予既已知之矣。老死不悟所學之非。鼠入牛角。蠅投紙牕。其自視章句傳註文字之道。原無意味也。已而聞外間有所謂講學者。其說頗與向所聞者不類。大旨多追尋向上。直指本心。恍疑此爲聖學之眞傳。而向所聞者。果支離膠固而無用。則盡棄其學而學焉。一入其中。益厭薄章句傳註文字不足爲，而別求新得之解，不知正嘉以來，諸講學先生亦正爲村師之講章時文所誤，不屑更於章句傳註文字研窮辨析，乃揣摸一副謬妄淺陋之説，以爲得之，不覺其自墮於邪異耳。故從來俗學與異學，無不惡章句傳註文字者，而村師與講學先生，其不能精通經義，亦一也。蓋人聞邪異之解，則必於章句傳註眞有自信不及處，要知此自信不及者，乃吾心之粗，非古説之失也，亦村師講章時文之所蔽，非章句傳註之本然也。篤信深思，精其心以求之，則其理自出，輕信粗心，則必反疑古説，於是奮其私智，穿鑿破碎，思妄駕乎章句傳註之上，罪不勝贖矣。乃反謂經義必不可以講學，豈不悖哉。今日理學之惑亂，未有不由此者，而其原則從輕看經義不信章句傳註焉始，此某之所以皇皇汲汲，至死而不敢舍置也。答葉靜遠近世學者。患在直求上達。此總是好名務外。徒資口耳。於身心寔無所得。至目前紛紛。則又以之欺世盜名。取貨賄。營進取。更不足論也。要之眞欲爲此學。須是立志得定。下手便做。不但求辦說之長。始得。從上聖賢道理。已說得詳盡。又得程朱發揮辨決。已明白無疑。今人只是不肎依他做。故又別出新奇翻案耳。所謂至簡至當。豈有外於四書五經者。只是做時文人看去。只作時文用。爲詩古文者看去。只作詩古文用。若學道人看去。便句句是精微正當道理。更何經書之有哉。第程朱之要。必以小學近思錄二書爲本。從此入手。以求四書五經之指歸。於聖賢路脉。必無差處。若欲別求高妙之說。則非吾之所知矣。與柯寓匏

或問於吳子自牧曰。吾聞晚邨之爲人也。倀倀凉凉。多否少唯。遇車蓋則疾走。聞異音則掩耳而逃。與人言至科舉種子。未嘗不

痛疾而雪涕也。顧沾沾焉取時文批點之，而吾子又爲之流布於天下。吾甚惑焉。吳子曰：予壹不知夫是書之過至於斯也。雖然，嘗聞之晚邨矣。讀書未必能窮理，然而望窮理必於讀書也；秀才未必能讀書，然而望讀書必於秀才也；識字未必能秀才，然而望秀才必於識字也。是則方其指偏旁，描硃墨，便當以此事相責，又何間乎時文？而或曰：不然。逢年者以山林爲桎梏，避世者以軒冕爲塗炭，趨軌既岐，器業斯別。晚邨獨不聞乎？吳子曰：是未知時文，又烏乎知晚邨？昔者程子遇碑於途，有禪子同過焉。讀之，曰：公看皆字也，某看皆理也。又語學者曰：某何嘗不教人習舉業，但於上面求必得之道，是惑也。今晚村所見爲論語、大學、中庸、孟子之理，而公且以爲文字，即晚村所見爲文字者，而公又且以爲必得之道，其滋惑也，不亦宜乎？如凡爲隱居必當仇時文也。將世舉孝弟力田。則去父兄廬墓。舉博學宏詞。則焚經史典籍。舉高蹈丘園不求聞達。則蒼皇反復爲馬首之巢由而可哉。晚村則以爲文字之壞生於人心。而文字之善。又足以正人心隱微深錮之疾。其將廻魯陽之斜曛。障支祁之潰浪。經天行地。一反其常。固非一手一足之烈。吾非斯人之徒與而誰與。而且擘拳撐脚。獨往獨來。行路之人。挨肩疊足而不顧。咄嗟晚村。其舍此識字秀才讀書者而安望耶。東萊有云。假試課以爲媒。借逢掖以爲郵。偏致於諸公長者之側。其有豐穫焉。或者不失晚村意乎。猶以爲房書也。選政也。是蕭公之崇佛達磨以爲毫無功德者也。大題代序

先生非選家也。偶評非時書也。先生之言。間托於是爾。先生之言也葢詳。天下有志之士。由其言而得其所不言。則是書爲已多。

屢讀偶評而不入，視不過時文而已，則其於先生之言，固終無得矣。雖瀆告奚爲乎。故偶評止於此。補癸丑大題附錄

右纂錄文集十三條

吕子評語正編卷首終

# 呂子評語正編卷一

楚邵後學車鼎豐雙亭氏編次

## 大學

大學自程子更定，復得朱子章句，即使原本未必盡合，正以精益精，聖人復起，不可易已。後之學者未有能篤信而力行之，故其效罕睹，何嘗有從其說而得過者乎。乃陽儒陰釋之徒，惡格物之說害己，彎弓反射，輒以古文石經爲辭，然理卒不可毀也。其後索性敢道大學非聖人書，嗚呼，悖叛至此，大亂之道也。

大學經程朱考定，如地平天成，即與鴻荒時境界有不盡合，分外分明停當，萬世永賴。後來紛紛動援古本石經，筱焉愚逞，都是無知妄作耳。如知本知先後之知，與知止致知知字不同；物有本末之物，與格物物字不同。而正嘉間講師皆比而同之，至欲以物有本末節補格致工夫傳文。於字義且未通。遑論其學耶。故其人初以訓詁附程朱。而末年皆宗傳異端。蓋其所得乎程朱者原非也。然世儒方尊行其書。以爲說經之準繩。聖學安得不淆亂哉。

經一章

**黄淳耀文** 上古有治無亂。由其上下交修也。中古數百年而一治。由其綱維在上也。末世數千載而無一善治。由其教化不立。元元之民自爲賢不肖也。嗚呼。存則人亡則書。聖經所爲作歟

**評** 教化不立。民自爲賢不肖。三代後大病在此。

首節

小學大學。有地有制。如朱子序中所云八歲入小學十五入大學者是也。朱子序大學二字名目緣起。故云爾。其實此大學字。却

指爲學之學。乃古昔教人之法之義。故註云大人之學。其非地制之大學可知。須知王制大學中未嘗有此書。曾子推論大人爲學當如是。亦未嘗爲學宮補典故也。時文每因序語將大學闌入地制立說。迂混不切。

知有朱子小學之教在。大學之道四字纔分明。不則爲國學太學碑記。失之矣。

**王庭文** 今日者異端紛起。各學其學。而非吾所謂學。將學有不明。末俗騖趨。各道其道。而非吾所謂道。將學之道有不正。急須標表其大云云。**評** 此與中庸首節同旨。

除卻俗學異學。即是大學之道。俗學者。今之講章時文也。異學者。今之陽儒陰釋以講學者是也。

**歸有光文** 自夫先王之教不明於天下。而學者失其守也。而不知人之立於天地之間。當求所以盡夫人之道。欲求所以盡夫人之道。當求所以盡大學之道。**評**讀大學者遍地皆是。有一箇半箇見此意否。

**章世純文**其所以稱大者何。以及民故大也。如封已自私焉。小矣。云云。**評**只這箇見識。便卑陋不可言。明明德止至善。皆爲民而設耶。如其文。三綱領次第。當云在新民在明明德在止於至善矣。秀才胸中只見得做官做皇帝。便是盡頭天大事。可笑也。

**陳子龍文**王化必本於内治。故人主不可以無學也云云。**評**人主以下奈何。聖經如許精義。一概抛置。只講皇帝家裏事。即皇帝家事中。亦只講妻妾子女事。豈復成大學制義耶。

不論甚道理事物工夫。總要粘煞在帝王身上。以此爲大。總要歸本到權變作用。以此爲高。不知此正見其寒乞相也。

秀才不明理見陰符素書便信是王佐秘略與村傖談天書寶劍相似眞可笑也

**黄淳耀文**聖經發爲己爲人之學**評**云成己成物則得爲人非聖學也兩樣夾雜不得

**歸有光文**聖經揭大人之學盡其心而已矣蓋明明德者存此心也新民者推此心也而止至善則又盡其心而無遺者也**評**大學無重心義以其本天也盡心只可當知至存心只可當正心不可以該明新也蓋心非即明德心所具者乃明德耳單說心即本心之學非聖學也

**又歸文**明德非吾心之體乎**評**明德兼身心性情合體用而言不止心體

**艾南英文**語道而不要其至則隨其境之所造而遂自以爲足**評**

古今學術之弊只此。

至善。謂明明德新民各有極至之則。止至善者。如學聖必孔子。而夷惠非所由。治法必唐虞三代。而五霸漢唐不足效之謂也。

**歸有光文** 止至善其成終之學乎。**評** 止至善兼始終。不專終也。

止至善之事。只附在明新兩綱領上。更無第三項用力處。故止至善只說知。不說行。非止至善無行。行卽在明新內也。

止至善一綱領專重知。故下文急接知止。

知止而后有定節

淩渝安講聖經至此。董采請曰。八條目中知行並列。此節單提重知一邊。其意如何。淩先生曰。聖人預知天下後世講心性之學者。必以學問思辨爲支離。遺外而求內。自立直截了當之法。懸空想像一種道理。若有所見。原非眞知。其心自以爲定靜。而愈見猖狂。故急於此單提知止爲入門下手之要。卽中庸告君誠身必先明善也。采舉似。先生曰。凌先生之言切矣。賢試道大學畢竟幾綱領。曰。章句以上三句爲三綱領。豈別有義乎。曰。吾正恐賢信不及有三綱領耳。以異端之旨言之。止有明明德一綱領耳。更無二事。安得有三。以俗學論之。己物對待。亦止兩綱領耳。何必有三。此兩家都信不及者也。不知後世學術之謬。正在此一綱領上差去。江西頓悟。是知有明明德而不知明明德之有至善也。永嘉事功。是知有新民而不知新民之有至善也。方知聖人於明新下急著此一綱領。吃緊爲人處。是聖學之定盤星。指南針。若少此一綱領。則上兩綱領都無根柢。然此一綱領至實。却至虛。最難見。故最難信。上兩綱領知行並重。此一綱領却單重在知。至善只是難知。知得自然行得。行處只在上兩綱領內不消更說如孟子集大成章聖是諸聖所同集大成却歸孔子者以其智更高耳故知止一節緊貼定第三句綱領說有此一節則此一綱領已了畢以下八條目只就上兩綱領中條析次第言之雖止至善卽在其中然却不是此一綱領註脚故知行並列也

此題文若不切實甚或混入邪說而不知者皆因知止二字看不分明離却至善而泛言止也上面平列三綱領然明新二件易見而至善極難說惟知之而後能得之故正說止至善接口卽下知止二字若云必知止至善自然定靜安慮而得止至善以一止字總括止於至善四字蓋急轉口省文也後來講學者先不通文理如李見羅知止說竟謂知止卽艮止之止無思無爲復其寂然不動之本體又謂知止卽知本一派胡說只要借幾

箇儒家言語字眼行其惑亂之術全不顧經傳文義如何故自隆萬以後作此題者無不墮入狂禪總只是離却至善二字此不特道理差直是文理不通耳

止字貼定至善至善貼定明新方是聖人之所謂止懸空說止未有不向和尚位下討活計矣

**艾千子** 止字深不得却亦淺不得 **評** 此便是混話依千子作一篇雖極細心也定是夢囈耳所謂止者即止於至善也離至善單講止字深不是淺不是不深不淺也不是

止字貼定至善說知字方不落空

異端講止字皆離却至善故錯入禪去然亦有不離至善講而愈錯者如李見羅謂知止非懸空知至善之所在而止之也似矣然他日對李慈則曰儒學與禪誠兩宗禪與儒者之心無二體

水非止何以能照鑑非空何以能明學可殊方而心之必歸于止而能慮者一也又涂邦直問近收拾一止覺有進處靜中一切皆如無有如此去得無墮空虛近於禪曰還應得事否曰應處亦不差曰不論差不差只一段清虛尚在否曰有時在有時不在曰如此何慮墮空虛近于禪觀此則不但其所謂止字懸空連至善先懸空其所以懸空者緣他所謂至善離却明新事理而言卽在應事上講亦只是要隨處尋求此一段清虛便以爲止便以爲至善耳只看他不論差不差五字其不識至善而的係狂禪供狀昭然矣聖經之所謂至善正在明新事理上求絲毫不差之極處耳故予謂此節止字必要靠實至善說至善必要靠實明新說方有著落

明新各有至善知得卽指止至善說明新知得卽止至善在其中

**歸有光文** 知者所以明心見道而達其機者也 **評** 見道上加明心下二云達機便墮異趣 **文** 大學之道固在於止至善以要天下之終尤必先於知止以開天下之始 **評** 知止至善則自始至終步步不同豈待終而見其止乎

**艾南英文** 知止而後有定此可以一蹴至者也由靜而安由安而慮而後得其所止此不可以一蹴至者也 **評** 倒了此節只完得止至善一句綱領止至善原只在明新二綱領上說如何又分出爲三緣此一綱領最重明新二綱領漸次工夫即止至善工夫如下八條目是也而止至善一綱領之要只在乎知一知即自然定靜安慮而得故朱子謂定靜安慮得五字是功效次第不是功夫節目非謂憑空了悟可得言其功夫即在八條目也物格知至則知所止矣意誠以下則皆得所止之序章句煞自

分明所謂到慮而得此處最難進亦就五字功效中說到此地位較難非將慮與知分兩節工夫也若論功夫則全是物格知至不可一蹴而至耳今文謂知止有定可一蹴而至已先失其理而謂定靜安慮不可一蹴而至必待漸足自得則是知止有定工夫輕而定靜安又分出三節工夫到慮又分出一節工夫反以爲重矣況其言知止有定可一蹴而至則所謂不可一蹴而至者將在靜字分別工夫起乎直謂之支離不懂經義可也

知止統貫五者五者各自相因慮字次第較重有字換能字煞有意在此節無工夫指定靜安慮言不是連知止都無工夫忽然摸著鼻子也知止前正有後文致知工夫在定主志向靜主心安主所處慮主事得字中包下文誠正修齊治平一一有寔義

格物致知是知止前工夫意誠至天下平是得止中次序不知來

源去路。縱說煞功效次第。究竟不解何以不是工夫節目。說知便似忽然大悟。說得便似大事了畢。名爲遵章句。寔不知章句爲何語也。

知止節註中。字字實落。非極精細人。不能依註體貼。蓋其中義理辨析甚賾。粗心人不肎講究。乃喜爲空玄儱侗之說。似乎高妙。若可解不可解。不必有研窮詳審之功。而坐踞顛頂。誰復反而爲其難者。此書理之終不可明。而文日趨於妄也。

五而后。有層次義。有不著層次義。纔知止。五者相因而見。知得相去不遠。此大層級也。五者逐段相因。此大層級中小層級也。定靜安相近。至慮而得處較難進。此小層級中重難層級也。

凡人有一知一見。自以爲是。亦自會定。然非知止至善之有定也。

知止是説曉得極頭處，不是識得箇路徑。

歸有光文念慮純一之後，澄然者自有以涵天下之寂而淵默之地，湛乎至虛至靈之體。評此妙明也，非静也。

黄淳耀文大抵一定而不能復動者，異學也，而其弊寔生於求動之過早。評異學無求動早之弊，到底動不得耳。文暫定而不能長静者，俗學也，而其弊又生於求静之過深。評俗學也不知静。文静不生於境而生於我，故境有寂感而御之者常一。評静不從知止之定講來，自然錯會。文劉安有言：恬則縱之，迫則用之，其縱之若委衣，其用之若發機，可謂幾於道矣。曰此老氏之道也，道其所道，非吾之道，此蜀山人董五經之類，終不爲程子所深取歟。評陶菴崇禪而輕道，不知禪却從道偷來。○静安分貼心身慮字界微有不同，皆章句的旨，當時以叛註爲高，必無肎

依此說者獨陶菴毅然据之可謂狂流一柱矣及其疏析理要則仍受彼中法乳故知貌爲傳註之無當於學也

**陳際泰文**云云**楊子常**而后能語氣一路追趕每句重言上一字不重下一字**評**重上一字言固也然須總根知止來安字必須貼所處上看今都空說向心去顧麟士謂似首楞嚴未說可知當時名士名爲追尊傳註其寔駁雜難與言正道也

定靜安慮得是知止後自然相因而見然五者之中慮字一節自別是臨事時研幾審處正是知止發用爲知得緊要關頭此上三事更重更難但慮之所以窮幽極微使事理盡處無不到則非安不能也

**黃淳耀文**以爲天下有制心之事是遺內以宗外而一物得以相困矣若此者皆不安使之耳**評**上項病却自不知止中來不關

不安事。不安只是處事不能精詳耳。文辨析之精。至於一無疑義而後得此安。則人之所爲臨事而究圖者。業已精治之於先事矣。評慮字直從知止貫來。事理大段已在知止中明白。到此又研幾審處耳。

每見旁觀籌畫甚能。而當局多謬迷舛錯者。只坐不安。非不能慮也。慮之義理已在知止中完徹。但臨事張皇。則思力憧擾。便不能精詳周匝。不是到此方去講究事物義理也。慮與知一原分界。須看得澄瑩。

能慮是臨事時見到慮處。比定靜安較重。

歸有光文定靜安慮。心學相因之妙。一至於此。評天也。性也。理也。道也。皆可以言學。心獨不可以言學。心者所以爲學之物。無以心爲學者。惟釋氏本心。以心爲盡頭。謂天性理道皆出其下。故曰心學。凡言心學者。皆釋氏之見也。況此三句兼身心事物在內。未嘗指心法而言。若謂身心事物皆心所爲。如此。則四書無一章不可說是心學。又不止此節三句矣。

自知止至慮。只就知邊說。自誠正至治平。都是得止。

定靜安慮得。只一知止便到。雖一知止便到。然知與得兩邊境界却別。

得是得至善。人多混說。

物有本末節

此節總爲上文示箇下手次第。以起下二節。看近道二字。正對學者而言。

羅萬藻文 道之不傳於天下。雖聖人不能傳也。故古人之所不得不詳者學耳。評 異端道有別傳。聖人之學即傳道。非道不能傳而傳學也但道與學字須分明耳。

**孔自淶文** 道之所在皆物也學之所在皆事也**評**道亦兼事物學亦兼事物不可分也但物就理之自然說事就人工當然說在二字中分貼亦自有理。

至善不可名物故但指明新而至善卽在本末中本亦有終始末亦有終始聖人細細區分正欲人會歸精一後來要直截反成鶻突虛謬耳。

聖學愈分則合處愈眞異端怕分則所合亦僞而無用。

聖賢論理必分晰精詳惟分得愈細則合處更眞實故曰惟精惟一異端最怕分別必擯掃一切而後見本體不知其所謂本體者妄也非眞也此是儒釋邪正分界處後來陽儒陰釋者又謂必先見本體而後勘驗求盡於細分其說似包羅可喜然先約

而後博先一而後精與從來聖賢教人之法悖叛更甚則又妄中之妄邪外之邪矣。

本末合來方成一物此中便有自然之序。

事非物外之事。

事物原不相離。

知先後知字與知止致知兩知字不同此處較輕如云曉得个先後次第則進爲有序而入道不遠耳所謂進爲者卽下八條目其中自有知行工夫格物致知知也誠意以往行也與此知字不相蒙講章以爲兼行說夢囈也亦惑於姚江知行合一之說故見知字便要兼行不通之論也。

此只說知得大段便有入門處。

知字在本節重全章不重本節重者結上起下意在先後然先後

工夫效驗之序。在下兩節。此只説知得先後便可近道。猶中庸知遠近云云可與入德同也。全章不重者。知止知至兩知字相應。經意所重。與此知字不混。講章每將三知聯串。此不識字人論點畫爲類。而不求意義者也。

近道二字。與章首相應。

古之欲明明德於天下者節

歸有先文儒者功用之全。以一世民物爲己任。而明明德於天下。固其責之不容以自諉者。評今人必以明明德於天下歸之帝王矣。此是何等見識。

修正誠致。各有工夫。各有功效。兩節就中分先後次第耳。工夫不無輕重。然無一可略。若但趕重下截。則節節推來只一格物可了矣。下節而后亦然。

人言誠正致等不宜重做，恐侵傳地。余不謂然。經有經義，傳有傳義，必無聖經先爲賢者留地步而不說明之理。況傳文有詳有略，有獨有聯，有盡有未盡，不當以曾子之言反礙孔子也。

身與心，較然有此二物。意即心之所發，知即心之所知，只在心中分別出來，爲用工節次耳，非又有二物與心並列而爲三也。

欲修其身者六句，予最憎作者每云：心生於身而反以役身，心授權於意而意反以害心，意能蒙知而知足糾意。就其說譬之，身乃家當頑物也，心則主人也，意乃賊也，知則邏者校尉也。欲使主人合邏尉擊賊，則得矣。試思一身之中，心意知三件終日互相搏擠，廝鬧相似，有此大學否。

**彭瓏**文嘗論爲善爲惡者身之才。**評**非才之罪也。**文**無善無惡者心之體。**評**只此句是異學源頭。**文**有善有惡者意之用，辨善辨惡者知之良。〔評〕用字亦不妥。〔文〕古大人端躬建極。其欲修非不亟。而無爲守正。早存於愼修思永之先。豈無見於形神相宰。而爲是主靜之切切乎。〔評〕周子主靜指理言。若白沙則直是禪耳。語一而意不同。〔文〕古大人洗心藏密。其欲正非不虔。而閑邪存誠。早嚴於思慮未起之先。豈無見於存省相資。而爲是居敬之皇皇乎。〔評〕思慮未起之先。無處用誠。居敬不是誠意事。〔文〕此大學漸臻之事也。〔評〕聖學徹上徹下。無頓漸。〔文〕若以頓詣者言。則身心意知。總一至善無惡之物而已矣。〔評〕此句改得較近。然亦如此說不得。故聖賢只曰性善。性以下便不如此說。○開講四語。本於傳習錄。其宗旨只是無善無惡心之體一句。其言曰。無善無惡心之體。有善有惡意之動。知善知惡是良知。爲善去惡是格物。他日其徒王汝止謂錢德洪曰。此恐未是究竟話頭。心體是無善無惡則意知物亦皆是無善無惡。二人請正於天泉橋陽明曰。我這裏接人原有此二種。利根之人一悟本體卽是功夫其次不免有習心在且教在意念上用功夫汝止之說是我接利根人的德洪之說是我爲其次立法的。由其言推之則所謂知善知惡爲善去惡亦只是接引中人入門方法猶未是最上乘若其正法眼藏。止有無善無惡四字而已。陽明又自言居龍塲。恍若有悟。證諸五經四子。無所不合獨於朱子之說有相牴牾。今試取其言考之五經四子。合乎不合乎。合其說者。五經四子之中。止一告子而已。堯曰危微精一。孔子曰繼善成性孟子曰性善與其言不合明矣牴牾豈獨朱子乎。然則其所謂證諸五經四子而無不合。乃其欺天罔人。以聾瞽後世之術耳。豈誠然乎。若以本體爲無善無惡。必將並去其善而後可以復本體也。則凡所謂擇善固執、樂善不倦者，不幾皆本體之障乎。此正聖學與異端分界之處。此處一差，以下都無是處，不可以不辨也。此文結處改云身心意知皆至善無惡之物，可謂知其說之非而救之，似矣。然有此理，無此事。自天命以後，道理本該如此，所謂有此理也。然堯舜相傳也，說个人心道心。人心曰危，道心曰微，可見心便說有善無惡不得，故雖聖人亦必戒慎恐懼，兢兢以精一允執爲主。聖學但分安勉，無頓漸。頓漸者，異端了悟之說，爲禪相律教之分，卽陽明利根習心之別。若聖學有頓漸，則堯舜必是頓詣矣，何復云人心道心乎。豈堯之接舜，反不如陽明之接利根乎。

心兼動靜言。

離意看，卽意看，而後正心之義乃圓。

羅萬藻文得道未易，得心固已難矣。評此是和尚話，即雪嶠謂了悟易得道難，正所謂支離耳。聖學得則俱得，何分難易。文正心已無事。評說不得無事。文意者所求乎心之物云云。評支離打成兩橛。心本無不正，緣意之不誠，習熟而本體亦有病，故正心傳謂有所忿懥恐懼好樂憂患則不得其正，心體上安有此四者之病，可知從意之習熟生來，故欲正先誠。心指渾全之體，意指其零星發動之端，猶中庸之未發已發而有中和之名，其實原非二物。今云意求心之物，不使心聽於意，將使意效於心，不使意自為意，而常令扶本物以同居，則截然兩物矣。

陳子龍文帝王之正大，不若匹夫之真篤。評帝王匹夫豈分誠否者，彼見漢唐以後帝王無非詐力者，遂以為必無誠理矣。文人主之道，權謀術數其借以求齊者，難盡廢也。評權謀術數豈可云道哉。只此陋見橫踞胸中。道理必不入矣。文制其心。意可不起。空其心。意無不善。此皆至精之道。而聖人不爲者。以有爲之業。皆發於其意耳。評告子達摩來矣。豈有道之至精而聖人不爲者。可見其以至精歸異端。而以世務權用之粗者歸聖道。得不謂之悖哉。文固知帝王之學。與山林寂寞者異矣。評聖學並不異。○其所見道之粗。則功利作用。其精者。則空寂不動。而精者又不可用入經世。以奉二氏而慕之。只得以粗者自居。而又粉飾以內外異用之術。蓋自白沙陽明以後之講學。未有不由此者也。以此而談儒者之經。何心何意。何正何誠。不若一棒一喝之爲直截了當耳。

歸有光文意也者。心之所發也。方其未發之時。所以爲善爲惡者。泯而未形。此固無所庸吾力。評自有正心工夫。即中庸之致中者在。文迨夫既發之後。因事而見。而所以爲善爲惡者。則形而既著。雖欲謹之而無及矣。評此亦誠意中事。非誠意後也。文惟夫事物方交之際。念慮初萌之時。評此却是獨之義。文於事則無形而於心則已發。斯謂之意。評此固是意。然只得意之初發時。乃所謂獨也。文於此而不知所以愼之。則天理之微。無以迎導其善機。人欲之危。無以抑遏其厲階。評只揭得愼獨意。不是誠意全義。意直到治平都是。且誠意是用力。不是導機。誠意中亦無遏抑義。只盡其惡惡之量耳。

陳際泰文心之不可恃者。謂其心之半者已得。心之全者又未必得也。合心與意而後全其所爲心。評講誠正先後大意不確。誤以心猶得半。合意乃全。不知心無全半。意亦無全半。意妄則心亦妄。意慊則心亦慊。無各半而互全之理。看正心傳有所忿懥

呂子評語卷一　大學

四者。可見心體上有病。皆由發用處做成。故欲正先誠。

又陳文 意之所起。知之所起也。意與知。異名而同所也。此臨時所發之知。傳意者也。意之所開。知之所開也。意與知。異名而異所也。此平日所濬之知。導意者也。評 究竟只此一知。時分先後耳。

文 物之應交與不應交。意能權之。而權者又未必是也。則所爲裁物之知。不可不預也。評 能權之便是知。致知亦不過能權之耳。文 孩笑之童。其忠烈之行。或乘乎意之所如。而自聖賢論之。仍然意之所如也。則學問之未深也。評 故良知但指其自然。固有不可以之爲學道究竟也。楊維斗 誠字中不可兼言善惡。只或有半善而非全善。或九分皆善而一分未盡善。亦是。皆要致知。致字極重。評 誠有半善非全善。九分善而一分未盡善。此亦是致知甲裏話。非誠字中話也。或曰十分九分之說本朱子。曰。

朱子是講自欺謂爲善之意有不足。非指意之善惡也。

誠必先致。只恐誠其所不當誠。而於當誠者。反不知用誠耳。非謂以知照意之誠不誠而把捉之也。

誠意先致知。不是要知覺察意也。平日講究得道理明白。則發念自然眞實。眞實來亦不錯。若發意時加省察。此又是愼獨。不是致知條下事。今人皆爲認差此義。故講愼獨又混入致知。只坐將致知工夫誤作發動時覺察觀耳。

誠意必先致知。非謂發念之時。要知去監制他。亦非謂初發之意必善。繼起之意必不善。而以初念爲知也。致知是平日間事。平日講究得義理善惡分明。到發念時自然當理。若不曾致知。則好所不當好。惡所不當惡。初念便不是。雖誠亦錯。故不可不先致也。若意之既發。其誠與不誠。又當於發動之幾。自加省察。勿使虛僞閒雜，乃所謂慎獨。獨卽意之實境，慎卽誠之緊嚴處，卽在誠意中說，不涉致知甲裏事。若混此處爲致知，則知之功反在意後，且須於致知誠意之間，增補慎獨爲一條目矣。

誠意先致知，不是要知來監察那意之善惡，只是日常間道理明白得盡，到發念時，自然該好者好，該惡者惡，發來不錯耳。人多誤解致知是發意時返照之用，於是將誠意傳中慎獨打混，以獨爲本體，有謂卽是致知者，有謂眞知卽誠意者，甚有謂意乃心之所存，卽是獨體者，其謬亂皆從此出。大凡妄生邪說，只是本文不曾明白耳。此亦誠意必先致知之一證也。

楊以任文 意之生也，雖小人不能無疑，決其所疑，而意中之小人絕矣。意之生也，雖君子不能遽信，明其所信，而意中之君子成矣。評 此又說在意後矣。凡人意之所發，必從熟處生，卽夢寐病狂醉亂時皆可驗。熟處乃其所明也。故欲誠意必先致知。謂平素於道理講究得明白。則意發必當乃可得而誠耳。若謂知能覺照意使不爲惡能辨决意之疑信。則知在意後用力矣。致知是意未發時工夫。到意發後。加審幾省察。乃誠意中之慎獨。非先致之知也。

**黄淳耀文**意動而不能自知。雖欲誠之。其道無由。**評**知不主意動時。**文**人惟一心。而意與知胥托焉。分者所以示此心從入之處合者所以求此心歸併之途。**評**八條目總是示從入處。未説歸併。**文**意之舍外宗内也久矣。蕩而不還。則以心之所無者爲意**評**先説壞意字。私欲不名意。**文**意之引外傷内也久矣。紛而善變。則意後更無一知以照之。**評**有慎獨工夫。但不是致知中事。**文**古人謂防意者必先於知。**評**只説誠。不説防。防字便錯。大有若說借物理以反求己知。卽成假合。卽是義外。要之本無二理。明彼卽曉此。更無內外精粗之別。知此則在字自然精寔。

**艾南英文**學者果有所得於本原之地。則雖賾博之事。可以遊行而無礙。**評**謬甚。如此則格物當爲八條目之末務。卽近來先一貫而後學識之胡說。**文**知之將借物以廣之。**評**說成兩開。何在之有。且如此則格物又在致知之末矣。

**黄淳耀文**人於萬物雖處一。**評**物猶事也。不單指人物之物。

**歸有光文**外緣無窮之象。而內識自然之心。良知自此以不蔽也**評**此知字與良知無涉。孟子良知良字。不過指不必學慮而自然可見。以明仁義爲人心之同。猶其言乍見孺子入井可以觀仁。非以乍見爲仁之至。以不慮爲知之極也。若知至之知。則知性知天而心無不盡之謂。與良知之義不同。良知正以不致見其良致知止以不恃其良爲致三字牽合不攏。牽合則其義各失。夫言豈一端。各有所當也。自陽明牽合此三字爲宗旨。彼自指其所爲知。既非曾子格致之知。亦并非孟子仁義之知。不過借儒家言語説法耳。豈可以此解曾孟之道哉。震川講格致處畢竟爲彼説所惑亂。故多不的切。如云外緣無窮之象內識自然之心。都似是而非。聖賢所謂格至只是事物之理。講求體會到貫通徹盡處。便是格至。不分內外。若謂緣解外物以求識內心。正是分內外。聖賢只要明理以行道耳。要識心則甚。識自然之心。尤屬邪異之旨。如此説。則外緣無窮之象一句。已早喫陽明痛棒了也。既見得萬象屬外。要內識自然之心。又要緣象以識。那得不喫他痛棒。

以致知爲下手。而復以良知爲本體。夾雜考亭與王伯安爲調和病害。【文】知則一焉而已。【評】知亦不一。知至乃一。【文】惟百千萬端之意。歸於一則誠。不歸於一則不誠。【評】誠字不是歸一。故朱子於臨卒三日前。改註中一於善三字。正恐後來誤認也。【文】以知觀意則甚順。以意觀知則甚逆。【評】多出觀字。弊病不小。此佛氏之覺照也。【文】雖不遷不貳之人。不無念起而後覺者。【評】須知有博約工夫在。【文】在大徹大悟之後。庸有息念而不生者。【評】禪學之知。正要絕去意字。此與聖學之知正相悖。所謂無生忍也。○誠意必先致知。卽中庸所謂不明乎善不誠乎身。明則誠矣。之意。蓋理明則發念皆正。而用力皆實。非謂賴知去覺察意之誠否也。若以覺察爲知。則知反在意後矣。覺察意是慎獨事。不是致知事。此界不明。粗則支離紛擾。精則打入禪門。總與聖經沒交涉。

知與意關是逐節推去其寔知是一大截實貫到底不單粘意也致知上無先字故此句急接不下欲字耳時文便要做出無欲字之義非也

**艾南英文** 誠意在致知矣乃致知則何在**評**可知在亦先也知與物致與格是拆不開事故不言先而言在看下節云物格而后知至則層次未嘗不明

**歸有光文** 人之知具於心而天下之理亦非有外焉者也外之物格而即內之知致矣**評**只舍外便蔽內不是兩事伯安不徹斯義主張陸學疑誤後生惜不讀此數言耳**文**事物之理合於吾心之理**評**說合即成兩件矣事物之理即吾心之理何須合也

或問程子觀物察已者豈因見物而反求諸已乎曰不必然也物我一理纔明彼即曉此此亦落或人見解

若說借物理以反求己知。卽成假合。卽是義外。要之本無二理。明彼卽曉此。更無內外精粗之別。知此則在字自然精寔。

【艾南英文】學者果有所得於本原之地。則雖賾博之事。可以遊行而無碍。【評】謬甚。如此則格物當爲八條目之末務。卽近來先一貫而後學識之胡說。【文】知之將借物以廣之。【評】說成兩開。何在之有。且如此則格物又在致知之末矣。

【黃淳耀文】人於萬物雖處一。【評】物猶事也。不單指人物之物。

【歸有光文】外緣無窮之象。而內識自然之心。良知自此以不蔽也【評】此知字與良知無涉。孟子良知良字。不過指不必學慮而自然可見。以明仁義爲人心之同。猶其言乍見孺子入井可以觀仁。非以乍見爲仁之至。以不慮爲知之極也。若知至之知。則知性知天而心無不盡之謂。與良知之義不同。良知正以不致見其良致知正以不恃其良爲致。三字牽合不攏。牽合則其義各失。夫言豈一端。各有所當也。自陽明牽合此三字爲宗旨。彼自指其所爲知。既非曾子格致之知。亦幷非孟子仁義之知。不過借儒家言語説法耳。豈可以此解曾孟之道哉。震川講格致處畢竟爲彼説所惑亂。故多不的切。如云外緣無窮之象內識自然之心。都似是而非。聖賢所謂格至。只是事物之理。講求體會到貫通徹盡處便是格至。不分內外。若謂緣解外物以求識內心。正是分內外。聖賢只要明理以行道耳。要識心則甚。識自然之心。尤屬邪異之旨。如此説則外緣無窮之象一句。已早喫陽明痛棒了也。既見得萬象屬外。要內識自然之心。又要緣象以識。那得不喫他痛棒。

以致知爲下手。而復以良知爲本體。夾雜考亭與王伯安爲調和之説此一種謬見極多不知格物者致之功知至乃復知之體孟子所謂盡心是也若良知不過指其自然發見如乍見孺子之仁之類耳以此驗固有之端則可不可即以此爲全體也如以此爲全體便離去理字無理則無用

異端之知所以與用處不合善知識老講師作爲定顛倒只是不循理反要去理障

**黄淳耀文**格物一言千古之聖學也司馬氏訓爲扞禦外物而象山宗之程子訓爲窮盡物理而朱子宗之此又朱陸異同之本也程朱吾不敢議已**評**道理是公物程朱果有可議何必不敢

**文**竊觀蒙之象詞曰蒙以養正聖功也此非大學之道歟**評**非也**文**上九之爻詞曰擊蒙利禦寇此非扞禦外物之謂歟**評**尤非也**文**使非扞禦外物清明其質則雖欲窮盡物理又安知其

不謬也。【評】誠意正心修身，皆所以捍禦外物也。正爲不曾窮理，則必有非所捍禦而捍禦者，如陸王之說以窮究事物義理爲務外而必欲去之是也；有所當捍禦而不捍禦，且以爲主者，如陸王之反以禪爲宗是也；有自以爲已捍禦而實非捍禦者，如陸王之自以爲立大體、致良知矣，而所爲所誨，皆猖狂傲悍，日騖於功利權詐是也。凡諸謬害，皆從不窮理而空致知來，故必先窮理，然後能清明其質，而捍禦不謬耳。若旣能捍禦外物而清明其質，則誠正之功已得矣，又何須再講致知乎？至蒙卦象辭主小學言，不足盡大學之道；上九爻辭原戒治蒙者但克治其外誘，不可攻伐太過，反爲之害耳，與格物致知意毫無交涉。如此說經，眞可謂之支離穿鑿矣。

物格而后知至節

第四節第五節。從第三節生出第五節是知所後則近道也。故首句與下六句分終始大次序。而終始中又有小次序。上四句與下三句分本末大次序。而本末中又有小次序。皆爲學者指陳大段使之知此近道。

作此節似上節之效驗者非也。先後總是工夫次第。有上一層。纔可做下一層。無下一層。亦不見上一層。要做下一層。正須有上一層。如此看來。節節自有本分。步步自有交關。註中旣字可得而字語脈朗然也。

此節而后字。與知止節而后之義不同。知止節。一知止便直貫到能得。此節而后。却逐層各有境界。遞下。人每混看與知止節一樣。便是一物格便了。七箇而后只作急口疊文。其爲謬不在文法而在義理矣。

而后不是大事了畢。

此是所後之序。而根原却從所先生來。

逐箇而后各有工夫。不是一知至便了。註中可得而三字。正而后眞精神也。

**錢世熹文**　物與知。無漸次而有漸次者也。無漸次。故考功可以不言先。無漸次而有漸次。故責效不可以不言后。**評**　第一箇而后。向來混過。此文疏解的當。與上在字互相發明。

物皆有至善。物格則知所止矣。知止於至善則知至矣。卽格爲至。此一箇而后。比下六箇而后較輕。

知至是一大節候。

**羅萬藻文**　知而不憑於物。雖知有所至。皆妄也。**評**　卽安得有至。知之未至。則不當好而好。不當惡而惡。其意不可得而誠也。此是

知意相關之故若眞誠飾誠乃是第六章傳意專釋誠意故云非知意相連處要指也因致知二傳此理少發明耳

此兩節先後言其次第如此其實工夫節節緊要無一了百了事也知至而意不誠則知爲虛知其至否亦難見意誠而心未正只得零星收拾東沒西出弊病百出亦不見誠之妙也心正而身未修則動容周旋中禮可知有多少病在其根心之妙亦未充也

明本而新末故齊治平三傳皆根修身說然修身止連家而不連國與天下又有道理齊家新之始治平新之極故治平二傳皆指家之感應說看平天下章上老老三句與民之父母節及孟獻子二節自見然齊家止連國而不連天下又有道理國與天下疆界有限而本末終始亦自分

七而后終始之義已明，不須更說，但七句挨次平列，本末之義未透，故下節提出修身爲本。

自天子以至於庶人節

上八條目明新並列，第六節特結出總要，謂明德爲新民之本。自天子以至於庶人，盡天下人類而言，看自以至於四字。天子庶人中間大有人在，不單講兩頭人也。壹是皆以修身爲本，謂各有分限責任，皆從身起化。正謂末異而本同耳。若謂庶人亦以天下爲已任，則同末非同本矣。修身各人當下之事，修身爲本，各人當下皆有已物感應，不待異日及天下而後見其本，亦非爲天下國家之故而後修身也。

天子之本，對天下言。庶人之本，對家言。

庶人齊家，亦是新民。

上兩節。止就大人身上一氣說。此節又推廣言之。謂不獨天子。卽至庶人亦有齊家之責。便分明新。分明新。卽有本末。故皆有修身之責。仍責重大人者失之。

陸文霦文身有貴賤之殊。而修無偏全之理。評括盡。文身非一人之身。本非一人之本也。評此是了義。無一人無此身。則無一人無此責重。但舉其全。須從天子說下耳。故曰壹是皆以。猶萬物一太極。物各一太極也。不是責重天子。

明明德是成己。新民是成物。成己所以成物。故明明德爲新民之本。世無有己而無物之人。則亦無但明明德而不新民之人。此因上文從明明德於天下者立說。故提出此義。正見天子諸侯大夫士庶人。無一人不有此責任。不耑爲有天下者言也。時文每歸重天子。似以至於庶人。皆賴天子之修身爲本。失其旨矣。

須見自以至於壹是皆以八箇字字字著寔有力。

天子庶人共本各修而自以至於四字却是這中間人類多。止說兩頭或且責重天子皆夢囈也。

原從自天子說起却不是責重天子。內王畿外天下中間許多色目自以至於不是虛字。人止做得天子庶人兩頭盡處不知中間正大有人在。

本字對新民而言即庶人至末有室家者亦必有所與之人所及之物一人一物皆末也身其本也所以對付此人物者即新民也修身其本也如此方見人人有新民之事人人必以明德爲本故無一人可以不修身者若必以治國平天下對本字言道理雖濶大然有可自委於本外者矣。

自天子以至於庶人有許多等級其職業正各不同然所以不同

者分也非理也故曰分殊理一此節語勢側重庶人邊見得雖至庶人也只是此本未嘗有别件庶人無治國平天下之分然到得修身則治國平天下之理已具只看他明明德力量如何耳其本盛大則其末濶遠其本淺薄則其末狹小直到大德必受命匹夫有天下憑修身者各自做去固不容越分妄覬亦未嘗禁人自致也後世自上及下總不以修身爲本遂將此理看得詑異耳

齊家即新民也故庶人與天子同本中間有國有采地治邑者不消說矣時文竟責重有位之人便不是壹是皆以四字道理蓋從位說下故云自天子以至於庶人論理其實自庶人以至於天子天子新民亦須從庶人齊家道理做起也故下文治亂結以所厚正爲齊家是末治大同處

本字對家國天下說，不可對物知心意說。時文並提以出本字，最爲無理。

就上文八條目中間抽出修身爲本，故時文每將上下七條目比擬，因以格致誠正對齊治平夾說者，此非理也。本字對家國天下，物知心意乃修身內事，不可與家國天下對股說。

金聲文 學之大以知止大也，學之止以知本止也。評 說本李見羅。李見羅提唱此節爲宗，似於諸異說中較切近矣，及細考其說，固仍不離乎陽儒陰釋之術也。以知本牽合知止，因提止修二字作話頭，蓋止其所止，非止於至善之止，修其所修，亦非格致誠正之修也。

末節

於薄者厚，未爲不可，未嘗無有，但如此必須於厚者厚極耳。使於所厚者略不甚厚，薄者便厚不成，况彼既於厚者反薄乎。



呂子評語正編卷一終

# 呂子評語正編卷二

## 大學

### 傳首章釋明明德

大甲曰節

**陳際泰文** 顧之念嚴諸天。則尊而可畏。**評** 如此則天字是外假文天之明命。體膚含靈。有先父母而厚者也。**評** 却是和尚所悟之物。非明命也。

**金聲文** 想莫爲莫致之表。初不殊禮樂征伐之世。故奉若職而欽若事。則有慶越若職而怠若事。則有禳云云。**評** 命字講得忒粗却著了因果報應之魔。不止劉向五行傳某事某應之附會也。天命二字。但看中庸首句便分明。在人曰性曰明德。在天曰命曰明命。只是一件。因地頭分名目耳。經傳中命字。有從理言者。

有從氣數言者，卽天字亦然。非謂有二天二命也，猶之只一心耳，而虞廷分人心道心，必如是說。此一件纔眞實圓滿也。惟佛家最怪此說，則曰支離，曰兩橛，究竟他也不怪支離兩橛，總怪這一个理字耳。看楞嚴惟識圓覺等語，眞是支離，他除却理字，說天說命，只有這形象氣數耳。故說天命到極精妙，只是一無，然終不奈這形象氣數何，遂爲因果報應生死輪廻之說以亂之，却極淺鄙易破，卽禪子亦心知其不然，遁以爲寓言。故佛家于天命，上截則空無，下截則粗陋。其黠者借粗陋說空無，借空無說粗陋，以求渾一，不知眞成兩橛也。此文見處如是，故精粗皆不的。

帝典曰節

陳子龍文 至德高巍，則有蕭然立默而不與物接之患。評 無此一

種至德，乃黃老邪說耳。**文**御萬機而無疑，持一心而不惑云云
**評**明字根明德二字。此身心之功，非於事物機務用人見其無疑不惑之明也。所指明字皆極粗，稍高談又入黃老矣。

峻字本不甚重。然帝堯分量自與湯文不同。克明為帝王所同，要的確是堯之克明，須從峻字見得。

**錢禧文**帝之視後聖，其艱難百倍於後聖。視凡人，其惕厲又百倍於凡人。**評**克字著寔。克字時作自然解，枉費回護。此偏說得艱難惕厲到極處，而帝之峻益明。可見俗眼怕說聖人有工夫，真是夢也。

皆自明也節

疏上三書，因致勉人之意，作傳本旨如此。

此句重自字，不重皆字。

傳二章釋新民

陳子龍文云云評自新新民新命皆從德化言極即是至善用其極即止於至善乃以剛果奮發力致成功爲用極何其謬哉甚矣章句之不可不熟讀而精講也

黄淳耀文明新非二物也我德既明亦可謂之新焉評此則可云文民德既新亦各自見其明焉評此却説不得新原就君子身上看

首節

言新始湯武有舊染之當革也

艾千子凡作帝王學問語不可落理學套既爲其近於儒生且非帝王事功德業先天開人因時立政之象評於此見千子見識之粗本領之陋帝王儒生事權不同學問豈有異耶事功即在

德業內。必欲分說。却看得德業小。事功大矣。卽所言事功。亦止是後世英雄帝王氣象。與成湯王道無著。從事功說到德業微妙。又轉入黃老家。當與聖人事功德業無著。不論本原。但欲張皇局面。不知適成粗陋也。

**羅萬藻文** 聖人不爲事物之學。則性而已矣。**評** 事物卽性。學新豈只在性乎。

苟日新重講。爲得朱子意。此是爲學入頭處。下兩句方能接續工夫全在苟字上。

玩註於日新下作一斷。用則當二字轉下。須得此意。

苟日新對未新而言也。日日新又日新承已新而言也。本只兩項章句甚明。

朱子歎今之學者。却不去苟字上著工夫。可見首句之重。此是自新之切實機關下兩句不過就此接續去耳日日是言不間又日是言持久意兩句又各不同時文作三句平看直是粗在日日主繼續義又日主提振義日日從上日新生來又日從日日生來原只了得日新兩字卻三句各有精義別處又字是打斷字眼此卻是連串字眼別處又字是從新字眼此卻是仍舊字眼究之又字自是打斷重新只新字到底連串仍舊耳

是故君子無所不用其極節

此君子不指名位

極即至善也用即止也無所不兼自新新民也

用極又在自新新民上逼進一步非汎講明新也

自新新民引古證義已盡第恐後世自已放低了說如謂漢唐之

盛卽可當三代及三代之政後世必不可復之類迎合時王自流入於功利之卑汚而不知反謂聖人之新民不過如是擡高後世帝王猶可言也遂使三代新民之道終古不復行于天地之間不可言也傳者逆知此弊故於此特下用其極義見不到至善未可謂之新民

無所不用正是惕厲語

**左敬祖文**新無極惟所用耳**評**明曰其極如何又說到無去**文**新之用其無極也哉新之極其有用也哉云云**評**看註以至善訓極字以皆欲止于訓無所不用甚明故用字只帖極字拆開別用不得惟將用字與極字新字混看若可以互相牽搭者故下來虛字皆不當於理如篇中有新用新其極乎新之用等句其爲語病不小而最悖者無極二字無極是無至善也而可乎此

與無爲而治題破云無爲而有爲者正同。皆求深而得謬者也。

**陳際泰文** 勢不必有所憑也。深雪已勤。卽廢國而勃然誕受。**評** 不是此種論頭君子二字。兼古今而言。不是勉後世衰主奮興之謂也。**文** 在吾人精神間耳。**評** 用其極。非用力之謂。更不是用精神。

**歸有光文** 君子知一事有一事之極也。而凡事皆有之。一物有一物之極也。而凡物皆有之。天下無一事而非其身之所當爲。無一物而非其心之所當受。則亦無一極而非其事其物之所當用矣。**評** 無所不用四字。獨見全理。**文** 知至至之。至此極也。知終終之。終此極也。**評** 極從知得。用易語至精。**文** 傳者之意。蓋不獨爲新民言。而亦深爲新民釋也。**評** 就大人之學言。故曰新民。要之聖人。自一身以外。天地萬物事理。云爲無非分内。大學總以民字該之致中和而至位育盡性而至參贊帝王與匹夫共此道理共此責任止說个新民則民字中品類恐有所不盡而無治民之位者若可闕此義矣故於結末下無所不用其極句包羅甚廣見無事不在裏無人不在裏也是文獨發明無所之義道理尤高濶尤精密矣。

極即是至善無所不用極即明明德新民皆止於至善理固如此然此章專釋新民而原本明德推及至善理雖通而賓主不可紊。

或云末節只拈上文與皆自明句同余以爲不然皆自明句原只一意此却兼自新新民二意又隱然有新民本於自新意正自不同。

新民新命之本於自新道理固如是然畢竟此章以民爲主。

作文隱寓重自新意。無所不可。若謂新字從明德說。方於極字有會。此却不然。極即至善意。明新皆有之。乃至極之極。非會極歸極之極。故不可以明爲新極也。

極有訓至字者。無極太極之類是也。有訓中字者。皇極之類是也。此極字却兼兩義。然畢竟至義爲主。中正是至。未嘗不是。却又須一轉。

極無形象。憑人指名。千蹊萬徑。任心造理。有何不得。即謂漢唐便是至善也。由他說。但將天命原頭一忖。則多去不得。故聖賢言道必本於天。極從天起。下面自不走作。

天字是極字出身處。

聖人新民之極。三代後惟朱子得之耳。看其與陳吕辨論可見。

自周以後。生民未經一新。雖漢唐盛時。亦幾刑措。然非至善之新。

雖新而不用其極。則聖人新民之道究未嘗一日行於天下皆緣秦以後開國之心。多從自私自利起念。制度政令皆由此出。凡所以遂民生與民行者。一切爲因循苟簡之術。後世儒者之心。亦復不異。凡所以輔導其君者。彌縫修飾。無非逢長此自私自利之根。不知此一點心。乃自秦以來舊染之汚也。必君臣先自滌此汚。而後可以行王者之道。故大學釋新民。必先說自新。復說用極。其所以爲萬世慮者深矣。孟子謂不以堯舜之道事君治民與謂吾君不能者皆謂之賊。然則後世儒者之道皆賊道耳。

傳三章釋止於至善

首節

題意在邦畿。不在民止。且曰惟民所止。不曰惟民止之針鋒少差。

便侵下兩節去。

詩云穆穆文王節

首節說理之當然，次節說人須知止，尚是虛虛指點，到此節，明指个止至善榜樣，而其中要領條目，工夫境界，事理咸具，一牽輥過不得。

五句是个大式樣，全爲學者說法。

**歸有光文**　止至善如聖人，斯爲無愧，而以苟且之心應者，人倫蓋缺焉。**評**　方見至字之重，人只曉得善字耳。

敬止二字，是統止之全體大用。

**陸龍其文自記**　敬止二字，兼體用言，仁敬孝慈信，乃就敬止中抽出其目之大者言之，非可與敬止分體用也。大全張氏以上一止字，爲萬事統體之止，下五止字，爲一事各具之止，不可從。**評**

體用極論得分曉。不第此節也。體用原分不得。今人動云某某有體而無用，某某有用而無體，皆亂道。無用者其體虧也。無體者其用非也。

**歸有光文** 人極之在天下也。日用而不知。聖人生而斯道有所寄矣。**評** 道理在文王身上看。却不是文王底道理。文王是止至善樣子。

五止皆從敬止分出。

須明是從聖人之止無非至善中指出大目。不是以五者概聖人之止。又須明文王時勢境地見文王所止之善之至。方不是泛論五倫道理。

仁敬孝慈信。即是至善。孫若士謂若作至善看。可勝鶻突。是將至善另作一物看。爲陸子靜黑腰子也。止於仁尚非至善。則亦不可名仁矣此説能誤人故正之。

仁敬孝慈信固爲至善然天下有許多仁敬孝慈信其中大小淺深分數不同不可不謂之善而非其至也必如文王之止乃爲至善要人從文王身上體會出自家至善不卽以仁敬孝慈信虚義卽爲至善也。

仁敬孝慈信爲一定之理便是至善何以人不能止却無一定之

仁敬孝慈信只爲人倫中境界人各不同則所以爲仁敬孝慈信亦變化無定惟聖人緝熙敬止爲能就不同處曲折以造人倫之至而仁敬孝慈信形焉天下後世可奉以爲規矩乃所謂至善也明此則註中究精微之藴與推類盡餘意正可深長思矣。

至善有定理而止無定式如仁爲君道之善而必如文王之爲君

乃止善之至也。

**袁國梓文**禪之不能伐之不可而抑首事人。此勢之最難者也。然而文王之止敬者。終其身而不廢。**評**此即浙學後人謂堯舜不能殺舜禹。只得以天下結識之類也。文王止敬。純是天理之極則。如此說來。多後世功利揣摩之論。不見至善之止矣。

**楊以任文**高其節以悟之。亦見主有可攜者也。**評**龍比亦是敬。與文王境分亦不同。豈可抹彼尊此。**文**有二傾心之日。猶挽以歸服事者。非不爲萬姓去仇也。吾君原自可后耳。**評**此義過火。吾身之誅賞。惟君命。下民之后。雖自天降。非一人之私。不可同論也。五倫中惟父子兄弟從仁來。故不論是非。若君臣朋友二倫。却從義生。義則專論是非。是而義合則爲君臣朋友。非而義離則引退。義絶則可爲寇讐。故曰父子主恩。君臣主敬。明乎敬之義則文王夷齊龍比皆敬也。武王亦敬也。天下無不是之父母。不可謂天下無不是之君上。但人臣一身生殺惟君。不可以私怨而生懟叛之心。此昌黎臣罪當誅兮天王聖明二句之不朽於古今也。若其大義所在則天降下民一節。此理巍然。撫我則后虐我則讎。亦天經地義如此。非我一人得而狥心違天也。如謂事君亦如事父。連是非都抹殺。則非止敬之道矣。文於極情處未免有過當之論。又不可不知。

與國人交。獨分義例。不可混入爲人君界內。

此有題內題外。五者目之大。推類以盡其餘。方見聖人之止無非至善。此題外義也。然不於五者中。一一各究其精微之蘊。亦無從推且盡也。此題內義也。要之至善已備於五者。餘只從五者推去耳。非另有未全之說也。

上二節是全章引子。第三節明指出一箇聖人之止。吳次尾謂不必重者誤也。若謂總是止善影子。則下二節皆然。卽云求止工夫在下。然重講聖人之安止。亦自不侵下也。況註中學者於此云云。已明示學者就此求止之方矣。

詩云瞻彼淇奥節

上節言止此節言所以止。

【金聲文】至善之存乎我。一止焉足以定之【評】逗漏止一句。卽見其失釋詩一絡索。正爲不是一止焉足以定之耳。要之後來講止字。無不作禪會。

【顧麟士】第四節釋詩一段。卽貼衛武公而不泛。及以上節爲人君五句貼文王。下節親賢三句貼前王。例觀而知之也【評】此論極謬。章內五引詩。皆借詩之語句。發明止至善道理耳。如敬止止字。詩文本屬語詞。而此竟作實字。則語句且不執定解。況語句所指之人之事乎。依渠例。將邦畿節貼武丁孫子。緡蠻節貼周衰賤者乎。其誤總在釋詩二字。大學原以詩釋經。初無釋詩之意。今作文欲得釋詩體。豈不反客作主哉。後來紛紛從釋詩尋鬧套。作俑於此等評論。誤人不小。能於不能忘句得大意。領取明明德止至善之妙。正所謂詠歎淫佚。其味深長者也。就詩句上指出這道理。自然活潑。豈但衛武不足當。即詩言又豈足盡哉。

須知爲釋止善而得詩。非釋詩而得止善也。

如切如磋者八句。或將上四句分功。下四句分效。不知通節只說明明德止至善之寔。無效字意。註云卒乃指其寔而歎美之。則並民不忘句。亦不重效說。或又將四者分配致知誠意正心修身。不知自修兼誠正。修恂慄兼心意。妄分不得。故章句或問都無此說。

有謂學是求所止。修是得所止。非也。看註自明。學修二句。是求止恂慄威儀二句。是得止。分界最清。

**陳際泰文** 人心緣物而有。弗學不自知其不足也。人心因物而蔽弗修。不自知其有餘也。**評**此義甚精。學修亦人人所事。如切磋琢磨之學修。固自不同矣。

本傳是釋止至善。玩如切如磋如琢如磨兩句中。便有日新不已之妙。方是明明德者止於至善之學。修非泛然學修之可當也。

**歸有光文** 如切如磋以致其知。大本大原之地。必欲洞究而無遺

**評**單講本原。此陸王之求知。非聖學矣。

**陳際泰文** 今人之爲學。其始擇之太精。而其終安之太粗。**評**陳王

之學皆然。要之自以爲擇精而不知其粗甚也。【文】學未有從縱逸而入者。以爲古人之質異。可以高坐而致焉。此大惑也。彼其於攻苦之途。視今人較勤也。學未有蔑尋常而達者。以爲古人之意高。可以過而不問。此大惑也。彼其於耳目之物。視性命同功也。【評】精進之言。令人意永。可見好讀書人。雖所得有淺深不同。已教陳王惑亂他不盡。惑亂之至者。畢竟是不好讀書之人多耳。

學訓講習討論。所以別於修也。儱侗虛說个學。則省察克治。亦可統名曰學。

恂慄也。威儀也。只就傳者胸中指示止至善工夫。學修以後。合有如此境界。不過借詩語點出耳。釋詩意思。便落第二層。况迷入詩人本旨乎。恂慄威儀。俱從學修處來。方有根據。

恂慄威儀註云德容表裏之盛則作求止苦功固疎而作成效看者亦隔也用力只在學修然必至表裏如此方是功夫足處俗多以上二句爲功夫下二句爲功效非也恂慄威儀工夫到此方足動容周旋中禮盛德之至即至善至字也

徐爲儀學是格致修是誠正修註巳分配之矣今又以恂慄威儀分身心甚且硬分正心修身如此則格致誠作何著落而學修外别有正修工夫乎評硬分正心修身則不可若止分身心亦無害身心即表裏也徐瑟僩不必解解總在下句註訓嚴密武毅即恂慄之意當留在下句中融會講若先解云瑟者嚴密僩者武毅又接云瑟兮僩兮者恂慄如此則是有三般解矣評瑟僩不必解語亦太略恂慄威儀必靠瑟僩赫喧四字講出方精確玩者字一頓下句未接時中間須有妙理但不得另作註解

瑟僩等語氣耳。【徐】節末方結出至善二字。以上尚未點明。人於切磋四句。多預犯至善。獨不將白文從頭至尾一再讀耶。【評】此說則大不然。下文有必當留避者。有不當留避者。如此節說明明德。下節說新民。故雖做民之不能忘句。亦不得預犯新民。所謂下文當留避者也。若本節是釋明明德之止於至善。此是囫圇一句。拆開不得。學卽學至善。修卽修至善。非上四句爲明明德。至末句纔說至善也。況本章原釋止至善。則至善二字。直從章首說來。先輩做前三節文。便已喝出矣。此所謂不當留避者也。

【陳際泰文】使僅一有斐而足當君子也。則古之得名者不太輕乎。吾以爲此有別解也。【評】道字直指其實。不是別解。大士自己意見看有斐淺耳。有斐君子是渾成贊詞。自切磋琢磨至瑟僩赫喧學成德備，方有此有斐君子之稱。斐雖止訓文貌，然所謂有斐，乃和順積中而英華發外，猶之動容周旋中禮，盛德之至云爾，非指其僅爲文貌工夫，僅成文貌風采也。故有斐二字中，包舉上八句在內，卽盛德至善，亦只就上八句指其寔有如此。今却自已淺看了有斐二字，又從詩人言外補出道理，則不但詩人有缺欠，連大學也須坐箇扶同矣。

此與下節，皆從頌美中見其止善，其所以皆不忘，正其善之至也。主意全在末二句，故後註云此二節泳歎淫泆，其味深長。

明明德至民不能忘，新民至沒世不忘，方見至善，全節精神都注在兩結句。第新民至善之實，在賢親樂利；明明德至善之實，在學修恂慄威儀，此却是止字眞寔要義。

詩云於戲前王不忘節

【歸有光文】淺近之治無以綿再世之澤而苟且於一時者非長治久安之道【評】後世帝王總不能出此四句後世儒者又逢迎立說故必無至善之治

【陳子龍文】創業之君有神聖之德其治天下之具不恃乎區區之法也而立法定制必爲之詳盡者以爲我可以無法而後之人不可以無法【評】有德化便有法制先王時不可無法後人亦不盡恃法可治也【文】作法於祖宗之時必皆周密精思以爲數世之用後人樂爲循襲則不必輕言變通矣【評】如此說漢唐祖宗皆可與文武比肩矣【文】開創在大亂之後故能縱横任意以成一代之規後世多所牽制則但宜整復舊章矣【評】此更亂道後王果有前王之道而祖制不善豈顧牽制哉【文】楨幹之良多在世族夾輔之勳尚有同姓所謂多才之國磐石之宗也【評】賢其

賢謂後賢仰其德業親其親謂子孫思其覆育非根結磐固之義【文】祖宗不可恃後之有人而不詳其法云云【評】前王所以新民者止於至善能使天下後世無一物不得其所章句此四句是從賢親二句推原說本言非獨一時民不能忘後世愈久而不能忘方見新民之極功乃所謂至善也若但以開國能立法則漢唐以還莫不有法安得沒世不忘哉朱子所謂唐虞三代之道二千年來未嘗一日行於天地之間此萬古之篤論不知道者都信不及也

由天下後世被澤久遠原想前王新民之止至善但釋詩人詠歎不忘之言而其理自得君子賢其賢兩句亦是極形後來規模氣象究竟前王新民之止至善却在語句之外所謂其味深長者也

呂子評語卷二　大學　三　王編

從後世思超越於前王而不能。極後世所期望於前王而已恰好。形容出前王止於至善。始得贊頌詠歎之神。

**沈蛟門** 本節重在後世上講。以發新民止至善意。**評** 不是重後世。正從後世追原到前王之至善處。蓋新民之止至善前王一向如此。只是愈久不忘。正見其善之至耳。不是當時相忘。後世忽然感念也。

惟至善爲人心所同。故前王萬世不忘。

注中前王所以新民者。所以二字。便有新民之本在内。

評家謂此即申上文民不能忘意。不可說是新民之止於至善。賢親樂利。是盛德至善中事。其說極謬。上文不能忘。指自修明明德事。即淇奥之詩。何嘗一語及治人乎。學修恂慄威儀。乃盛德至善中事。與賢親樂利無干。此節不忘。指治人新民事。前王指文武。已與上文君子各樣。上文君子。詩人指武公。傳者借來却空說。不必實其人也。此節前王。詩與傳同指周先王。實有其人其事。安可與上節混做一片乎。上節詩中有切磋諸義。故釋以証明明德之事。此節詩詞無事實語。故補賢親樂利。以見新民之事。條理井然可覩。而必欲混之。此萬曆間講章立意悖註。自以爲高。而實不通文理之說也。

傳四章釋本末

歸有光文人君之治天下。太上以德。其次以法。評以法便是末世事。豈止其次。

引孔子之言至使無訟乎已止。無情二句。則曾子解使無訟之義。故註又下而言二字。聖人即指孔子。從上文吾字來也。

辭生於無情。亦惟無情者乃能爲辭。正說得健訟人揎袖鼓吻。盛氣以入。不知何故忽然銷阻。方纔有下句疏解出來。

畏民志不是說民志淳良。無情不得盡詞下。須照註點入我之明德既明句。蓋所謂大畏民志者。民心服明明德。無所用其欺僞耳。非謂變易民志也。

上句無情者不得盡其辭。緊釋使無訟。此句大畏民志。又緊釋不得盡辭。都是倒繳語氣。而兩句中間。含著我之明德既明一句在裏。乃所謂本也。觀註可見。

大畏民志。也只得新民邊事。所以大畏民志者方是本。是從末上倒推到極盡交接頭上離鈎三寸。令人恍然觸悟。處處總是此箇道理。離訟看。即訟看。無非此箇道理。故曰此謂知本。最有隱約指點之妙。

大畏民志句。是推足上文。就聽訟說。此謂知本句。是引釋傳意。不止就聽訟說到此謂二字。兩意齊下。不脫不粘。有實有主。若直作分註。便屬添補。又看成兩件。失此謂指點之妙矣。

大畏民志二句。謂下句不當粘煞上句則得。若上句道理原看不得粗淺。事理有分別。其本無分別。

註中引夫子之言而言及觀於此言句。題之界限在此。神氣亦在此。此字只指首二句。是界限也。觀言而可知。不粘住聽訟。不說盡明德。令人推廣意會。此神氣也。

是隨舉一事以見莫不有本。聽訟只新民中一端。而必本於明明德如此。可見本無不一。語意最活。

聽訟是新民中一事。使無訟中。便有明明德在。末不一末。本只一本。卽此可悟。

無訟尚不卽是本。就此指出本耳。

此字指夫子之言本者大畏民志之所以然即明明德也即一聽訟而可悟必歸於明德此謂知本也大畏民志雖是本然只在聽訟上説此一事之本也到此謂知本句則已點明凡事總一本即此可見乃萬事之本也

凡本必一而末必分本必同而末必異聽訟之末末中之一也明明德而畏民志以使無訟凡爲末之本一也本只此一事末不止聽訟也無訟亦不是本使無訟之故乃本耳而或以無訟正是明新要理不可作一端看毋乃説夢

其末散爲萬事本則一也萬事各有本而推之只此本故無本外之末就萬事中任舉一端來無不合者

使無訟是新民之一事然云大畏民志亦無不由於明德者即此言可以知本末之先後耳本只是一箇本只知字活

此章只重本字不重知字此知字與經中知所先後知字相應與致知知字無涉人多誤看亂拈因有纏入格物者并有謂格物之物卽物有本末之物者一派胡說其原亦起於新建毀朱子補格致傳而卽欲以衍文結語當之也凡經傳中字同義別皆宜一一辨析令如淄澠之不可混於此不通不特時文家見字胡纏如後世學者之以習靜爲主靜以良知爲致知皆不辨字義而妄援立說正夫子所謂不知而作也儒者不可以不戒

金聲文 大人無日不以家國天下爲念而其精神寔不在人當令人精神常注我耳 評 不費此作用此卽是爲人矣 文 以一念通天下之故者君子擴明體 評 提陽明宗旨 文 以一身定天下之志者君子得止法 評 參見羅話頭 文 觀此而可以知本矣而知可以至矣 評 陽明以知本爲良知見羅以知本爲知止文之根

源由此故說得極神妙處不離機權作用。

附大畏民志二句文

得畏志之所自即訟可以悟本矣蓋民志而至於大畏必有其所以畏者在也此雖爲訟言之乎而知本之道已不外是嘗讀司刺之職則曰斷中小司寇之職則曰登中以是知士師救法之理即天子傳心之道也夫易遁者心難遁者法乃使天下不見有難遁之法而止見有不易遁之心此其故必有深焉者矣明其故也士師得之以爲士師天子即得之以爲天子今由夫子無訟之言而知無情之不得盡辭如此則非特震之於鈞金束矢之際也入大史之庭而思震其爲震也幾何也周禮之戶口版籍咸隸於秋官以是知爾室之中皆閭黨已久納於大史之庭矣亦非特威之於狥衆讀法之下也觀正月之象而思威其

爲威也幾何也虞典之奸宄蠻夷悉統於司寇以是知飲食之繼爲兵戎又更出於正月之象矣若是者惟民有志畏之寔難至於大畏民志斯無訟之至乎然而大畏者民之爲之也其所以大畏者則非民之爲之也習朝廷之律令而不驚而一行之失恐修士之知而戒之必嚴非朝廷之勢輕於修士也吾所畏之故不存焉耳違君公之典章而不懼而一禮之愆聞賢宰之名而變之必速非賢宰之權重於君公也吾所畏之故忽至焉耳夫其所畏之故則何也吾於是憬然於經之所爲本末也命臣以簡乎而必稱伯夷之降典謂刑之生於禮也此猶其後者也必先有德明惟明之帝而後能用降典之伯夷訊馘於聞人而必須皋陶之淑問謂獄之成於學也此猶其後者也必先有敬明其德之侯而後能教淑問之皋陶然則大畏民志無訟之

寔也猶新民之說也所以大畏民志使無訟之寔也即明德之說也無訟者新民之一使無訟者明德之一此自爲本末者也兼而言之者也由無訟而思新民其爲新民者不一由使無訟而思明德其爲明德者不一此異末而共本者也耑而言之者也兼言之而本在耑言之而本在此謂知本矣蓋天下有求本之理不更有求末之理猶之夫子之言得無訟之道不必更得聽訟之道故知本不復言末也知本則本之自全者其始無旁落之虞其終必無偏舉之弊矣不更言終始矣知本則本之漸致者其先無凌節之施其後必無逆至之應矣不更言先後矣然此言可以知本而不足以盡本又何也重華之德豈殊文祖而放殛之典繼乎平章文武之德豈遜成康而刑措之風遲乎孫子然則無訟固不足以盡明德并不足以盡新民也哉

傳五章釋格物致知

知本與致知知字不相干。

俞之琰文內考與外稽無異致。蓋古人以知爲徹始徹終之學。而卽以物爲窮本肇末之端。評朱子卽物窮理四字之所以不可易也。

曾朝昌文略想徑微。可自得其爲事。而事之在知。未嘗明據其然也。評邪說止是懸空。到用處便成兩截。

錢禧文天下未有其物。吾心已有其知。評語有病。有則俱有。無知先於物之理。文此生人同具之知。無待於致者也。評亦無無待致之知。亦從良知誤來。

格致之說。異流聚訟。其有得者。總無出乎程子前後十六條之所有。自餘悖亂支遁。皆竊野狐之遺涎。自誑以爲醍醐。而識者但覺其腥穢耳。

於程子十六條有一二條不融貫。則此理不能明白無疑。但依稀近似得一二條。而又雜入後來離叛之說以混之。連此一二條亦非眞知也。

格物之義。或問集程子之說九條。內外精粗。工程次第。已無所不備。陽明自謂曾用朱子說格亭前竹子七日致疾。此是陽明謬爲此說以非聖誣民耳。朱子答陳齊仲書云。爲格物之學。不窮天理明人倫講聖言通世故。乃兀然存心於一草木一器用之間。是何學問。如此而望有所得。是炊沙而欲成飯也。然則陽明格竹。正朱子之所斥摘者。何反以不狂爲狂乎。

**艾南英文** 六合以外。存而不論。乃日用事物而猶有不切者乎。**評** 須知有不足格不必格者。於此見王伯安格竹子之謬矣。

物事也原兼事物言人但作物件之物看正犯朱子辨一草一木之非而伯安誤以竹子致病也

**黃淳耀文** 天下有幽深之物焉庸人不知聖人亦不知**評**也只好說散碎東西若幽深之物聖人豈有不知

**鍾朗文** 離物以求者入於冥寂泥物以求者流於馳騖**評**異學俗學皆非格致

今人於程朱格物之說未嘗覩其津涯所謂用力之地次第工程及涵養本原之功與夫辨别猶外爲人之弊皆有所未曉宜乎爲邪說塗其耳目而不以爲非也誠能尋取或問章句之津涯則彼之所云格其心之物格其意之物格其知之物正其物之心誠其物之意致其物之知皆抛閃支離不成說話正其所謂認理爲外認物爲外襲陷於告子義外之說而不自知以學術

殺天下後世其禍烈於洪水猛獸者可卽以此歸之矣。

傳六章釋誠意

今人亦知此是致知後事但文中吆喝得幾句自致知以來耳所謂專釋誠意之故與如何是誠意原未曾夢見也。

一誠意直貫到底故以下各傳皆說好惡。

首節

**陳宏文**意之爲非爲是晰之必明者功已深於未有意之先而意之爲寔爲虛行之必力者修更急於方有意之際故離知而專言意也**評**疏發所以專釋誠意之故從來無此明了**文**意之發而無不誠其養存乎本體乾惕之念固操於已所不覩不聞之中而意之動而有誠有不誠其介著於初幾省察之功尤厲乎人所不識不知之地故分正而專言誠也**評**專釋誠意人但知

分出致知。不解分出正心。依各傳例。當云所謂正心在誠其意者。而此章不然。蓋有義也。是文獨得。

大學誠字。與中庸誠字不同。中庸誠字可以單舉。乃實理實心實德之美名也。兼大學誠正修等義。大學誠字貼定意字。不可單舉。但作實字解。蓋意之善不善。是致知條下事。此但說實用其力耳。實便自慊。不實便自欺。欺慊之分。獨中自知。故功在慎獨。今人都將誠字作善字解。與中庸義相似。因欲於獨中分別出善不善來。却悞入致知傳矣。且下節誠中誠字。又如何說得去。又因註有人所不知而已獨知兩知字。遂亂拈致知。不知此兩知字指其地言。即中庸所謂人之所不見也。

不是說待致知知至了。方去做誠意工夫。知善知惡。自是致知傳中事。此傳不及耳。但就人所知善惡。如當下之當好當惡。是非未嘗不明。就此明處發爲好惡之意。便當盡其好惡之力。所謂誠意也。然人每不能盡好惡之力者。緣其閒居不肎認眞用力。自以爲人所不見處。可以放鬆。不知此處一鬆。無所不至。此放鬆處必有其端倪。即謂之幾。此是私欲揷根處。蓋人性本善。未嘗有惡。惡由此生。故曰誠無爲。幾善惡。此時此地。爲人所不見而已獨知之者。故謂之獨。誠意者於此時加省察。不使自欺之根於此滋長。則好惡之力。未有不盡。而意自誠矣。書理大段如此。後儒看慎獨二字疆界不清。遂使全旨蒙障。

誠意只是實用其力。所以用力不實者爲自欺。去欺之法在慎獨。非慎獨即誠意也。時作看獨字蒙混。竟似誠其獨者。則謬甚矣。

毋字便實用其力。

毋自欺便自慊。便是誠意。

自欺乃不實用力之由，自慊乃實用其力處，似反正一例，而實兩層也。

自欺只是發得不足，做得不盡處便是，不必說到後來揜覆也。實好實惡，誠意已了。自欺只是不能寔好寔惡耳。

實用其力四字，是誠字了義，下云皆務決去而求必得之，明說向行一邊矣。今人以意覆意，以意覺意，初起之意，繼起之意，一意衆意等語，皆鬼窟中作計也。

如惡惡臭，如好好色，好惡到此方盡，有一分不如處，便是一分自欺，其中又有多少等第在。

詩之善者，渾是一團天理，聖人存之足以爲勸；詩之惡者，猶欲忘反，聖人亦存之足以爲懲。惟善而不足以爲勸，惡而不足以爲懲者，聖人斯刪之矣。通於此說者，可與論如惡惡臭二句，總是要發得盡也。

【歸有光文】欺曰自欺，欺之獨也；慊曰自慊，慊之獨也。【評】下之字便差。【文】是其隱微之地，而明明者纖悉之必照。【評】獨知知字混入覺照禪去。【文】吾亦惟重戒於斯，以辨善惡之眞機。【評】此處不辨善惡，但察實與不實耳。【文】由是知人心之初，止有此天，而一念之天無物可對，是之謂獨也。【評】獨字謬解，近日講學所謂獨體者也，其謬始於白沙、甘泉。

愼獨不是又一節工夫，愼獨便是欺與慊分界處。

好惡，意也；實其好惡，誠意也。好惡之實與不實，只在初發念時省察，令其好必如好色，惡必如惡臭，則閒居無不善之爲，而誠中形外皆自慊矣。故愼獨是誠意中細緊一步，非誠意之外别有一條工夫，亦非愼獨卽誠意也。時文講自欺似意外另有意，講愼獨似誠中又兼知。總屬夢囈。

好惡便是意。毋自欺而必自慊便是誠。但欺慊分界處。其後相懸。其初甚微。他人所不見。未有自己不見者。故謂之獨。獨卽自也。不曰自而曰獨。指分界之時地而言。乃誠意之緊要處。非心意閒别有一物名之曰獨也。若心意閒别有獨體。則誠意之上又增出一條目矣。

好惡是意。實用其力如好色惡臭是誠。稍有不實用力處。卽爲自欺而不誠。此五句是釋誠意正義。但其用力之寔與不寔在閒居人不見處。此是自欺之根。須自己於此覺察而加謹焉。此之爲愼獨。此是誠意緊要關頭。指示人下手。不可以獨混意。以愼混誠也。看註中然其實與不實句。用然字轉。不一直說落。細體會自明矣。

慎獨句緊承自欺自慊說來意發而寔則自慊不寔則自欺寔與不寔惟自心發念時知之此所謂獨也故此獨字中只辨寔不寔不辨善惡辨善惡乃致知甲裏事註中知爲善去惡句是承致知說來謂旣知善惡矣乃發一念去惡而去惡之念或不眞發一念爲善而爲善之念或不勇此閒發處幾微不眞不勇下稍便成撐著然其發念不眞不勇之時他人不見自已未有不見者從此審慎教眞教勇則意無不寔矣時文於辨善惡與辨寔不寔界頭不甚清故於人所不知已獨知兩知字時混入致知去

獨只是意初發時人所不見處蓋意之誠直貫至事爲顯現都是如好好色惡惡臭到必得决去方足而方其起念隱微之際一有不實便不能到必得决去田地故必慎其獨看註中下一地

字。則獨字指人所不見之時境言。卽與下節閒居相照。非謂心有獨體。知有獨覺。復說到致知甲裏去也。

愼獨乃傳義。非聖經所有。經文所謂誠意者。每發一意。如好惡。卽是意。則必實用其好惡之力。務決去。求必得。乃謂之誠。若徒發好惡而不去做。或做而不盡。皆謂之不誠。誠字中有事爲在。卽至平天下之民之所好好之。民之所惡惡之。亦只是誠意直貫到底。故誠意一傳變文獨釋。正爲此也。依經文本義說誠字。但當體會實用其力四字講。若愼獨則又傳者於誠意中提出緊要關頭。謂意之所以不誠。皆在初發端時有所未盡。人未見處不寔用力。此屬於獨。卽易之所謂幾。乃意之起頭。非意之全體。意之全體。直徹事爲之終始。獨只是自靜而動之交接關頭。誠無爲。幾善惡。善惡之夾雜。從幾中生。卽其有所未盡不實用力。

便是惡之萌蘖此際更加省察則惡端無從而入此之謂愼愼有嚴善惡意誠則寔行其善而已兩義不同獨非意也愼非誠也後儒不明經傳之旨於誠意外添出愼獨工夫固不是誤認愼獨卽誠意亦不是

存養省察鑿然有此兩節工夫但分配動靜不得存養是兼統動靜省察下手却在動之微處存誠主敬原無時不然至動之微處尤加審愼耳此次候有兩節原非平對兩事也自俗學離而爲二異學又欲混而爲一以彼爲直捷以此爲支離後人求其說而不可通於是有以愼獨卽致知者有以意爲心之所存者有以獨爲本體者此眞所謂支離耳其惑誤又不知何所底也但平心觀之於文義已不通又何論其是非耶

論學而流於邪慝只是求直捷害之格致誠正修分明五節必强

求其合一，則似身心意知可併，而物不可併，故陽明以爲善去惡爲格物，不知此止是誠意工夫，是欲廢格致而先廢誠意也。後來又以意爲心所存主，卽是獨體，則又欲廢誠意而先廢正心矣。大都異說根源只是一物，所謂佛法無多子，而借聖賢言語改名換姓以欺人。正僧杲傳授張子韶書云：左右既得此欛柄入手，便可改頭換面，用儒家言語說向士大夫，接引後學，正是此法。其所謂致知慎獨，皆致其所知，慎其所獨，非吾所謂致知慎獨也。學者須明辨之。

小人閒居爲不善節

閒居卽獨也，爲不善卽不慎獨也。

閒居便是獨，揜著時亦是獨。

病痛全在閒居二句，厭然二句，正見其知不絕處，故註云：是非不知善之當爲惡之當去也。孟子指點人。亦多在此處令人猛省。然須有多少學問工夫。前有格物知纔盡。後有誠意知纔實。良知家亦竊此意作指點。却更無須格物誠意。幾何不認賊作子乎。葢厭然謂之幾希未盡則可。謂之本無關欠不可也。

見君子只卒然頃刻耳。而閒居以來全身都到。

陳子龍文　小人深有慕乎君子之容也。評　君子之容。小人所最憎誰肎慕者。良知家極詆禮法端方之士以爲僞。僞者誠有之。然畢竟世間小人狂肆無禮者多。而貌爲莊敬者少。自有良知之教。小人並不須厭然矣。

小人之見君子。反從君子冷眼中看出。君子之視小人。反從小人虛心中看出。此纔是還他人之視己。若作君子之視小人。則失語意矣。

如見非眞見也。在人或未必見，見亦不盡。即小人厭然處，見人之見如此。眞無微不獻。無地可容。

世間僞作有道行徑。未有不敗露者。只是天下多其曹。轉相覆護。甚則敗露亦無礙耳。

【金聲文】夫外豈人之所能形哉。【評】人不能使之不形耳。看如見肺肝如何。【文】就中起念。而默默與萬物相往來者。是已不自隔絶其眞機矣。【評】此可謂之誠耳。氣即理耳。生即性耳。無善無惡耳。【文】使同志相聚不遇君子。孰使掩護不遑者。是亦誠中之形自悚人耳目心志而不可撲滅者也。【評】誠中當君子二字矣。此謂語氣緊接上文。原是虛說。兼君子小人在內。小人閒居爲不善。實有諸中。則如見肺肝形於外。君子愼獨毋欺實有諸中。則心廣體胖形於外。小人中無善故欲著而不能。君子中無不善故雖指視自嚴而無掩著如見之狀兩邊對勘自明後來誤認誠字以爲小人安得能誠中故必欲就君子善一邊說不知此誠字只當寔字與中庸至誠誠者之誠不同也此篇講誠中形外處畢竟要轉入這一邊討支離也只坐誠字鶻突耳【文】中外之應若影響然宇宙必無一可欺之人涉世亦必無可善吾欺之術有慎獨而已毋僥倖於昧者之不我見而致悔於彌縫之不工哉【評】結語透快極中後世僞妄欺盗之病看來近世小人揜著之情狀又與古小人不同一則因天下真君子少足以售其欺盗謂古小人所以如見敗露只是術不工無博辨堅僻作用以濟之耳於是於揜著上講究益精此一種也一則大家一般人爾如我見看世間所稱人宗道長其底裏不過如此因疑古之君子或亦不過如此因并疑天地間道理原不過如此益信

得生之謂性。無善無惡。氣卽是理等說。眞聖人心傳打破此關。頭頭是道。滿街都是聖人。更不消揜著。此一種學術行。而小人之無忌憚益甚矣。

問此誠字與上誠字有何辨別。曰。上誠字只是對欺說。此誠字只是對形說。如此便看得分曉。

此謂二字緊承上文說。誠字只訓實字。人都看做實德之誠。自說不去。反生枝節。獨字只說人所不見之地。後來講學者。欲標此作宗旨。於獨字下加一體字。以牽入其玄渺之說。并下節都墮鬼窟。此不僅時文之病也。

獨字只對人而言。後來說入心體。便是援儒入墨家言。非聖賢之所謂獨也。

曾子曰節

上文兩稱愼獨。此節正指獨字。令人於此處用力。獨只是對衆之稱。對人之稱。卽上文己字自字閒居字耳。上節掩著無益。猶對衆人而言。此言自己獨處原自掩不得。衆人所指視。卽在乎此。能於此一反求內省。自然欺隱寬假不去。於此處不放鬆。則誠無不誠矣。只是誠意中緊要關頭。指境地時候言。不是心意中又有件東西喚做獨也。自嘉隆以後。講學諸公借聖賢言語立自己宗旨。將獨字看入深微。書理從此惑亂不明矣。能於獨之可畏說得分明。令人不得不愼。方見曾子平日提撕省察之密。與其特指此象。儆策君子小人。爲誠意下手工夫。無不警切。並可見大學於此節特加曾子曰三字。不是草草。

上節是小人欲掩其惡而不能。此節正言善惡之不可揜如此。若竟將上節貼小人。此節貼君子。則謬。蓋十手十目。只是人必知之非是愼獨之君子。當下意中撰出景象也。緊要在一所字。一事暫起。一念偶動。卽其所也。十目十手。只是人不知之而已。獨知之。已知之。則人必知之耳。不謂愼獨中乃有此形象也。兩句只言善惡之不可揜如此。可畏之甚。尚屬其嚴乎句界限須淸。

指視之嚴。猶中庸莫見二句。論道理如此。非爲怕指視而愼也。

金聲文 吾之有爲有不爲。吾自動焉。評 自動便錯。文 非有憚於天下之指視而後有不獲已而爲。有不獲已而不爲。評 非憚天下也。只憚處便是指視。文 去非所惡。就非所好。則寔有所畏焉耳大道何寬。其若斯之嚴乎。評 便爲所好惡多少病痛。不得不畏耳。小人不知天命不畏矣。嚴處正是道原。文 吾所好則遂好之所惡則遂惡之。何求不獲。而跼蹐於高天厚地之中。評 正爲不能如是耳除非生安聖人然聖人猶敬畏【文】至於掩其不善而著其善若迫于人而無可奈何者也豈不謬哉【評】視指之嚴與迫於人迥然爲己爲人之别豈可同語【文】蓋世之小人有二以爲天下必莫予指必莫予視而可以爲不善也此之謂欺人以爲天下必或指我必或視我而不可不强爲善以應之也此之謂自欺【評】此即和尚之喫素念佛講經受戒律也也只是欺人自欺者自已見得如此却不如此實做耳【自記】自欺之病從無拈出者只緣認誠意誠字大差耳自欺兩字甚奇被淺學人鶻突過去可惜可恨【艾千子】十目所視三句是找足閒居爲不善節詠歎文體耳非謂君子因此而慎獨也因此而慎獨心不廣體不胖矣【王美中】十目節竟作小人初看似偏然考亭謂此承上文人之視已如見其肺肝之意先輩亦主此說【評】上文此謂

三句已將君子愼獨找足閒居節又何須從新詠歎小人乎以嚴爲愼此意之所以誠心廣體胖則意誠之驗故廣胖之潤與視指之嚴本是一串事有前後中外之分耳不可彼此對較也若謂嚴則心不廣體不胖然則如見大賓承大祭皆於爲仁有礙矣至朱子承上文云云謂打上文說下耳看人雖不知我已自知與十目手視指何異數語蓋但言獨之可畏而君子之必愼自見固不謂君子怕人視指而後愼亦非謂小人怕人視指徒自苦也小人自苦在形外處此嚴字在獨中說朱子語自分明豈容誣入哉故謂十目二句借小人反照說則是却不得說壞了嚴字君子惟知此嚴乃所以潤身而廣胖也蓋吾儒本天釋氏本心本天者知性以盡心以至善無惡爲極故知天命而常存敬畏本心者信心自大即心爲性以無善無惡爲極故不

知天命而不畏其所畏，却正是一个嚴字。正希禪門人，宜其云爾。評者又從爲之辭，則惑之甚矣。吾爲正希轉語曰：自欺二字本無奇，被禪學人鶻突過去，可惜可恨也。只緣認誠意誠字大差耳。

富潤屋節

一念之實，一事之成，皆爲誠意。至念念如是，事事如是，横推開潤無窮，日日念念如是，事事如是，竪推久遠無間，欲淨理純，行道實有諸己，乃所謂德也。不是誠意外别有个德，亦不是纔誠意便是德，便能潤身。有一分德，自有一分潤。自下學立心至成德，有多少功候在，人只以一誠意混括德字，籠統没理會。

明道善言詩，只用虚字點掇，便使人有所感發。朱子取其意以傳詩，自謂無毫髮憾。其註富潤屋兩句，亦用此法，只著則能字矣

字點掇故兩句似全而實未了似實而却虛以其推說在下也

**黃淳耀文** 合身心而皆統於意 **評** 意如何統心 **文** 心廣即經之所謂心正也體胖即經之所謂身修也皆本於誠意如此云云 **評** 心廣體胖句非章意所重不過反覆形容一个意誠景象耳若論誠意功效則直至平天下絜矩之道也只得箇誠意豈止身心關係哉況廣字與正字胖字與修字俱貼合不上正為廣胖只是氣象上看不是工夫效驗極頭實地故章句或問及先儒皆未嘗牽引也

心廣體胖或問內外昭融表裏澄澈而心無不正身無不修矣言正修之本皆已在此則帶言固無礙也重發斯不可耳

必誠其意句原結通章非三句各結本節也

**歸有光文** 懼之以天下之可畏而人惟恐其或陷焉歆之以天下

之可慕而人惟恐其不得至焉傳者示人以自修之意切矣【評】聖人有此權術作用耶蓋二氏教人之法耳天堂地獄宗門人便不然之豈足以誘學者耶

傳七章釋正心修身

心不在焉節

心字須頓斷看便見得宰制羣動其關係至重

毛際可文　人心明湛之體本寂然一無所在也【評】故無乎不在莫錯會

黃淳耀文　當心之與波俱蕩也或從聲往焉或從色往焉或從味往焉不可得而竟也【評】此意似佳而隔上節說不正之故此節明身心之關在字是正心工夫是好字眼與上有所不同今要牵合有所謂有在故不在先說壞了在字辨色別聲食味人之

所以生不是不好事只心不正則其用皆失耳原以此三者責重心正今謂心之不在由此三者引去既屬添出倒說又說壞了視聽食此都是不停當處

章世純文心者合在不在以爲妙者也云云評楞嚴圓覺之臭涎耳勦禿丁講疏之粗談直敢無忌憚入經義亦秀才大亂之道也

呂子評語正編卷二終

呂子評語卷二　　正編

# 呂子評語正編卷三

## 大學

### 傳八章釋脩身齊家

羅萬藻文天下人之家。不如天子之家審矣。評大學不曾分兩樣說。凡欲自文濶大。强說入朝廷宮禁。道理便有不足。豈不帖帝王家。便不濶大耶。正坐眼孔小耳。

#### 首節

齊家是第一難事。惟克己反求足以感之。

自誠意傳後。好惡二字直說到底。是大頭腦處。

好惡從誠意章來。直到絜矩處盡。

古人謂齊家比治國平天下較難。看古來聖人許多難處。直是無可如何。然聖人處之已無不盡善。亦只是好惡無辟之至而已。

笑諺者。未有不爲諺所笑。惟其皆然。故曰莫也。

故諺有之曰節

但看諺下一莫字。可知溺愛不明。不獨指庸愚也。頗有道義自命。而營逐以濟不肖之惡。或詞章名世。而標榜以譽不學之文。反躬試問。眞不可解。及其論剌他人。又未始不了了也。此在賢者不免。況流俗乎。吾輩有子待教者。不可不一深省。

韓菼文方其苗也。曰吾意中之苗不爾也。幸而碩也。曰吾意中之碩不爾也。評意中之苗與碩。似有模樣。而寔無模樣。似有準則。而寔無準則。使其果有模樣準則。則亦有知之者矣。何也。無厭故也。

是苗之碩。未到穀盛穫多也。

此謂身不脩節

**黃淳耀文自記**大全饒氏盧氏說皆不可從，蓋因誤看集註，遂以首節爲身不脩，次節爲家不齊，寔則兩節皆是身不脩，下節乃証上語，而家不齊意在言外。**評**此謂身不脩五字，總承上兩節不可以齊其家，亦總結兩節語，非半句配首節，半句配次節也。次節註云，是則偏之爲害，而家之所以不齊，看所以二字，則次節未嘗指家不齊，而仍說身不脩明矣，此正看註精細處。

傳九章釋齊家治國

上有脩身，下有天下，本章只完得家國，其責重修身，只是教家二字，不是又補入修身也。

只教字提得明白，教者家也，而所以教者身也，所以教之實，則心之誠恕也，國不過理通而效達耳，平天下亦只如此，故曰成教於國，無教國之法也。

首節

首節只說家國之理一。故不出家而教可成。若上下相感。此行彼效。與責在修身爲教。皆下面說話。非此節義也。

推行於自然。化效於機。責重於身。皆是下文甲裏事。此節只講道理相通合一所以然。

身家之教以意示。家國之教以理通。

**田方來文**窮其大國雖遠而非極。鏡其原。家卽近而猶末。**評**看下文帥天下所藏乎身。可見不出家便有家上面事在。成教於國。便有國下面事在。

孝者三句。是申明所以不出家而成教於國之理。非爲成教於國條陳方法功效也。

總明得此三句只講家國之理。不說感應。不重責成。不指機關。不曲推變換。自然明確。

此三句原說自然道理。不得講成作用。

說理不說人。說教不說效。纔粘著人身說便碍。

只講立教之理。不將上下分配何人身上。孝字雖本身教說下。却只說得其故相通。不說其效相致。

**吳爾堯文**　人與人相聚而教生。**評**　人只是此人。故教只是此教。不必重君子。不必合國人。只將家國情勢看透合一道理。所以者也等字。更不須挑剔。而此理洞然矣。若不曾明白得一篇西銘。縱見得箇意思。亦無從發揮。此近人要說理字。做來却仍是事效也。

說理不說效。令人亦曉。而動筆又輒犯之者。只看註中君子所以修身而教於家者也一句不仔細。便做君子是孝者。以孝修身

呂子評語卷三

而國人便知事君故犯也。善會註語。不著眼在君子。而在所以者也四虛字。則孝者弟者慈者三者字。註意原指理而不指人。并不指人之修爲也。

看註云孝弟慈君子所以修身而教於家者也。所以者也。四字語意最明。故三者字不是指人。不是指事。只就家中指出三件道理。如云家之所謂孝也者。卽國之所以事君者也云爾。時解誤看註中君子修身句。遂將孝弟慈屬君子。下三句屬國人。說來竟犯第三節效驗矣。於是又有謂上下句俱就君子身上說者。亦非也。君子固孝弟慈。家人亦教此孝弟慈。國人亦教此孝弟慈。卽至天下家家孝弟慈也。只完得家的道理。若事君事長使衆乃是國底事件。亦君子與國人共有底。不專指君子也。直當撇開君子國人。竟講家之有孝弟慈。卽國之所以事君事長使衆之道。所以不出家而成教於國。何等明白直捷。何用葛藤自入魔界耶。

在家有此種道理。在國卽爲那種道理。所以不出家而成教於國。在家則君子與家人總在裏。故註云所以修身而教於家者。在國則君子與國人總在裏。故云國之所以事君事長使衆之道不外乎此。所以教成於下。都只在家國道理上說。不責坐人身上說。俗解分上屬君子。下屬國人。固非。至有謂家國都在君子身上說。則更謬矣。

人亦知家國相通之理矣。然說來仍向感應者。病坐看煞君子國人兩邊各占一半耳。因有謂都就君子一邊說者亦非也。事君如何貼得君子邊去。修身教家。則家之人皆孝弟慈矣。國人獨不教孝弟慈乎。但通國人孝弟慈。也只完得箇家之理。惟其事君事長使衆之道卽在乎此。此是治國之理，正是不出家而成教於國之理也。須將君子國人且都置，只說家之孝弟慈道理，卽國之事君事長使衆道理，便不煩言而自解矣。

錢吉士謂國人見我家如此，亦卽自能如此，仍舊落了感效去。且國人見我家孝，亦卽自能孝，則有之。如何是所以事君，豈不格礙乎。又要作轉折，豈不支離乎。顧麟士謂我之上有親，我之下有臣，臣事上，有長臣使下，有衆總坐煞在人身上看，自生葛藤。若曉得此只說家國相通之故，在道理上論，不涉人身上論，則葛藤盡斬矣。

看先輩作此題，原只在道理上說，不曾著重人身，卽說到人身，也只是公共道理所以然，不曾著重在國人與在君子也。見理的當如此，只是體會註意仔細，不從講章出身耳。從講章出身者老死無通理。

在家爲孝之道，卽在國爲事君之道。止在衆人公家道理上看，不著在一人身上看。著君子身上看且不可，況著在承教之人乎。不是君孝而臣忠，亦不是求孝而得忠，亦不是無意於事君而教孝，亦不是要事君而教孝。離此乃明所以之説。

**唐順之文** 奚必陳力就列，而後爲事君哉。**評** 此語却有病。事君原自有事，但其理通耳。

康誥曰如保赤子節

上節只説道理，不得侵事效。此節只説端倪自然，不得侵推行。首節祇明家國相通之故，就道理言也。第三節乃明國本於家之機，就推行功效言也。此節説道理已在推行處，説推行却只説端倪自然，仍在道理上看。到下兩節纔正講推行事也。故朱子

而國人便知事君故犯也善會註語不著眼在君子而在所以者也四虚字則孝者弟者慈者三者字註意原指理而不指人并不指人之修爲也

看註云孝弟慈君子所以修身而教於家者也所以者也四字語意最明故三者字不是指人不是指事只就家中指出三件道理如云家之所謂孝也者卽國之所以事君者也云爾時解誤看註中君子修身句遂將孝弟慈屬君子下三句屬國人説來竟犯第三節效驗矣於是又有謂上下句俱就君子身上説者亦非也君子固孝弟慈家人亦教此孝弟慈國人亦教此孝弟慈卽至天下家家孝弟慈也只完得家的道理若事君事長使衆乃是國底事件亦君子與國人共有底不專指君子也直當撇開君子國人竟講家之有孝弟慈卽國之所以事君事長使

衆之道。所以不出家而成教於國。何等明白直捷。何用葛藤自入魔界耶。

在家有此種道理。在國卽爲那種道理。所以不出家而成教於國。在家則君子與家人總在裏。故註云所以修身而教於家者。在國則君子與國人總在裏。故云國之所以事君事長使衆之道不外乎此。所以教成於下。都只在家國道理上說。不責坐人身上說。俗解分上屬君子。下屬國人。固非。至有謂家國都在君子身上說。則更謬矣。

人亦知家國相通之理矣。然說來仍向感應者。病坐看煞君子國人兩邊各占一半耳。因有謂都就君子一邊說者亦非也。事君如何貼得君子邊去。修身教家。則家之人皆孝弟慈矣。國人獨不教孝弟慈乎。但通國人孝弟慈也。只完得箇家之理。惟其事君事長使衆之道卽在乎此。此是治國之理。正是不出家而成教於國之理也。須將君子國人且都置。只說家之孝弟慈道理卽國之事君事長使衆道理。便不煩言而自解矣。

錢吉士謂國人見我家如此。亦卽自能如此。仍舊落了感效去。且國人見我家孝。亦卽自能孝。則有之。如何是所以事君。豈不格礙乎。又要作轉折。豈不支離乎。顧麟士謂我之上有親。我之下有臣。臣事上有長。臣使下有衆。總坐煞在人身上看。自生葛藤。若曉得此只說家國相通之故。在道理上論。不涉人身上論。則葛藤盡斬矣。

看先輩作此題。原只在道理上說。不曾著重人身。卽說到人身。也只是公共道理所以然。不曾著重在國人與在君子也。見理的當如此。只是體會註意仔細。不從講章出身耳。從講章出身者。

老死無通理。

在家爲孝之道。卽在國爲事君之道。止在衆人公家道理上看。不著在一人身上看。著君子身上看且不可。况著在承教之人乎。不是君孝而臣忠。亦不是求孝而得忠。亦不是無意於事君而教孝。亦不是要事君而教孝。離此乃明所以之説。

唐順之文 奚必陳力就列。而後爲事君哉。評 此語却有病。事君原自有事。但其理通耳。

康誥曰如保赤子節

上節只説道理。不得侵事效。此節只説端倪自然。不得侵推行。首節秖明家國相通之故。就道理言也。第三節乃明國本於家之機。就推行功效言也。此節説道理已在推行處。説推行。却只説端倪自然。仍在道理上看。到下兩節纔正講推行事也。故朱子謂卽孟子乍見入井意云。以乍見入井處指四德之端。大學以保赤指孝弟慈之端。都在自然發現處見得。所謂始然始達者也。

上言家國之理本通。此下方言推行事效。此節乃上下交接處。言孝弟慈之推行本乎自然。只要誠心求取。而三者之中。惟慈心最眞而易曉。故特引以証三者之同然。非謂治國推行盡於慈。亦非謂推行便有政法作爲也。

堯舜帥天下以仁節

機字意上已説竟。此節又從機字中發出恕字之理。主意全在其所令反其所好而民不從句。

人言借堯舜以証一人定國。是引証語。其説謬也。此不是証上語。乃起下語耳。上言感應之機在於一人。此言一人所以致感應者必本於藏身之恕。兩節意自不同。若作証上。則桀紂之帥從又何以証定國耶。

玉樹堂諸子拈有諸己而後求諸人題。有謂宜重上半截。不則似爲求人而有諸己。非藏身之恕矣。予謂言各有當。此章恕字原在齊治上說。與他處恕字不同。故朱子謂尋常人有諸己。又何必求諸人。無諸己。又何必非諸人。如論語躬自厚而薄責於人攻其惡無攻人之惡是也。大學之說。是有天下國家者。勢不可以不責他。蓋治國者勸人善禁人惡。便是求諸人非諸人。以此條觀之可知。此兩句却重下半截。蓋有諸己無諸己。皆指所求諸人非諸人之事理言也。求與非卽上文所令。有與無卽上文所好。因所令轉出所好。則此兩句自從求非轉出有無。乃合語意。若云凡治國之求人非人。必有諸己無諸己而後可耳。

求字從令字生來。便須有法制號令在。此恕字。只在政治上看。

詩云桃之夭夭三節

家國相通之理之效。上文節節說盡。又用一句通結了却矣。三引詩。只反覆咏歎指點與人玩索耳。齊治相關要理。上文已反覆說盡。此又引詩咏歎。自有深情。須於言表領會。

此處三引詩。與他處詠歎又不同。他處卽在本文。此却說完又起。不必有深奇之義。但想傳者所以重複下此三節。是何意味。

家國相通。教成功效。至第三節已說盡。第四節復承一人定國說到藏身須恕。正補出修身爲齊治之本。恕字乃成教之要領。卽下章絜矩相連血脈也。緊根上文兩箇而后。襯出題中三箇而

后纔見此三節詠歎正鞭辟向藏身之恕爲下章絜矩之原不是重衍家國相關疣綴閑文也

此三節而后都從上文兩箇而后生來

朱子謂漢人說經止訓詁文字不著議論而意味極長此即程子但念過令人有悟之妙蓋言詩之法本如此

合齊與治而總命曰教言在家則欲人人如此在國則欲家家如此也然必一家之人人如此而後可求一國之家家如此此欲治先齊之正面也自藏恕喻人以上都責重一人身上此是說所以齊之本末盡得一家人人如此意故又三引詩詠歎指示箇景象所謂宜家人宜兄宜弟其爲父子兄弟足法皆指一家人人能如此意見家與國成教相連處非復上文專說一人身修之義矣然一家中人人如此又有箇次第教成必始於夫婦

而後及兄弟而後及父母看中庸妻子好合二節及孟子老吾老一節皆從夫婦兄弟説起葢家之難齊最是此二項而二項中又重在夫婦兄弟之尤未有不起於閨房妯娌之際者故此二項人教成以教家無難即以教國無難矣緣家人國人人人各有箇夫婦兄弟父子故教一家即教一國之家家無二理也于一家人人如此意與一家感化次第抉剔分明方知傳者下此三節不是閒裏吟詩也

家之齊其效在父子兄弟而齊之難却在夫婦兄弟而夫婦尤難故齊家之本始于夫婦中庸引詩必妻子合而兄弟翕然後父母順孟子引詩必刑于寡妻至兄弟而後御家邦皆是此理此傳上面皆言齊治相關之義故槩舉孝弟慈此三引詩却正指示齊家下手緊切工夫節節次第有意非隨手拈頌也

傳者引詩有微旨確然處。如由家人而兄弟而父子。與家人兄弟父子中間許多經緯。此是教家與教國之實理也。有隱躍流露。未嘗泥執。令人自悟處。如只說家而點出教國。只說正國而點出本于家。總于言外指點不出家而成教於國之意。此不盡之妙也。

教字法字原從成教句來。只說治國治字中所該尤廣。故說成教於國。方是大學修齊治貫通切實處。

**沈受祺文** 夫家有家人。而國之人亦有家人也。必也修其身以宜其家人。如詩所云也。而後可以教國人宜其家人焉。**評** 國人各齊其家而教成矣。從來拋却國人之家一層。教字法字終欠實落。得此一提闡。功效氣象次第了然。教家補出修身一層。尤得言外之意。所謂其味深長者也。

只家家父子兄弟如法，便是國治。

黄淳耀文　教莫先于夫婦，説者謂易首乾坤，詩首二南，天地之大義也，故首舉桃夭以補孝弟慈之説所不及。評　此意甚精，齊家工夫最要最難在此。

上一句宜其家人，從宜前説來，宜字須下得著力，下一句宜其家人，是推説，從宜後説去，宜字須下得現成。

桃夭蓼蕭但説家，鳲鳩但説國，各止半邊話，這半邊關合緣由，事理隱躍言表，俱在複一句中點掇有神。

三釋詩，皆補詩意所不及，最得引申之妙。桃夭蓼蕭止言家，而補出國，鳲鳩詩其儀句指身，正是句指國，中間却補出家來，其爲父子兄弟足法，舉一家而言，非仍歸君子身上也，蓋此章原止釋家國中間責重君子，乃推本家之所由齊，反覆説明，上文已

結此三引詩詠歎齊治相關之旨所重在家不重推本於身矣故足法要重家人說但一家足法原脫離君子不去耳

**金聲文自記** 此處要說得是治國在齊其家原不是治國在脩其身 **評** 按傳文章法固如此但應做來是國與家相關不可跳過家而與身對說耳爲要發明此意因叫破治國不在脩其身不覺反悖於理此文人主張已說只管暢快不顧義理之病不可不知看平天下章三言得失亦責重脩身自齊家以下各傳未嘗離根說也但齊家章須將心意知納入身說治國章將身納入家說平天下章將身納入國說耳

傳十章釋治國平天下

治與平有理一處有分殊處人但曉得理一不曉得分殊

治國只說動處平天下是說到盡處天下之動無加于國而盡處

之不同以使之同。國與天下分界在下句。故此三句只合虛遞只爲國與天下地雖分。然同此上。同此民。故可以其同然者推度耳。

中三句乃人心之同。意義極寔。地位還虛。末句正不使一夫之不獲。樂只以下理財用人之屬。乃不使不獲之政事也。

上老老三句。是教化所興起。絜矩之道。是政事以遂其欲。第國與天下分界處。不闡發分明。則其次第之所以然。尚未的確也。蓋上老老三句。是齊家治國中事。而天下人心之同。亦不外乎此故曰平天下在治其國。上行下效。興感之機。只是家國闗通親切。天下又加濶遠。觀聽阻隔。非身家之修齊。驟能致應感之速此國與天下微分不同處。所以必須絜矩之道。絜矩者。推一國人心之同。以量度天下之事也。故朱子云。絜矩之說。不在前數章到此節次成了方用得。又云。此章首尾。只推絜矩之意。未嘗復言躬行化下之說。蓋謂此也。不然。治國時豈無政事。平天下豈不用教化。然節次自有不同。不可云身修家齊而天下平。竟與治國無分也。

絜矩。人皆以心字混過。縱好只做得矩字。不曾做絜字。不知矩是家國天下之所同。治與平不同處。正在絜字中見。此道之所由出也。故朱子謂到此節次成了方用得。如時文言。仍只做得以心治國耳。國與天下有何分別相關乎。家國相關。只在此心感應。而國與天下相關。又有政事之不同。絜家國之矩於天下。而道生焉。故此節眼目在道字。而因矩為道。重却在絜字也。

治與平分界在道字。若仍止說心同然處。則上三句已足矣。道者所以遂其同然興起之政事。此國與天下不同處。故必須絜矩耳。非謂即與起一國之心而是也。

**錢世熹文自記** 絜矩是因民心之同。而使之各遂其願。如下文理財用人許多事。寔非空空推心而已。乃治國已行之事。平天下不過推而及之耳。非到平天下方絜矩也。**評** 時作即以中三句爲絜矩。或索性離三句而別講絜矩。視此皆謬也。第朱子云。絜矩之說。不在前數章。到此是節次成了。方用得。此意又如何更體之。

總要明白國與天下。正多不相同處。第其良心無不同者。君子只就這同處推度開去。細得其情。曲成萬物。如所謂必因天地寒煖燥濕。廣谷大川異制。民生其間者異俗。剛柔輕重遲速異齊。五味異和。器械異制。衣服異宜。修其教。不易其俗。齊其政。不易其宜。正從這一點同處生出許多不同之政事。乃所謂絜矩之道也。故此句所重却在道字。矩無不同。絜而爲道。正多不同。上文三句言國與天下之所同。此句正言國與天下之所不同。所以朱子謂不在前數章而在此章。到此是節次成了方用得。家國相通。以理以意。國與天下相通。便有政事制度。理意只以感應相示。到政事制度。便有宜此者不宜彼。性情風氣之異。矩只此矩。絜處却不同。故治國章只説藏身之恕。而此章説絜矩之道。絜矩即恕之事。然而其道有辨矣。

上老老三句。是興起其心。在以身爲教。末句是遂其願。在因人心之同而爲聖人之政。此是兩義。然以身教興起其心意。在齊治章已説盡。此處引來見平天下之道也。只在此同然處經畫處置耳。故兩義中只重遂願。不重興起。蓋治平教化。更無二理。只政事大有不同。故平天下通章只講絜矩之道。都在政事上説不在教化上説。此節只要轉出末句。爲全傳題目。若復回繳到躬行化導意便失其旨。

家國近。近止言教。就躬行化下言也。天下遠。遠重言道。就政事制度言也。故中三句只説家國。而末句方説天下。或曰。如此説。則興起屬家國。而遂願屬天下。毋乃看成兩截。豈家國不須遂。而天下無煩興乎。曰。家國非無政事。而所重却在躬行化下。到平天下時。感應工夫已都在治國中做了。但恐立政制事處無以徧愜五方異性。有宜此不宜彼者。此道之所當講也。然道之原頭。仍在家國感應處。可見爲矩本一。但絜處有不同。故重在道然所謂遂願者。亦只是遂其興起之願。原未嘗兩截説。但本同末異。須如此推極得盡耳。

君子不惟有以化之。又有所以處之。非謂平天下不須興感也。但化之意已在治國説盡，故此章只重處之邊發明耳。

或問云：「幸有倡焉而興起矣，然上或不能察其心而失所以處之之道，則其興起者或不得遂，而反有不均，是以必得絜矩之道，然後有以處此，而遂其興起之善端。」（翫）此則知絜矩之道是在興孝弟不倍後事，故朱子又謂不在前數章，到此是節次成了方用得。

有云：絜矩是家國已行，不是到平天下方絜矩，不知正爲平天下道有不同，故須絜耳。如國之政事與天下政事，其間許多條目參差不齊，聖人正恐於此處稍有未盡，則不能均平矣。於家國間得此矩，而絜之天下，爲道務求必盡此參差不齊者耳。故謂矩爲家國所同則可，若絜矩之道則畢竟朱子謂到此節次成了方用得也。蓋矩是理一，絜是分殊，重矩字看，則每縮到家國一源。而此處却重絜字。註中推以度物。正爲是也。

戚价人　只是這箇機括。苟一身之倫紀修於家。近也。如此。遠也。如此問甚麽國。問甚麽天下。但看握著緊關處推衍何如耳。

評　上老老三句。固在前章齊治中指點下來。然只引得一矩字。所謂絜矩之道。却自有平天下事理在。故朱子曰。絜矩之說。不在前數章。到此是節次成了方用得。正爲國與天下。自有分殊處耳。此是推放開去。非倒縮轉來也。若云只是這箇近也。如此。遠也如此。問甚國與天下。一派顢頇。則平天下一章。都成剩語矣。此亦是釋氏萬法歸一。三界惟心之病。

吾於勾股側量比例之法。而益明絜矩之說。若謂吾此矩。天下亦此矩。以矩合矩。故能平。則矩爲死物。其用有窮矣。蓋矩立於此。而天下高卑遠近陂側奇零之數。皆得而正之。其器至一。而其用愈引愈廣，使此器分線根本有毫秒之差，以之測算皆不合矣。然此器之準與不準，正要在事物上比例考驗。此平天下之矩，必從人心同然處體勘而得，而工夫原在格致誠正中來也。

【金聲文】無不有矩而絜焉者寡也，故君子觀於輿而知王道之易易也。【評】絜者絜開去也，若正希之見則絜歸一矣。【文】吾見血氣心知之性存乎人，不必拂天下以從一君云云。【評】絜矩之道從天命之性上來，不從氣質之性商量。人心所同，有人欲，有天理，如好貨好色，人所同也，然須是應好之色貨乃得，若但說好色貨人所同，都是人欲也。遂人心之人欲，則大亂之道矣。故孟子曰：心之所同然者，謂理也，義也。孝弟慈是理義之同然，故曰矩；禮樂刑政制度亦理義同然，故曰道。從此矩推行爲道，卽理義同然之用，故曰絜矩之道。蓋謂絜人心同然之理而爲平天下之政事也。但從血氣嗜欲求各遂其願。此是黃老之自然無爲。釋氏之方便普度。非聖人絜矩之道矣。其弊只講矩字。不講道字。故絜字亦倒說向內。倒說向內。併矩字亦看成無善無惡這些子。此非小小語病也。

遺却之道二字。說絜矩落空去。仍只得上三句意矣。人謂絜矩解在下節。不重做爲得。不知下文只空解絜矩二字之義耳。此重發平天下之道。何害。

旹義來脉有眞有僞。如道字引聖經首句。此不眞也。上章藏恕是絜矩之原。而絜矩工夫在前格致誠正。此眞脉也。

藏恕誠求。矩字絜字之來龍。

絜矩卽是上章仁恕。此本身血脉也。致知誠意。乃能絜矩之根柢。又是前一節說話。

絜矩根源在格致誠正，其道由家國而推，則已統大學綱領之全矣。

所惡於上節

説惡便兼好在內，然於惡處較分明，故止言惡耳。

上下前后等位，正是絜字，所惡毋以，乃所謂矩也。

左右是並肩人，與上下前後自稍異，交字是平等施與事，使先從亦微分，彼易於移動混亂者，只是解書不仔細耳。

詩云樂只君子節

首節上老老三句，指人心之所同處，所謂矩也，末句絜矩之道，又有遂其願欲政事在，此節所好所惡是矩，好之惡之是絜矩之道，正相照應。

自誠意章講好惡，修齊治平只此一線説去，好惡自己及人，日新民始於齊家。終於平天下。故二傳中說好惡獨詳明。平天下而引詩言父母。其意正深切。非愛民寬皮套子也。

好惡眞源。到此纔見自慊盡頭處。此朱子告君必以誠正也。

民之好惡。亦從天理上絜之。況敢徇已私乎。

泛之向設施處講愛民如子好惡與同話頭。極其至也。只到得漢文帝唐太宗而止。非三代之治平也。緣此心先不是。如窮秀才伏處時。民之好惡。皆身體之。及服官蒞政。貪殘刻戾其好惡又與民殊也。只緣做秀才時。其好惡先不端正。一切都是人欲。如何做官時忽然循理得來。自三代。以後。習成一功利世界。已心民心。皆失其正。凡禮樂刑政制度文爲。理財用人之道。純是私心做就。先儒所謂心如印板。板文錯。則印出書文無不錯者。三代之所好所惡。無論已心無有。即民心亦不望及矣。豈不可哀也

哉故程朱責難於君必以正心誠意非迂濶也説好惡能向誠意尋源方是能絜矩眞寔王道本領

評家謂父母是責備之詞非稱頌之詞最爲名識註中能絜矩云云只一能字正有推行之功後文理財用人乃其條目大端也

**羅萬藻文** 君子有能兼之分則當有能兼之情此之謂父母之地**評** 地字好爲人上便有父母之責正在道理上看

**艾千子** 民好好之民惡惡之此言君子當以父母自處曲體民情絜矩以誠求之存心如做父母一般耳非謂民好民惡百姓便稱我作父母也**評** 此之謂三字是傳者語就道理上説言能如此方當得父母之稱不指民稱君子亦不指君子以此稱自居也註云則是愛民如子而民愛之如父母則上下之意都在卽謂百姓稱我作父母亦無妨但此之謂三字不是指民言耳非必坐煞君

子自命也。

民之父母四字。人自習焉不察。得此之謂三字喝醒。方見當此者鮮。

此之謂三字。極落得鄭重。

詩云節彼南山節

善詈人者。必不肎老寔訟言。如君子偕老之詩。首章云子之不淑。云如之何。二章云胡然而天也。胡然而帝也。三章云展如之人兮。邦之媛也。若美之若惜之。正深於詈人也。故古人謂詩最善駡。

是故君子先愼乎德節

財用二字。從得衆得國生來。開後文論財張本。人土卽衆國。財用則衆國中物。原不是别生枝節也。章内三言得失。從此説起。覷一此字。是凛凛岌岌之詞。故註云。承上文不可不愼而言。
有德是四句腦髓。與愼德境界自別。
諸有字。有統貫義有層次義。
此有字逐句遞出。自有義在。若四句俱直根德字。不漏却題中有
人有土有財六箇重疊字否。
人但爲張大慶頌之詞。止寫得有字。却寫此字神理不出。須知四
此有是難詞非幸詞也縮重上一截直歸到首句。逼出下文見
得君子始終只一箇愼字方是大儒大臣之言。彼徒以吉祥爲
說者。適吐露其佞倖胸中耳。
俗眼俗腸。但知四句足以歆艷。不知著一點歆艷不得。若謂因此
不可不愼德則本領盡差德非其德愼非其愼矣。
俗眼看作四件。解者看作一件耳。人土是財之出處用是財之行

處四句只一句故下直接財字。

有德此有人四句只合挨講若一有無所不有乃下二句中義也。

德者本也節

一有即攝衆有所以爲本。

艾千子謂德爲治天下之根本非德爲財本也財爲治平之末務。非財爲德末也余以爲不然平天下章論財用自此始直至傳末皆言此事故先慎乎德一句德字便專就財用而言看此節註云本上文而言則德之本正對財財之末正對德故下節緊接外本內末非可以泛論治平也從通章泛論不說道理不是實非本節之旨矣。

本則理一末乃萬殊只是一箇明德對新民言則民爲末在聽訟言則訟爲末就財用言則財爲末須粘末看又須離末看如此

本字須緊從財上較出，方見親切。然不得離看，意則似專爲財而慎德，語病不小矣。

舅犯曰節

仁親以爲寶一句是直出無轉計，是快説無遲疑，是順口便道無迎拒囁嚅，晉文子犯兩人平時極詭譎，此時極光明至誠，無他本也。

秦誓曰節

**黄淳耀文**　人有相一國之才，有相天下之才，是二者不同量矣。獨至舍才而論識，舍識而論度，則優于一國者，即可挈天下以付之。**評**　要之相度正是其才識大處，非無才識也。秦誓所以入經以此。

無他技不是寔無技，正言其休休有容耳。

其心休休焉此句是形容一个臣心體大段不著事爲不落作用不指風采不論功力若只在外面發揚便成郛廓

**陳際泰文** 吾欲以休休之度服天下因以休休之度爲人主所用以託天下云云 **評** 著此念便斬却休休之根矣且題本從其心看休休文偏以休休轉出其心是心與休休爲兩件也

其心休休二句在心體度量上看原是虚語最難搆畫休休只說寛平廣大便與如有容混盧玉溪謂有淡然無欲粹然至善意此說好

人之有技若已有之有本領有大用若字意乃盡若已有中正有曲成手段

**艾南英文** 相天下者未暇收道德之人以養坐鎮之功而先收材技之人以隆器使之用 **評** 無此理但道德之人難得耳豈反後

於材技。況道德亦不止是坐鎮之功。坐鎮雅俗。乃無道德者耳。

不啻口出。正從口出中見其不啻。不是不形之言也。

如有容。寔能容。首尾相照應。如有容從休休中得其氣象。寔能容從有技彥聖五句中得其精神。

人之有技五句。總在有容句生出。故後又找寔能容之。下半段又應寔不能容句。語意分明。

有技彥聖等差不紊。正是無所不容。

彥聖地位甚高。能好而容之。則又高矣。

高下大小。無所不收。以見有容之至。是也。然必高下大小各盡其才。當其分。而後謂之能容。看有技二句。便見其下面纖細無遺看彥聖數句。便見上邊極高者大者。我又能盡其高大。則高大更過之矣。若容有技與容彥聖一樣。便不謂之寔能容。可知其中正有明通公溥。裁成器使之道。不是以一切渾蒙爲容也。能容總上九句。能保推能容之用。能保卽在能容內。

唯仁人放流之節

此方見好惡極盡處。正是仁人之能。講調停渾融。總是不仁耳。自誠意章至此章。皆以好惡爲用力處。然聖人論用力。都重惡一邊。看釋絜矩節便見。論語講恕字。道不遠章講忠恕。皆以不欲勿施。故朱子謂絜矩正是恕者之事。此節又是絜矩中一事。其義本一。恕以求仁。故唯仁人能惡能愛。此謂二字。緊承上文。側重惡人。乃至理。非小巧也。鄉原爲賊。剛毅近仁。理自如此。居鄉而同流合汚。在位而包羞養奸。皆不仁之甚者也。

看釋絜矩之道節。只言所惡。道理原重惡邊說。絜矩從恕字來。不欲勿施。强恕之道本如是。

此申言好惡之極至。仁人方能得其正。從惡見愛。卽絜矩之道。但言惡。而樂只節兼言之也。蓋人情公私。于所好處看。不若於所惡上看。更分明極盡。此義之所以成仁。而公私之界分於義利。故章末又詳言之。

**唐順之文**唯仁人也物格知至有以洞察乎善惡之機。意誠心正。有以深得乎好惡之道。**評**尋能字源流。人皆可爲仁人。是大學微旨。唯字不是截斷語。

好人之所惡節

通章只講絜矩。爲好惡空講難明。故就財上說。就人上說。總只講好惡公私之極耳。秦誓以下數節皆借用人指好惡。非以好惡訓用人也。

全傳專言好惡公私之極。忽及貨財。忽及擧錯。皆是講好惡。就治平中枚舉一二大端指示此理耳其寔禮樂刑政動止云爲無非好惡非謂好惡之道止於此也即此二端中亦貨財詳而舉錯略以理財用人平對亦屬後來講章標派名色章句未嘗有也至君子有大道註中明訓居其位而修已治人之術蓋即指禮樂刑政動止云爲總包貨財舉錯之類而言非絜矩之道也細玩章句則其辨自見

是故君子有大道節

此道字直從經首大學之道道字生來故註下修已治人四字即兼明新二句也

絜矩意至上節已說竟此節又另起總結直照聖經首節收歸大學之道故註云修已治人之術即明明德新民也

道便是大學之道

此道字不是絜矩之道。絜矩之道。從心推出及民事理也。絜矩者。以民之好惡爲好惡。公之極也。皆只是新民一邊事。君子大道。則舉修己治人之全而言。以上言絜矩。言好惡之公私。此節言忠信。又從公私中推極誠僞敬肆之分。蓋所以行此好惡之公者也。

此君子贊歎不得。

此君子以位言。大道亦只言居是位之道。

註中特地云君子以位言之。正恐人誤看做有德者。則驕泰句說不去也。

君子只是有平天下之位者。大道卽所以居是位之術。其事理甚大。故曰大道。然非忠信則施設皆虛。猶云爲天下國家有九經所以行之者一也。故君子大道須切位上說。忠信以得須切居位之道說。方字字有地頭著落。

大道。註中明云居其位而修己治人之術。作者偏多貼用人理財。不知何据。聞時論欲專主用人。尤難解也。總是不曾讀註耳。章內雜舉理財用人。緣此二事。是天下事之大者。故舉以立論。其實平天下。不止此二事。或又變而爲愛民用人。則用人亦愛民中事。取舍卽好惡之一端。不可以作對也。理財用人。皆所以明好惡。但取用人而置理財之好惡。亦不可也。總之大道所該者廣。單指一二件。便說不去。

戚藩文自記 一言得失。緊承樂只二節。二言得失。緊承愼德數節。三言得失。緊承楚書數節。自是確不可易。止因上二結有結有証。此一結有結無証。竟以正文舉之。所以朱子統言平天下。其寔各有專指。不可混列。評以上只是說絜矩。故于上節特註云自秦誓至此，又皆以申言好惡公私之極，以明上文所引南山有臺節南山之意，正結淸上文，見此節之不粘連楚書數節也。又於此節註云，因上文所引文王康誥之意而言，則此節當直承文王康誥兩言得失，而不當承上數節又明矣。徐爲儀謂此節是上承用人下接理財過脉，不宜斷絶，此正是謬論。如其說理財上已說過，下文不過因上有財意而申言之耳。原非特起，何用過脉哉。總之眼孔拘小，只在貼身上下尋來路去路，而不知古人文章端緒接續，脉絡貫通，間見層出，有別見於言外者。其來路去路本自了然，但粗心者自不辨耳。一時紛紛，大道有指絜矩者，有指好惡者，大槩主張理財用人者多，亦有重理財而輕用人者，若專主用人，則又戚君特解，戚君作家老宿，而疎陋如此，又何論其餘也。存之以見不體認註意精細，輕于主張立論。名人之謬妄。每甚於庸俗也。

徐闇公此節之前。則爲用人。此節之後。則爲理財。然則此節正總結用人也。非泛說主心。亦非兼說理財用人。集註所言總結。旣不近取上數節。而泛指一章。便令作者不知所指。且此節所言大道。用人之道也。下節所言大道。理財之道也。大要不出此二者。若不實結用人。則此大道又爲何物乎。所謂得之者得人也。失之者失人也。不然則二之字亦無所指。評依闇公評。則康誥之前已說理財。是康誥節所言得失。卽應作結理財解。其所言命。有財無財之命也。若不結理財。則此命又爲何物乎。得之者得財也。失之者失財也。不然。二之字亦無所指。以子矛刺子盾。得不鬨堂噴案乎。當時諸公皆淹通秀才。以名節自任者。然都悖謬如此。總爲邪說浸淫。以叛棄朱註爲高。勢必然爾。蓋亂運橫流亦不知其然而然也。

大道鑿定用人理財，固非，又有直指卽絜矩之道，其謬同也。絜矩之道，亦所以行此大道者，與忠信二字對，非卽大道也。絜矩之道，從仁恕生來；忠信從誠生來，皆所以行此大道者，猶之中庸行達道歸于達德，道德一本於誠相似，故有絜矩之道之君子，以德稱，有大道之君子，以位稱，各有確義，不可混也。

忠信不止爲平天下用。

忠信，人卽作絜矩看，固非，離絜矩另標一道理名目，又不是。絜矩是心理之同然，忠信卽在行處寔心上說。絜矩卽誠意章好惡推廣言之，忠信卽誠意章之自慊愼獨也。

忠信是絜矩前一節工夫。

生財有大道節

歸有光文財者國之所不能無。而亦非君子之所諱。評不用如此說。纔說不諱。便看得私心小樣。

說不必諱。便是諱言人轉計。

此大道。與上大道。毫無交涉。人多云大道不止生財。而生財亦有大道。如此乃是大道以生財。非生財有大道也。

大道。只是生財中底道理要正大。不可私邪纖悉耳。與上文大道。風馬牛不相及也。

有天子之財。有諸侯之財。有卿大夫之財。有庶民之財。生財大道。統而言之。其理同也。然必自天子得其道。而天下之財無不理。

此平天下之義也。

財足原只在民間經理。却須王者耳。

中四句。本平列。無層次意。

舒字有二義。舒徐固是舒。舒暢亦是舒也。南北轉漕，費以鉅萬，固是不舒。太倉之粟，陳陳相因，亦是不舒。

陳際泰文　國用之重也。一暑而揮之，而屢世之蓄積殫，幸而無事，猶存之國也。一有意外之虞，智者難爲圖矣。評　屢世蓄積殫，必有事矣。總之不必説到此，只用之疾，自然不足，恒足恒不足，只就日常説耳。文　天下賞賜錫予，特爲鄭重，或有刓而弗忍之嫌，然而亦無傷也。評　此畢竟有害，非舒之謂。舒字總説自然道理應如此，説向作用去，意非不高，然非大學中正常久之道，人人可行者也。凡文字要過火求新，每於理上别生病痛。

東坡有言：吾得一法，大要是慳耳。美其名曰儉素。看來家國道理總只如此，故爲國須識大體，看一舒字，非僅節省之謂也。舒不止戒淫侈。

管商桑孔其道何嘗不能足財却不可恒也惟此四者不見有餘自無不足雖凶荒患害皆不能貧此方是恒足此便是大道

仁者以財發身節

此仁字爲下節引線仁者二字漫置不得張受先謂不重在以財發身只要見得如此則生財不可無道爲平天下一大事却是胡說因上文言生財不可無道恐人君意重在生財故特下此節以起下文至末只一意言雖生財有道然不可外本内末故又提出仁義而以義利之重結之如受先所云都成倒亂矣

**陳子龍文** 夫財者大利大害之所在也雖至聖仁人非此無以結天下之心**評**仁者結民心惟此則亦權術矣謂仁者即於財論亦以財發身耳

散財得民言其無私不貪而適以得民發身是傳者推論非仁者

爲要得民。而散財以要結之也。如臥子言、其心術不仁甚矣。此處毫釐之差。不翅千里、

未有上好仁節

此節雖多疊句。而語意一氣急遞。總以首尾仁財爲主。未有好義二句。只是過接橋筏耳。大意只上好仁而財皆其財耳。多好義終事一段。乃推所以得財節次如此。

大意是申決上文發身之説。只合云。上好仁則必有其財耳。而傳文故作三疊。正要跌出義字。爲下文義利之辨張本也。人惟看得中一疊沒緊要。而首尾仁財。其理又盡於上文。不過從三箇未有討口氣。總屬複衍無味。

君民上下相接。純是義、而其所以相接處原是仁。不容分屬也。然

上但知有義則驕恣貪虐之患生下但知有仁則觖望僭亂之禍作故上專責仁則下自安于義義字只貼下看有意思在

**陳子龍文**立君臣等上下此非天所爲人之所設也人之所設苟無相感不輕則激不交則忘**評**此意直從原頭差到底君臣上下皆天所爲故仁義相感仁義皆天也臥子亦以爲人之所設耳**文**人亦齊等耳彼既有高尊之樂我復居臣虜之養而又索能奉之乎**評**何處來此誕謾悖理之言人胸中有此議論直是生心害政

孟獻子曰節

自生財大道節至上文就財上論所以生之有之之理傳又恐人主重視夫財而講究不置反以仁義爲致財之道也故急下末二節見財利之必不可求其爲後世慮者深矣

引獻子言。只取食祿之家不得與民爭利耳。此謂二句通釋三段。未嘗有單指聚斂意思。或問朱子引公儀子董子以證上二段。引臧文仲冉子以證下段。則亦並舉無疑。自陶石簣畧過上二段。側重下段。後人遂以爲不易之說。其寔非也。問大夫之富。數馬以對。正謂他物稱是耳。若只點煞馬字講。此與拾遺契而數齒。計富者何以異乎。

與民爭利。便是病國。便是不絜矩。故臧文仲妾織蒲。夫子直斥其不仁。

惟義乃利。天下更莫有利於義者。然如此說。則講義仍是講利。好義原爲好利。其爲人心之害反深矣。如釋氏以禍福勸人行善。其本心先壞。以私心行善事。豈復有善根乎。然義之爲利。理本如是。又不可不明。故聖賢必先説利之害義。與懷義之必當去利。然後轉出義本自利。更不須講利。其理乃圓滿無弊。如孟子之仁義不遺親後君。與此傳之以義爲利收結是也。理財用人。雖朱子論此章大段。亦有此語。然未嘗見章句。且此節重義利。亦無兼理財用人之說。讀者勿泥爲不易可也。

長國家而務財用者節

善之。只是信任之至。善者不是突然而有。即是曩時指摘放廢之人。至此事急勢促。方覺其爲善者。方覺善者之有。則大事已去矣。

呂子評語正編卷三終

# 呂子評語正編卷四

楚郢後學車鼎豐雙亭氏編次

## 論語學而第一

### 子曰學而時習之章

髫齔就傅。開口便能問學是何物。所學爲何事者。知其將來必能渙然冰釋。怡然理順。蓋此時已種根也。

凡提一字以貫通章。註中初無此意。即屬萬曆以來講章杜撰章旨。皆亂道也。若此章學字。於理却合。註雖不提明。亦隱然脈線。蓋學字原無所不貫耳。若謂非此不可。則又不然。

學字可貫下。悅字却貫不得。以悅字作線索。也只得憑君說。畢竟牽强講到不慍。仍是時習。也只得憑君說。畢竟支離。明分三不亦。如何硬要併攏。

須是聖人說底道理，自可包括賢人步位。若移做得賢人說底，便到不得聖人徹上下境界。時文於首節止作誦讀話頭，次節止作交遊話頭，末節止作士不遇話頭，此是低秀才胸中打論耳。於聖賢何有，亦有寫作孔子自述傳贊者，更謬。此不是聖人自敘。

首節

吳爾堯文　古人已往，而已復不學可乎，則理在天地間，有時而不流行矣。評　天地如何有不流行之理，只我便是天地不行之物。文　設使前無古人，而已竟不學可乎，則理在吾心，有時而不流行矣。評　此意更激昂流行便悅。

學字訓效，朱子謂所包甚廣，兼學問思辨行五者，未嘗專主讀書而言，讀書乃學中一事耳。時解每以稽古莅誦典籍等了却，此正是朱子所闢爲詞章訓詁之學。而陽明反以此誣朱子者也。昔友與余論集註曰。學字被文公註錯。竟在讀書講義上看。豈不誤耶。余誦此節註答之曰。後覺效先覺之所爲。何嘗專指讀書講義耶。乃憮然置去。吾友亦好古能文者。蓋其時浸淫于良知之習。以集註爲洪水猛獸。士大夫皆以不看朱註爲高。而篤信邪說所云。硬坐朱子之罪。謂但知以讀書講義爲學。而爲時文者。亦以爲遵傳註必當云爾。故遇學字定以稽古博聞詩書誦讀爲言。此攻者固不知。守者亦不知也。誠令細心讀集註章句。則豈敢爲此誣罔之論哉。近日論者乃云作文須依註。講學則不可依註。以講學之說論文則非也。夫作文所以發明孔孟之言。此而不可用講學之說。則所講者何學耶。固不辨而知其所主者之必邪說矣。

陳際泰文 學者授于人者也。一刻或可領其傳。至如其人焉則已難矣。評 學字欠的實下落。能領其傳得矣無必如其人之學也 文 學者效于已者也。一日或可得其槪。至忘于已焉。抑又難矣。評 忘于已又不是人要說得理高。輒下箇忘字。其實聖賢從無此說 文 習于入世者爲日長。習于返本者爲日短。豈有幸焉。評 此二氏之言。聖學入世卽是返本 文 食息起居有至理焉。粗而粗之。精而精之。則學外更無他用之時。評 此義是無非學也。只是行習而不著察。卽非學耳。艾千子 此文雖王瞿復生豈能復議。取其詭俊。遺其正大。得大士之皮毛耳。評 理解駁雜。王瞿不至此也。安得無遺議。卽千子謂此文有周有孔有朱有陸。一有陸。則周孔朱俱無有矣。謂之正大。吾不信也。

門人問學之言效。如其人非效乎。曰效其人是也。以如其人爲至。

古未之有也。孔門諸賢。誰不效孔子。以顔子爲至。而顔子未嘗如也。有若似孔子矣。而反不及顔子。曾子未嘗如孔子。而獨爲得傳。故非不欲如之也。無此事焉。故不以爲至也。

**黄淳耀文** 合心與道而蚤夜以孜孜焉。謂之學。**評** 中間儘有在。怎便説个合。**文** 覺以覺乎其心也。**評** 覺字是本註。但道个覺心便入邪説。

儒者之所謂覺者。指此理。外道之所謂覺者。單指心。理必格物致知而後覺。所謂知性知天而心乃盡也。覺心則必先去事理之障。而直指本體。故以格致爲務外支離。然自以爲悟本體者。于事理究竟膠黏不上。於是後來陽儒陰釋之説。又變爲先見本體而後窮事物。自以爲包羅巧妙。不知先約而後博。先一貫而後學識。乃所謂支離務外。聖門從無此教法。六經具在。可覆驗陳際泰文學者授于人者也一刻或可領其傳至如其人焉則已難矣評學字欠的實下落能領其傳得矣無必如其人之學也文學者效于已者也一日或可得其概至忘于已焉抑又難矣評忘于已又不是人要說得理高輒下箇忘字其實聖賢從無此說文習于入世者爲日長習于返本者爲日短豈有幸焉評此二氏之言聖學入世即是返本文食息起居有至理焉粗而粗之精而精之則學外更無他用之時評此義是無非學也只是行習而不著察即非學耳艾千子此文雖王瞿復生豈能復議取其詭俊遺其正大得大士之皮毛耳評理解駁雜王瞿不至此也安得無遺議即千子謂此文有周有孔有朱有陸一有陸則周孔朱俱無有矣謂之正大吾不信也

門人問學之言效如其人非效乎曰效其人是也以如其人爲至

古未之有也。孔門諸賢誰不效孔子以顏子爲至而顏子未嘗如也。有若似孔子矣而反不及顏子。曾子未嘗如孔子。而獨爲得傳。故非不欲如之也。無此事焉。故不以爲至也。

**黃淳耀文** 合心與道而蚤夜以孜孜焉。謂之學。**評** 中閒儘有在。怎便說个合。**文** 覺以覺乎其心也。**評** 覺字是本註。但道个覺心便入邪說。

儒者之所謂覺者。指此理。外道之所謂覺者。單指心。理必格物致知而後覺。所謂知性知天而心乃盡也。覺心則必先去事理之障。而直指本體。故以格致爲務外支離。然自以爲悟本體者。于事理究竟膠黏不上。於是後來陽儒陰釋之說。又變爲先見本體而後窮事物。自以爲包羅巧妙。不知先約而後博。先一貫而後學識。乃所謂支離務外。聖門從無此教法。六經具在。可覆驗

**陳際泰文**學者授于人者也一刻或可領其傳至如其人焉則已難矣**評**學字欠的實下落能領其傳得矣無必如其人之學也**文**學者效于已者也一日或可得其概至忘于已焉抑又難矣**評**忘于已又不是人要說得理高輒下箇忘字其實聖賢從無此說**文**習于入世者爲日長習于返本者爲日短豈有幸焉**評**此二氏之言聖學入世即是返本**文**食息起居有至理焉粗而粗之精而精之則學外更無他用之時**評**此義是無非學也只是行習而不著察即非學耳**艾千子**此文雖王瞿復生豈能復議取其詭儁遺其正大得大士之皮毛耳**評**理解駁雜王瞿不至此也安得無遺議即千子謂此文有周有孔有朱有陸一有陸則周孔朱俱無有矣謂之正大吾不信也

門人問學之言效如其人非效乎曰效其人是也以如其人爲至

古未之有也。孔門諸賢。誰不效孔子。以顏子爲至。而顏子未嘗如也。有若似孔子矣。而反不及顏子。曾子未嘗如孔子。而獨爲得傳。故非不欲如之也。無此事焉。故不以爲至也。

**黄淳耀文** 合心與道而蚤夜以孜孜焉。謂之學。**評** 中間儘有在。怎便說个合。**文** 覺以覺乎其心也。**評** 覺字是本註。但道个覺心便入邪說。

儒者之所謂覺者。指此理。外道之所謂覺者。單指心。理必格物致知而後覺。所謂知性知天而心乃盡也。覺心則必先去事理之障。而直指本體。故以格致爲務外支離。然自以爲悟本體者。于事理究竟膠黏不上。於是後來陽儒陰釋之說。又變爲先見本體而後窮事物。自以爲包羅巧妙。不知先約而後博。先一貫而後學識。乃所謂支離務外。聖門從無此教法。六經具在。可覆驗也。

而字一斷最重。時習兩字各有義。混淪不得。

朱子謂第一句五字。雖有輕重虛實之不同。然字字有意味。有下落。今按學時習三實字。與而字一斷。人所共曉。惟之字指所知之理所能之事。人都忽略。不知時習箇甚。

說字實境眞味。只在上句中領會。若脫却講。便是拈花微笑。且喜大事了畢。非聖學之說也。

沈自南交學之傳。傳于古今人所自有之心。評非由外鑠我也。故如芻豢之悅我口。若道卽心是學便不是。

說字種根。只是此心此理。

學本可說。是劈頭道理。

學只是本分事。世人鮮知。那得浹洽也。

說卽在時習內。

本無而有。驟見之說。本有而有。居安之說。此二意。但從讀書時體貼出來。便覺字字錐入人心裏去。況學又不止讀書。

纔學便說。其說尚淺。纔說愈學。其說乃深。

只是不歇手。自然日新。

有朋自遠方來節

**黃淳耀文** 大羣不可一日渙也。統系分裂。人材日蔽于下。志士惘焉。一旦以誠感之。而知此理之的然可悟。則人心正矣。**評** 單說禪悟則人心不正極矣。**文** 異端之學。譎誕乖離。蓋有名足以動天下。而實不足以孚鄉邦。力足以名朋鄰。而行不足以信家人者。彼有聞而來。亦將有見而去也。**評** 開堂說法。徒滿天下。得毋有愓于斯言。

有朋句定連上節説下。不爲套引。正恐連上節説來。尚是虛位。必問其所學何學。則其朋爲何朋。假如爲禪宗之學。則必有禿丁之朋。爲修煉之學。則必有爐火之朋。爲縱横技擊之學。則必有亡命無藉之朋。各學中支派不同。朋亦隨異。然未有不相感應者也。陶菴文有聞而來。有見而去。亦尚是説古者事。若近日講學。以勢利相成。以詐僞相用。君子樂得其官。小人樂得其欲。一道同風。爾知我見。何須迴避。故并無是事也。

人不知而不愠節

不知隨地説。不專主行藏。

人不知地位甚高。不是歎途窮事。

不愠本領須説得不同。是成德至處。

有子曰其爲人也孝弟章

上節就凡人虛論个道理如此。下節言君子所以專用力于孝弟之故。未嘗黏煞兩箇人說。亦未嘗有上爲質而下爲學意。此皆講章說夢耳。

兩節原一氣貫注。不過因淺觀深。就小指大。總講道理如是。不曾分兩種人事也。自講說强分上節爲質。下節爲學。轉生支離。于是君子句要過文孝弟句要過文。大都剜肉成瘡。愈講究愈不明白。

金仁山謂前節以質言。後節以學言。中二句泛言。亦是强分枝節。看來只大槩論事理如此耳。若云。但看凡人若孝弟。便不到犯上作亂。不犯上作亂。便是仁化氣象。所以要做仁民愛物工夫。必須在親親上做起。如此看來。原是一氣說下。只是前節在凡人一人身上推論其理。故孝弟與仁都說得淺小。後節就道理推論到盡處。不但仁字說得廣遠。卽孝弟亦說得完全耳。

或問說者謂上節以質言。是凡人之孝弟。下節以學言。是君子之孝弟。闢之者又謂首尾孝弟相應。無犯亂不仁。卽是爲仁。不得硬分兩項。人看二說如何。曰。前說始于金仁山。理亦無誤。但質學二字下得不當。便成滲漏。上節是設箇假如。就現成人身上指點。此孝弟說得輕。說得小。也不論質。也不論學。如云。大凡孝順之人。决不爲非。下節卽根上節推出。此孝弟說得重大完全。只指點道理如此。質字固不相干。卽學字亦言外意。如云不要小看了孝弟。乃是爲仁之本。則不可不務學意思。又在此句下。語氣未及。故仁山硬分質學誠有病。至上節現成假如。自然指凡人說。下節講道理。自然指君子說。卽不犯亂。亦與爲仁不同。不犯亂只就凡人一人身上說。若爲仁道理甚大。仁民愛物參贊化育都在裏。非君子誰與語此。

首節

此節孝弟。是指成質言。其爲人也四字。是虛語。與葉公章其爲人也文法一側。猶云這箇人一向也。此爲字。與爲仁爲字。虛實不同。人字。與仁者人也人字。又大小精粗不同。時文每每牽合爲仁。即爲人。不但不識爲仁道理。并不識爲人文法矣。

君子務本節

或云務本不連上文最難。爲仁之本不旁及民物最難。直是胡說。謂務本句不可遽出孝弟。則是。非謂不可連上文也。至謂爲仁不及民物。則爲仁說箇甚。此等評論極不通。極誤人。須闢除之。

上二句畢竟是泛言凡事。不則下二句爲屋下之屋矣。

**陳子龍文** 道非本不生。而本之大小則異。故或以彌綸天地。而或僅以兢兢奉上法也【評】數言有名理。道隨本爲大小。卽見上下兩節分義。

【洪理順文】有如其爲人也。如吾所云孝弟也者云云【評】末兩句只講道理。不在人身上說。者字不指人。孝弟也者。不但不粘凡人。幷不坐定君子。文之墮義。只爲眼落在爲人二字上。不知上節其爲人也四字。也不過說假如這箇人云爾。人字固非仁者人也之人。爲字亦非著力字也。

天下人都不犯上作亂。此是何氣象。故爲仁二字。只在上文涵泳得之。也者其與神理。自然意味深長。蓋此節是足上語。非推開語也。

孝弟因人都淺看。此正要人深看。人都輕看。此正要人重看。也者字自有觔兩。

極言孝弟之量。而及于爲仁。非爲爲仁而推其本于孝弟也。時文好張皇仁字。以孝弟轉合。失其義矣。

或云此只是反覆申論孝弟。不重爲仁。不宜實發。曰。實發得爲仁廣濶。則孝弟之用大。實發得爲仁之本親切。則孝弟之理精。正爲申論孝弟。故不得不實發耳。

爲仁之仁。小言之。卽不犯上作亂。廣言之。至於變時雍。上下咸若。卽親親仁民愛物之盡。俱在外面推行上看。此一節卽上節道理。極言其量之大。而孝弟之不可不務耳。非另生出仁字也。

爲仁仁字。只在外邊說。不指精微。

**楊以任文** 君子思爲仁于天下。則必有爲仁之時。與爲仁之具矣。

**評** 何時不是。何處非具。爲仁自家及國及天下及昆蟲草木禽獸。王者布衣皆有其事。豈待得時在位者耶。

呂子評語卷四 論語

爲仁緐有事在。

爲字中分量亦不同。

朱子恐人誤認孝弟是仁之本。則頭上安頭。故引程子之說于圈外。要人認取爲字耳。爲字著力。仁字說向周遍及物處。則其義自得。今但粗見此說。而不明其義。硬差排幾句圈外註。于有若口中自爲辨駁。緐是可笑。

道理說不去。只爲脫爲字解看。程子謂行仁之本。不可謂是仁之本。朱子謂爲字當重讀便明。

仁與孝弟交關在爲字。爲字明。則程註始字自明。

**錢世熹文自記** 上二句是虛說。下二句是實說。註中凡事二字亦是虛說。朱子云。本是說孝弟。上面且泛言。下面是收入來說。其解自明。若云凡事類然。何疑于孝弟。便將上下看成兩橛。一誤也孝弟爲仁之本。集註云。仁道自此而生。若作始字解。則與生字不合。便與本字不合矣。即第一坎二坎三坎之說。亦出朱子。然于集註不合。或是未定之論。即以水言之。謂一二三坎之水皆出于源。則可。謂二三坎之水。出于第一坎則不可。如可謂二坎之水出于一坎。則三坎之水獨不可謂其出于二坎乎。此非有子本意。朱子已圈外之。而今人猶用此解。二誤也。皆不善讀集註之過。【評】本字與道字對。立字與生字對。註云其道自生。次云仁道自此生。則道不專指仁也。本字原有二義。一爲要約。一爲初始。仁爲孝弟之本。重要約義。孝弟爲行仁之本。却重初始義。纔說个爲字。便有次第之序。親親而仁民愛物。故行仁自孝弟始。孝弟是行仁之一事。末爲謬也。若主要約義說。則正犯程子所謂仁之本。不是行仁之本矣。朱子一坎二坎三坎之說。正與集註意合。如謂一二三之水皆出于源者。此孝弟與仁民愛物皆出于仁也。謂二三坎之水出于第一坎者。仁民由于親親愛物由于仁民。即謂第三坎出于第二。亦無不可。但親親爲大耳。凡補全章意。朱子皆列之圈外。非謂與集註不合故也。凡事用力于本。則其道自生。又見行仁有仁之本。行義有義之本。無舍一事之本而務萬事之本意。此誤坐本字與生字對看。而道字粘住仁字。却不重看爲字耳。

譬之水。孝弟是第一坎。仁民之仁是第二坎。愛物之仁是第三坎。孝弟之與爲仁。其科坎不同。然水只此水耳。若于孝弟外另講爲仁。便非本字之義。

爲仁仁字甚廣濶。平章協和。於變時雍。及上下鳥獸草木咸若都在裏。可知有多少事理。但其次第必親親而仁民。仁民而愛物。

若無此次第，便是異端二本，不成箇仁，故曰行仁自孝弟始。虛齋不肯將行字代爲字，始字代本字，則以孝弟是仁之本矣。孝弟是事上說，仁是性，豈有事爲性本之理？孝弟有孝弟之事，爲仁有爲仁之事，但爲仁之事，必自孝弟推行出去耳。朱子謂本立則道隨事而生，如事親孝，故忠可移于君；事兄弟，故順可移于長，正是行始二字義，虛齋自錯會耳。

孝弟是本根，仁道說盡處，從本根到盡處，其中煞有次第層級，止說兩頭，則爲字落空矣。

自親親仁民，仁民愛物，道理一路分派下去，天然自有等級。人自父母兄弟以至昆蟲草木，其等不知凡幾，于父母兄弟面上用得十分意思，逐等殺派至昆蟲草木，尚有一分二分，若先于父母面上只得三四分，下便推派不去矣，所以人只要於父母兄弟意思。使之極厚。此之謂務本。根本既厚。則以下便自推廣得去。亦不必更事講求。本立道生。只是如此。

釋氏平等。便是倒行逆施。

今之放生戒殺齋供施捨以爲行仁。吾謂此直行不仁耳。富貴之家。每於此捐重貲而不惜。考其家庭孝弟。則有不可問者。一貧窶親族入門上座。便疾憎峻拒矣。蓋以所捐者明捨而暗來。家庭鄙睦。則有去無還耳。只此一自私自利之念。便不仁之甚。直是待其父母親族不如昆蟲。僧道矣。故予謂凡感應功過勸善之書。皆勸惡之書也。其本不仁也。

是論語第一章言仁始。故註云愛之理心之德。兼解全部仁字也

此章專主愛之理邊說。

曾子曰吾日三省吾身章

三省鞭辟向裏直追到心體幾微處不止向爲人朋友師傳求無負不忠不信不習亦在幾微不覺處加察是曾子思誠之功

爲人謀事雖極盡心畢竟與自己有別此私心也

不忠不必有心僨敗人事只謀事到八九分便住此一二分則德怨利害之故也

盡己爲忠盡正難說在

如烏喙食之殺人若止云傷人便不是忠註云盡己之謂忠盡字極難說纔自說盡便是不盡

**艾南英文** 夫人日以其身涉于天下凡有感則皆吾事之所寓也凡有事則皆吾道之所存也凡有道則皆吾身之所接也 **評** 感而有事事即有道道皆吾身分內極分明親切但接字不當接是事感不可以言道 **自記** 曾子三省不必拘泥三件總只是凡

事皆省察自反耳。【評】曾子只舉得三省。文却替他補無所不省。自以爲得曾子之深。不知正是見三者之淺也。

子曰道千乘之國章

敬字貫始終表裏。

此敬字不必深求。只貼事字說爲是。信字又離上二字不得。

信兼言與事乃全。

信從君心與民相交接處說。

【章世純文】貴功者畏于事。見其可利也。則必前後慮其可害也。【評】說來毫不切敬字。不過于利害得失上審思熟慮耳。【文】令之行也。疑之自我。民之反覆則無以責矣。【評】信字不過粗。故猶及申韓之信。若敬字則直頭不是。

【陳際泰文】事已行而更之。固非政體。【評】要更的。便已行也須更。何非政體。此卽後世刑名之見。文治國之理。以畏愼爲先。而果决繼之。使非有小心沉氣爲之審始治端。而曰吾言旣出。無反汗焉。此後世刑名之士之所爲。豈足尚哉。評講做了果斷。非信也仍是刑名權術之言。卽欲破辨。而于敬信原頭不的。說來仍是作用。

節愛之本。亦只在敬事出來。

節字亦本天之道。不是心計作用。

金聲文名實之際。有綜覈之者。而天下無敢以侵侔爲漏也。評此便是雜霸伎倆。不是王道氣象。文宇宙之財。但有此數。不過相流轉于天地之中。評聖人正在這上面還他个無過不及之謂節。

人兼臣民說。

使民以時特愛人中之一事王政重農故又另言之

節非吝嗇愛非姑息時非廢怠

節愛二字人都在事機法制上擘畫其下梢不得不爲權術之言于情意眞切處發揮當理節字便淡然見廉靜簡易之風愛字便怵然見惻怛深厚之致方是聖道之節愛方是註中論所存未及爲政之義時文頗吆喝心字何曾一句道著心上

楊氏論所存未及爲政之說本之伊川伊川之意正爲此五者煞有條目實政在恐人不去講求故云此言淺近而堯舜之治亦不過此皆欲人向此五者擴充推極也是補言外義故朱子列之圈外近來反以此爲正意將心字糾纏若云求治于一心而有餘却正犯程子之所病矣

子曰弟子入則孝章

謹信三句。本文無貫孝弟意。然重孝弟亦合務本之旨。固不妨自見發明也。又不可與穿鑿傅會同語。

莫小看了汎愛衆三字題目。胸中有一篇西銘道理。一本小學意思。纔發得義蘊盡。

學文雖末。然非小事也。聖賢豪傑將終身焉。在弟子當先務根本。且知識未充。故必有餘力而及之耳。

有餘力三字中。便有教者用意。

文不只是文書。不只是著作。不只是小學堂課誦。

學文正是博學審問愼思明辨之事。斷不可少。蓋不學文。則不惟固陋。正恐上數事有差誤也。

學文句。淺深精粗並至。即志道章游藝之旨。

今童子六七歲就傳。便事讀書。問讀書爲何等事。則其父兄茫然。

其師長亦茫然矣。人材從小便教壞，又安望其成人物也。今日村學堂中，肎賓一本小學，下老實教做去，世上旋旋出得幾箇好人大人。此豈小小事業耶。若只講做時文，無論醜惡，即做到極處，與所以要讀書事毫無干涉。凡爲父兄師長者，不可不省此意也。

子夏曰賢賢易色章

賢賢與與朋友交不同，人多混看。

易色，只極形賢賢之誠，不爲賢與色較。若但于賢賢後轉合色字，是賢與色比並說一件，仍兩件矣。縱好亦只成賢賢如色，非易色也。

事君能致其身，此是千古人臣破的語。凡筮仕立朝，每事俱從身上起見。縱使勳業爛然，直聲震世，究之打此關不過耳。

吳繁昌文知其身爲何如之身，而後又知爲何人之身，則必能致之矣。評今人但知庸鄙富貴之身耳，此看得其字不苟。

未致前身字原不輕，自具泰山巖巖氣象。

雖曰二字須活看，曰者，他人不確之論也。人先坐煞未學，便有何必讀書之弊矣。苟非生質之美，必其務學之至，正深嘉其學耳。

文學科中人見得文學虛僞之弊盡，而爲此言，非欲廢學，正欲學之務本而盡其誠耳。

雖曰必謂言所期於學者，不過如是，非歎美其不學也。語氣抑揚間，其意自見。後來欲借以行其不必學之説，遂謂即此是學，而凡爲讀書窮理者，非。因謂註中生質之美二句爲支綴，則子夏幾不免爲聖門之罪人矣。蓋聖門教人，只有知行，學所以致知也，行以踐其實也。二者有專舉，有全提。聖人之言，雖專舉而自全賢人之言則不免有偏重之語病如此節專重在篤行則輕在知邊他日子夏又曰學問志思而仁在其中專重在致知則輕在行邊合二章互觀之可見其理之一矣故朱子於博學章補雖未及力行意於此章補生質之美篤學之至正見斡旋妙義

入時人手便做成子靜六經爲註脚伯安格致爲義外害道不淺矣將子夏立說苦心補完語病結出註中生質務學之意分外光明方是有功聖學

**陳子龍文** 世之所謂學者或窮性命之旨天地不足爲高深而考其行已未盡則來浮夸之號矣或負恢弘之才國家不足當經綸而按其本原可議遂爲偏雜之器矣 **評** 後世號爲名士者其平生所得不出此二種熟于良知之學者則兼此二者

王介甫折張天祺曰賢却讀書其却不讀書程子聞之曰只此便是不會讀書今人每緣多讀幾卷書胸中便有多少樣子隨吾所爲靡所不可若以程子之義律之只是不讀書耳

學問只在日用倫理上辨取一誠字爲難耳今世講學尚氣節之徒其中不可問有更甚于流俗者是僞妄曖昧又過于小人也

**鄧鍾麟文** 三代以前人倫忠厚之遺時見于士女之末三代以降名教傷心之故輙發于談道之人**評**今之講學者其底裏更不忍言

杖親拜賊大約皆世家名士言之可痛

子曰君子不重則不威章

首節

此爲已有學者言則不固三字原指既有之學

【楊以任文】當其學也終身爲理所愚而攻之則瑕甚矣不重之爲學累也【評】理豈有愚人者此即陸王攻程朱之說【文】重不重爲學使也君子葢未有不重者也【評】聖人明言君子不重則固有君子而不重者也不威之下而云學則不固則固言君子旣學而有不重者也葢不重只是氣度養得不足不是根本上事然却能搖動根本聖人言此以見外面之不可輕視耳今必要說君子無不重君子之學必然重不重由其學來說來未嘗不是道理却與本節之意不合定要與孔子拗彆一上以爲高聖人說外面我畢竟要說裏面亦可笑也

有友論此節重威只是初學外邊儀節上事故序先於主忠信余曰重威亦是徹始徹終事初學工夫須從外面有形象處扶豎起到得旣學後亦有因不重而走作者此是涵養精細工夫非

粗節也。友曰。到君子既學。豈尚有不重者。余曰。如此說。則君子而不仁者有矣夫。更說不去也。

**沈受祺文** 世之人。顧以爲盛容飾貌。無益于學。內治謂何耳。**評** 自來異學之攻正學。不出此旨。

主忠信節

通章重學字。陳定宇說也。然是文章線索耳。道理所重。却在忠信。游院判謂學之道。以忠信爲主。故重學字。正爲重忠信也。

無友不如己者節

**陳際泰文** 我擇乎勝己而後交。則友又將擇乎勝己而後交。必窮之道也。我擇乎如己而相締。則友又將擇乎如己而與我相締。兩濟之方也。**評** 毋友不如己。恐其好勝喜佞。日就汚下。如孟子所謂好臣其所教。而不好臣其所受教耳。豈謂不求勝己之友楊以任文當其學也終身爲理所愚而攻之則瑕甚矣不重之爲學累也評理豈有愚人者此卽陸王攻程朱之說文重不重爲學使也君子蓋未有不重者也評聖人明言君子不重則固有君子而不重者也不威之下而云學則不固則固言君子旣學而有不重者也蓋不重只是氣度養得不足不是根本上事然却能摇動根本聖人言此以見外面之不可輕視耳今必要說君子無不重君子之學必然重不重由其學來說來未嘗不是道理却與本節之意不合定要與孔子拗彆一上以爲高聖人說外面我畢竟要說裏面亦可笑也

有友論此節重威只是初學外邊儀節上事故序先於主忠信余曰重威亦是徹始徹終事初學工夫須從外面有形象處扶豎起到得旣學後亦有因不重而走作者此是涵養精細工夫非

粗節也。友曰。到君子既學。豈尚有不重者。余曰。如此說則君子而不仁者有矣夫。更說不去也。

沈受祺文 世之人。顧以爲盛容飾貌。無益于學。内治謂何耳。評 自來異學之攻正學。不出此旨。

主忠信節

通章重學字。陳定宇說也。然是文章線索耳。道理所重。却在忠信。游院判謂學之道以忠信爲主。故重學字。正爲重忠信也。

無友不如己者節

陳際泰文 我擇乎勝己而後交。則友又將擇乎勝己而後交。必窮之道也。我擇乎如己而相締。則友又將擇乎如己而與我相締。兩濟之方也。評 毋友不如己。恐其好勝喜佞。日就污下。如孟子所謂好臣其所教。而不好臣其所受教耳。豈謂不求勝己之友乎。若必求如已者而友。則以水濟水。即友不如已之病根也。

過則勿憚改節

知過不改。其病只坐一憚字。

**陳際泰文**今日因循。其後必至于甚。**評**即憚改時意已大病。不必論後日也。

勿字如旗脚之麾。正有力氣在。

曾子曰慎終追遠章

慎終切盡誠盡禮說。教化另有條目在。

慎終追遠指躬行盡禮盡誠處。非泛論制喪祭之禮也。

民德歸厚。謂民亦知反本盡誠。可以施教化而出治道。非謂即歸厚於君上。而服從固結也。

慎終追遠。只自盡其道而民自歸厚。非謂欲民之歸厚而從事於愼追也。爲民而從事。其愼追之本已失矣。民何以歸厚乎。凡下句說到功效者。必不可倒講。此義利之辨也。

子禽問於子貢曰夫子至於是邦也章

首節

亢意只在求。與字却從求字轉出。體貼抑字便見。故子貢亦不更辨與字。

子貢曰夫子溫良恭儉讓以得之節

五者正要說在外面淺易處。千人萬人一望卽見得如此。雖冥頑庸鄙皆可信。故必聞其政耳。又須知聖人原無打點五德之意。在邦君心目閒感化。彼且不自知所以然。又從何見得。卽在學者自見聖人處。悟其所以得聞在此。

人做得之。只在夫子面上說。便如兵符在手。是五德皆鉤致之術矣。

此是子貢推測必聞政所以然。亦是子貢眼中。見得聖人德容氣象如是。聖人固不自覺非眞夫子挾此五者之術以希合於世也。

此是子貢善言聖人處。聖人初不自知有五者。又安得以五者蘄聞政乎。沾沾爲聞政而出此五者。聖人亦大狡黠矣。

子貢言下薦機。隨波逐流。只爲子禽鈍漢求與二字作轉語耳。若說夫子實以此五者得之。或五者便必得國政。卽犯死語矣。夫子何心以五者得聞。卽得亦止聞之耳。何嘗得政哉。得字止是人樂與言。故五德亦但就和易一邊說耳。

溫良恭儉讓。只說得聖人發見處。在聖人發見處。亦只說得一半。故註下過化存神之妙。未易窺測數句。正爲子貢斡旋語意。令

後人不倒看錯走作用其義甚精

金仁山謂註中盛德過化存神是補內一層亦字與圈外謝氏三亦字是但指其外似矣而猶粗在未見朱子意旨也所不足於子貢者爲此五字於夫子德容亦止得其謹厚謙退不自聖賢之一節於聖人中和氣象多所未備看子溫而厲望之儼然二章可見朱子恐學者看錯一鍼一向偏於和柔則鄉愿流俗之害生故正欲補其外意不重內也惟德盛盛德是補其內亦字與三亦字是但指外之一節亦不是補內緣子貢爲子禽求與二字下轉語以得之三字却著痕跡朱子爲此三字補滲漏耳

五者只在聖人德容應感處若以此說盡聖人全體却不是

五者只在相見處可見處

五者只還他是德容只德容便能使人傾動不必要擡高五者亦

不必更追重向上一層。而所謂過化存神之妙未易窺測者。亦無不昭然矣。

人總看得此五件平淺。不足以槩聖人。便要就上面別尋高一層景象。不知正不消如此看。註中即此而觀其德盛禮恭云云。則所謂過化存神之妙。原懸起一層在五件上。正不當看低此五件也。

**夏官明** 玄德升聞。堯命以位。不是初見舜容即命之也。**評** 玄德升聞而命以位。此以聖人禪聖人也。溫良恭儉讓而必聞政。此以聖人感庸人也。豈可以此比例。要之命以位。則聖人亦必歷試詳慎。若必聞其政。即堯初見舜容。亦必爾爾。

夫子之之字。正指上句也。

夫子之求之也。是子貢巧作轉語。求字即在得字內轉[illegible]正繳足上句不是上句下轉開也。

溫良五者與聞政何干而必得若此眞不可解此不可解中異乎

人處已起。

人之求亦有得却非夫子之得。

子曰父在觀其志章

開口便說父在父沒則志行原從孝上觀也若到三年無改句纔

講孝則上面說箇甚

要知急改父道者不定要非其親只是要急見己美耳。

有子曰禮之用章

朱子嚴而泰和而節六字盡一章意。

**金聲文自識** 說禮本是以和爲貴則可而今必謂禮本是和書生

之見蠢滯如此知和自是世上一種高明曉事人方之拘儒矮

漢千百倍矣。有子還是急爲不知和者說乎。還是爲知和者說乎。將語脈思看。道理思看。評天高地下。萬物散殊。而禮制行。纔下箇禮字。便十分嚴肅。異端看得這嚴肅煞艱苦。道是聖人將箇外加道理柴柵纏繳人。於是悟得眞性本無物。禮豈爲我設。正知和而和之源流也。有子見於此。故卽此嚴肅上指出自然道理。看其運行處。心安情順。有非此嚴肅不可者。便是眞性流行。原非有所艱苦也。如拜跪于君親。揖讓于賓友。雖極敬畏。然必如此乃安。但于拜跪揖讓閒見得此意。所謂和也。知和而和者。便謂拜跪揖讓。不過致此眞意于君親賓友。吾已得此意。雖不拜跪揖讓可也。其用必猖狂蕩佚。禮之本體皆失矣。又安可行乎。大意秖是如此。正希爲佛學。看得知和而和一流高于儒者。固宜其曲爲囘護耳。

**歸有光文** 世之爲禮者不知循天理之自然而以爲强世也久矣。**評** 只此是病流爲邪異晉人曰禮豈爲我輩設耶此眞禽獸之言而後世猶以爲美談此良知之說所以日熾也。

**陳際泰文** 禮之大本所以防亂亦以飾觀也 **評** 便看得淺陋不知禮意 **文** 禮之本既緣人情以爲端則禮之用亦宜以便乎人情而後貴 **評** 禮之以人情爲端者如鐘鼓管籥以飾喜干戈弓矢以飾怒衰麻哭踊以飾哀皆因人情而生品節然其原則本於天聖人殺之以降命聖人不敢以己意與其間況徇凡人之欲乎惟其本於天故等殺品節秩然有制而不亂即所謂禮之體之嚴也惟其本於天故其行之也貴乎從容自然而各安其倫即所謂用之和也嚴與和皆天也今曰嚴則不便於人情而和便於人情是本心之學非本天之道也是以和爲禮之本而非

禮之用貴和也。自晉人尚異教，破壞禮法，至謂禮豈爲我輩設，則直滅天理而徇人欲矣。士大夫之見解如此，此晉以後之天下所以不可言也。

**章世純文** 禮之作也，先王有虞于天下也，慮其無以相與也。故期乎通之云云。**評** 自然不可已之道，非從處處造出。江西諸家總不識得禮字，憑他横說豎說，都無一句道著。其精者不出莊子，其粗則良知家詆毀程朱之道學而已。須知老泉禮論罪不容死。

首節

**歸有光文** 云云。**評** 禮之爲體雖嚴六字最立得妙。纔見之用字爲貴字。有子不是亂下，震川於用字少體會，似云禮本自和者，正爲於註中六字忽略耳。然看其小講起處，或者見其品節防範之嚴。而因以重疑畏之心。及中幅恭儉莊敬似有以嚴天下之分等句。原未嘗不見此旨也。陳百史妄評禮之用不添一體字和爲貴不添一嚴字以爲妙。其實震川未必如此此種議論最不通害事。令後生厭棄集註。而惑亂于邪異之講章。皆此種議論爲之煽爚也。

有子講道理。喜就下一橛説。故和只在用上見得。朱子補出禮之體説。深有意在。惟其體本自然。故其用從容不迫。和原在禮内。若止向用處尋和。便是禮外添了一箇。故凡朱子斡補字義。雖本文所無。必須提闡。自隆萬來以註爲支離。必以渾融脱略爲妙。亦本於異學攺復古本大學入室操戈之私意。而微言大義隨之澌滅矣。

禮之全體中便有和在。

黄淳耀文手莫使而自持足莫使而自行也先王以禮安之曰如是則手足可以無忤而已評如是乃盡手足之性耳如何說得恁輕

金聲文問禮所由起禮不能自起也則由物生評此等議論是二氏長技惟看得由物生故以禮義爲外耳文無物以前豈嘗無則哉雖有創禮而以其名昭垂者不知禮更超創垂之先而涵其用評用字倒看在禮上頭口中説禮意却指和然正希所指之和又是有物先天地耳自記謂禮之用自和不顧人以和用禮繹語意實非是評禮之用自和故和不在禮外若以和用禮分明自有箇和在矣此解有何非是如文中所言仍是禮外有和只緣用字看得不的之字有無一般其病便蠭起耳

和字須抱定禮之用三字説謂禮本是和固非謂禮本是以和爲

貴。亦非蓋禮者天地之序。其用則本和耳。如正希言。和却在禮外矣。其所謂和。非有子之和。乃禪和之和也。于子病其太費周折。猶是語句上較量。不知其本原受病深痼在。

題固是禮之用和爲貴耳。正希文却說做禮之本和爲貴。僧洪英云。汝行茶來。我爲汝擎。汝行益來。我爲汝受。汝問訊。我起手。說箇甚麽。于頔問藥山。如何是佛。山召于頔。頔應諾。山曰。是甚麽。悟此便知正希之云矣。

只講禮字。不要講和字。和字本無可講。只於禮字中見之。纔著意單講和字。便是知和而和矣。

由之。是凡事由先王之道也。

由之。是小大事皆由于禮。下不行。是禮不行。自不得渾看。

有所不行節

纔覺得和。便是知和而和。

和字雖同。其所爲和。已不是。嵇阮之狂。二氏之自在。正是不和。然皆自以爲和。其錯却在知字。

**黃淳耀文** 和爲之內。節爲之外。**評** 和節不分內外。如此分。則理倒矣。

禮之體本嚴。而其用則貴和。和非禮之本也。知和而和。失禮之本。故曰以禮節之。不曰以嚴節之。蓋道箇禮便是嚴也。看和與禮成兩件。固粗。看和爲內而禮節爲外。更粗。

有子曰信近於義章

此節都在言行交際尤悔極弊處。作傷理寡過之思。是降一步說。不是盡頭道理。不則義禮如何云近。交親如何云不失乎。故可字遠字亦可字。從近字不失字生來。而近與不失字又從信恭因字生來。若將恭信因看得重大。下面便説不去。信只指期約。恭只指小節。因只指踪跡。於最輕易忽處。能近而不失。自然可且遠矣。

信只是偶然期約。不經意處言之。所以不復。固由於失義。而義之所以不合。由信原最易忽略。事人多率任少斟酌也。

復只在信時。可之理已在。

遠字原在我。

此節信恭因三字。總要看得極輕。如因字不可便做求友看。只是踪跡初交處。或偶然遇合。或庶事作緣。不必大倫中朋友之正然亦將終身與之。或其中亦遂有足爲朋友者。其初必有所因而交。故謂之因。若竟作求友論。則不失亦可語意都説不去矣

因字與朋友之交不同。

親是當下事。宗是徹終始事。

今人看朋友二字便不仔細。朋友在五倫內，與君臣父子兄弟夫婦相同。平生關切身心，不多數人者是也。其餘自尊貴及閑散卑下之屬，雖蹤跡極密，皆後來旋成朋友。然初因也，非朋友也。故因字所該者廣。古今朋友之變，亦多從因字錯來，不可不省。

**高斗魁文** 才略過人，無地以起聲譽，見名高黨盛者，或因以取濟一時。然而世之末路蹉跌者，何嘗非振人窮困者乎。**評** 依傍以求成名，隱忍以就門戶，後來悔恨不少。**文** 收羅道廣，趨從不遺小善，見修能飭行者，且因以緣爲同志。然而世之前後易轍者，其孰非傾人邂逅者乎。**評** 林宗以得孝子，石齋以得逆徒，知人之難也。

**陳際泰文** 千里尋師訪道，則其情專。專則意在得人，失焉者寡。所患者非爲是事，因旁舉而及之也。評其實大小一理，尊師取友自以爲精擇而誤投門戶，終身陷溺，如陳王之徒，遺害末流，亦失親而不可宗也。文居恒論品定交，則其意閒，閒則旨在正，合失焉者亦寡。所患者，勇于自售，因私途而致之也。評此却是自已過惡，不算在因字帳裏，結伴作賊，亦可講親與宗之理乎。

陳子龍文云云。顧偉南儒者不知時事，徒好窮理，至於此等事則茫然不識何代矣。此章語定爲春秋列國會盟交際而發，惟朱紫陽能知此解，故其解末二句則有曰：如先主之依劉表是也。儒者口道宋儒不絕，解此等書，便漫不留目，何怪乎困守章句而不曉大義也。評雲間好論史事利害成敗，凡題必歸之君國，便於發粗議，張大言也。聖賢語言，理無不舉，如大易彖繇，自天子至匹夫皆可占，若謂爻爻必指天子而發，豈可訓乎？作者偶然習氣可耳。評者便以爲理解當然。何異向癡人說夢耶。

子曰君子食無求飽章

時文每于起手贊頌君子二字。直是無謂。君子定不好名。一贊頌則于好學之意失矣。

上四句一氣追注末句。先將好學二字立在面前。四句血脈節節相足。歸結到底處。乃見全身。若逐句挨排漫衍。便散緩失神矣。首兩句似粗。却是入門徹底大界分。

須先有所好者在。故無求。

儘有無求者。又不是好學。

無求正要看他畢竟爲何。若下面不是。連無求都不是。

是做工夫後。恐有差謬。又恐有未盡。故曰正焉。正其所已得也。

錢禧文始焉求諸己也。服勤久則此心有自得之處。評不則就正

箇甚麽文既焉將合諸師友也講求切則此理有至是之歸評近則就講學者必差路矣須先定路頭而尋有道正之有道亦多虚僞也

鄒玗文吾儒學道爲庸人所怪無爲君子所惜吾專力致勤背衆情而不顧棄世有而不居而爲一事則庸人怪矣吾專力致勤背衆情捐世有而爲一事而又與道乖謬後之君子有深惜餘論焉則大不可也評讀書人志趣卑陋至今而極不但八股也如詩古文詞再進而説經講學總是一派不求實得自置於古人止欲騙取世上庸妄人互相盲稱瞎贊不畏深山窮谷大有人在遠付百年公論自出恨封德彝輩無如許壽及見之耳看就正一段偉論獨發學人文人俱宜奉爲龜鑒

須知君子之學何學而後講好之如此若學字不曾分明則所好

終成駁雜，非君子之學也。就正正非容易，有道亦亂認不得。

**王庭文**　俗學無論焉已，亦有世味之外，逍遥無營，止稱達生，而無當于聖賢之正，名理之中，勤苦有獲，或入異端，而卒恨于毫釐之差。學問之事，良不淺鮮，豈徒曰吾學之而已，又豈徒曰吾好之而已乎。**評**　凡爲好學，必有是四者，有是四者，只可謂之好學，未可謂之有道也。須看他所學何學，如鄉愿之學，佛老之學，詞章之學，功利作用之學，以及後世陽儒陰異之學，苟好其一，未有不兼是四者而後謂之好也。然可惜枉用一生心力，于道何曾見得分毫。文能發明此理，真是舉頭天外。或問圈外尹氏亦發此旨，然則取正于有道，卽所學不謬矣，豈尚有非其所好者乎？曰：正爲有道二字難說。陳相悅許行，神光叅達磨，王艮拜伯安，他也說是就正有道；傅子淵、包顯道、袁機仲之流，就紫陽而不知正。彼且以金溪爲有道也。奚其正。故中庸曰。思知人不可以不知天。如何得知天。只是格物窮理。

註凡言道者皆謂事物當然之理人之所共由者也。是借第一箇道字。訓明全書道字之義。猶務本節訓仁字。兼説心之德其實務本節仁字。只重愛之理。此節有道固指共由之道。然只重有此道之人。不便單提説也。或問道字前已兩見何獨至此而全訓之曰。父在章道字。只指前人之志事。禮用章道字。只指先王政治説。都不是學問通舉之道。故註始于此。

子貢曰貧而無諂章

此題一節生出一節。然須一節不圖生出一節。方見聖賢知處無方。引伸觸類之妙。若做一節。隨有一節在意中。神理索然矣。

學問中人。未必盡無驕諂。處貧富便是學。樂與好禮。是他性情造諂如此初非以貧而樂以富而好禮故進於無諂無驕子貢引詩悟得天下道理皆不可安於小成不專以此爲樂好禮之工夫也告諸往只是告以處貧富之道知來只是悟得天下道理皆不可安於小成

首節

子貢無諂驕地段亦儘好

無諂無驕止去得流俗私情原未有義理自勝處便易走作

金聲文　貧既絶諂貧且無聊富既戒驕富且無味非樂與好禮而處貧富之人反不能自適其性命之安評此義確然若中無所據果然難過日子

晉人任誕正從無聊中來

樂好二字須有本領在

樂與好禮講到學問至處。孔顏之疏水簞瓢。舜禹之恭己無閒境界無窮。全在離貧富看。如作樂其貧。好禮以爲富。便不是道理。正爲子貢意中看得無諂驕已至。夫子又爲指出樂與好禮境界。樂與好禮。卽無諂驕更上一層。非埽却無諂驕也。朱子謂有人合下便樂與好禮。不更囘來做諂驕。又云。今人未能無諂驕。便要到樂與好禮。如何得。明此二義。其理始圓。

子貢曰詩云如切如磋二節

斯字只就上文說往來只就問答說。萬曆以後竟寫做話頭公案。書意始漆黑矣。

往指首節所論處貧富之道。來指子貢所悟學問之功。故註曰已言未言。須畫開兩邊說。惟其不相涉而觸悟。故可與言詩在此。須知夫子此句。只是許可子貢知義理無窮。能於學問推充。不重在言詩也。

許可只在知字，知字只在旁通處，不關切磋義理也。

**陳之遴文自記** 子夏因論詩悟禮，夫子許其可與言詩；子貢因論貧富悟詩，夫子亦許其可與言詩。二章皆言詩也，貧富之論特其緣起耳。子貢知義理之無窮，正其可與言詩處。若只許可子貢告往知來，何必云可與言詩耶。**評** 然雖如是，畢竟不同。子夏原是言詩，此章却因學問說到詩，可與言詩，亦正爲他于學問進取無窮耳。遮上面又有一轉，在不得竟將詩做了盡頭。

子貢引詩就可也，未若轉語見箇義理無窮，已不著貧富上。夫子許可子貢，又說他觸類通達處，喜其知不滯而進取高遠，并不著詩上，并不著義理上矣。時文粘皮帶骨，所謂守枯椿獵犬也。

好談禪理者，定彎拗入。凡當靠實發揮者，必颺入虛境。及當融會脱灑者。又偏要拈住不放。如此兩節。即白文亦離貧富說矣。而通篇纏縛。使子貢見地超越。觸處旁通。歸本學問。及聖人誘進義理。發明詩教之無窮。皆死句下。其病固不減走空也。要其胸間實有奈何境緣不下處。故每於貧富窮達上。介介不能釋然其平生刻厲處。亦正不釋然處也。

呂子評語正編卷四終

# 吕子評語正編卷五

## 論語爲政第二

### 子曰爲政以德章

爲政以德，是現成象，是囫圇句，拆開不得，層摺不得。朱子曰：德與政非兩事。問是以德爲政否？曰：不是把德去爲政，不必泥以字。

只爲政有德相似，細翫其理自明。

爲政以德，猶云有德之政，不是德與政分論，故爲字以字都不是著力字。

他處虛字要著力，此句以字著力不得。若云以德去爲政，即分德政兩事，即向外去，其德亦黜虞黄老之德耳。

爲政以德，不是廢政，但以德先之耳。

是爲政以德，非尚德不尚政也。

首句止得半截話，無爲而天下歸，意在第三句中見。今人輒于首句一氣講完，而輕點譬喻以證之，自以爲高，而不知失語脈也。

楊以任文　爲政者之如辰居星共也，此自然之勢。顧不以德而可恃其如是耶？評　以德外原無如是之象。居所而衆星共，正以譬德之主宰運旋，只指出無爲化神之意耳，非擬天子高居而四方環衞也。從勢上起論，便失其旨。上句止得半句說話，一大半道理正在下句譬喻中見，與上句說盡而下引喻作證者又不同。說天象正說德，包在言內。今却分天道主德作兩件說，又似相感應者然，更失遠矣。

章世純文　天建日月以經之，立五緯以治之，布二十八舍以期之，然皆動而遠者也。評　日月亦緯也。經緯不隨天動，二十八舍爲經耳。文　有運而近者，斗杓是也；又有運而近者，四輔是也。評　若指近極則天樞句陳數星耳。斗杓四輔，如何數得著。此皆鄉里無稽之說，并不可謂之搬衍學問。且於居所衆共意何著。此句中須有上句在裏也。

北極亦自動，第人不可見耳。

此頗與黃老相近，得黃老之精，則所謂居簡馭煩，以寡制衆，亦自見得此意。顧其彌近理而愈失眞者，其所謂德，非吾之所謂德耳。昔人謂漢以黃老治，如曹參之守法，陳平之不對錢穀刑獄，與文帝之謙讓未遑，放賈生，置鼂錯之類，皆是。然亦秖得黃老之粗者耳。何則，北辰居其所，是動之至，非不動之至。黃老之所爲德，在至勞，非至逸也。而漢人惟知以逸待勞，故吾謂黃老之精，漢人尚未之見及也。而後世所見，又出漢下，治天下之法，固宜其架漏千年，而三代以德之政，終不可得而見也歟。

自古君道未有求逸者。即無爲而治。亦人不見其迹耳。聖人煞憂勞無逸。

子曰詩三百章

此是論詩教之大旨。示人以讀詩之法。舉全部詩經而言。非指作詩之人之事。亦非釋詩之詞義。爲逐章逐句尋解脫法門也。

此乃聖人指詩教之本。教人讀詩之法。不是讚詩。亦不是論思。亦不說詩之思本皆無邪也

全旨重無邪。不重一言。范氏守約之說。是題外推廣義也。各經皆然。何獨詩乎。故亦之圈外。

一言不是貪省求直捷。

須知不廢全詩。大士文謂得實而指其名。歸眞而忘其迹。而一經之義統矣。此莊周筌蹄糟魄之說。聖門無此旨。

但取悟要之意。猶可言也。至謂悟得一言可蔽。卽可不須三百。此大亂之道也。然而講悟要。勢必至此。故悟之一說。無忌憚之術也。

詩之緣起。原從采風考事而立。只一採訪陳觀。可知有先王許多刑賞慶讓補救化導之道在。此無邪之本也。後人讀詩。提起此意在前。則雖誦淫奔昏亂之章。皆得性情理義之正矣。後人不明斯理。反以朱子之說爲疑。若聖經必存正去邪而爲無邪。則大易不當設見金夫不有躬之象。而春秋亦不當載姜氏會齊侯之文矣。

要知後人要抹去淫邪。正見他滿肚淫邪。怕人提起耳。

知其爲邪。卽無邪也。若揀出邪放隱處。邪愈有矣。後學怕說到邪。正見他渾身都是邪耳。

註中善者感發惡者懲創二語是無邪定解近來作者惡切實而務圓通都不肯如此做或全主一言或只拈思字便似夫子離却語言文字立不二法門直指人心者其害道可勝言耶然其來亦有所本由王伯安竊陸子靜之說以畔朱子謂三百無淫詩然猶知其說之難通也則歸咎漢儒雜亂夫子已删之詩非古經矣至郝京山敬祖述其意猖狂讕詆謂旣經删正淫詩焉得復在三百之內朱子於詩稍涉情致卽爲淫奔使聖人經世之典雜以諧謔初學血氣未定多生邪思致蒙師輟講父兄不授故其詩解一以古序爲斷今卽序論之則桑中蝃蝀氓丰東門之墠溱洧東方之日諸篇在序已不得不言淫亂矣其詞獨非諧謔初學聽之獨不生邪思蒙師父兄獨可哆口而敎乎至毁朱子爲高叟咸丘蒙而以子貢子夏孟子之言詩爲斷夫說

詩與註詩不同。以說詩律註詩。此所謂高叟咸丘蒙之見也。果如敬言。則亦但虛懸本文。聽人解悟圓通足矣。又何必執古序以爲左證乎。又謂朱子將六經許多義理。割與二氏。自守皮膚。趙貞吉亦自謂不諱禪學。禪正是聖道之精微。朱子自割以授二氏耳。盜憎主人。民惡其上。其悖妄一轍。正可見其底裏所自出。嗚呼。自孟子割之以與翟朱。程朱割之以與佛老久矣。敬與貞吉乃援而入之。多見其不知量。又何傷于日月乎。時文雖藝事。然務圓通而惡切實。正儒佛邪正之分。不可以不辨也。

附此章文

聖人明立經之旨。卽於駉辭取義焉。夫詩三百。無非思之所爲也。夫子懼人之入於思而忘經教矣。卽以駉之言無邪者蔽之。謂詩之大旨則如此。今夫六經。皆治心之書也。然諸經之治心也嚴而詩之治心也以柔嚴則可畏柔則可親先王曰吾使之畏而私伏於中又不若使之親而盡出其私於外至於私之盡出與後世共見焉則柔焉而嚴之至矣諸經之治心也斂而詩之治心也以生斂則不流生則不已先王曰吾使之已而情制於正又不若使之流而博極其情於變至於情之博極與天下並論焉則生也而斂之至矣此詩敎之所由立也然而學詩者習於柔而失其嚴樂於生而昧其斂則何也諸經治心之意顯而詩則隱也其所以隱者何也凡所謂經也者或自聖人作之或自聖人述之或聖賢行事而爲之下者紀之或凡庸之編載而聖人爲之論定之讀之者震震然有一聖人立於其前卽震震然有一聖人之意行於其內若夫詩也者大半出於征夫游女狂且怨婦窮愁之民之所爲其所紀非盡聖賢之行事也而又

不自聖人作之。不自聖人述之。而聖人又未嘗謂若者可若者不可。若者是。若者非。是而爲之論定之。讀之者。忽以其心爲征夫游女焉。忽以其心爲狂且怨婦焉。忽以其心爲窮愁之民焉。若以爲征夫游女狂且怨婦窮愁之民之上。又有一聖人立乎其前。有一聖人之意行乎其内。則讀之者忘之矣。而吾謂此其不可忘者也。忘之則詩非經也。古未有征夫游女狂且怨婦窮愁之民之所爲而可以爲經者也。詩之所以得爲經者。自不在乎征夫游女狂且怨婦窮愁之民之中。而又不出於征夫游女狂且怨婦窮愁之民之外。是可卽駉之一言以蔽之耳。一言維何。曰思無邪。蓋思之本然有善而無惡。故讀令德而知其褒。讀淫亂而知其刺。詩人不自言其意而無不相喻者。率性之道也。人心之詩也。思之當然善善而惡惡。故因其褒而令德明。因其刺而淫亂止，詩教不更言其故而無不自得者，反情之學也。先王之詩也以人心之詩行先王之詩，是以人心之善無所緣則易沮，怨於詩遇我心焉，不意如是之纏綿而無遺也，豈惟無遺，將我心所未有之善亦旁推曲引而達之矣。人心之惡無所鑒則易藏，怨於詩發我心焉，不意如是之淋漓而難揜也，豈惟難掩，將我心所未知之惡亦充類比醜而盡之矣。其所以能達且盡者，孰使之？詩使之也。則非詩之能使之，思之無邪者使之也，而聖人已立乎其前，而聖人之意已行乎其內矣。明此者不必執詩之爲善而後感，詩之爲惡而後戒也。帷房哀怨之辭，孤臣孝子引爲至性之事；昆蟲瑣屑之理，達人哲士得爲悟道之原。六卿之餞韓宣也，蔓草同車，百拜而賡晏饗之重；季札之觀曾樂也，邶鄘及衛，三歎而頌周禮之全。如必執善而後感，孰惡而

後戒也穿鑿附會之說固其思而無邪云乎哉此讀詩法也

子曰道之以政章

兩節平舉語意歸一優劣善否瞭然難混朱子恐後人遂偏廢政刑故于圈外說圓謂德禮中原有政刑聖人只爲第一節專用政刑乃不可耳朱子所云不廢者正德禮之政刑非專用之政刑也論者動云不可貶政刑而尊德禮是欲將專用政刑者周旋先與聖言相刺謬矣豈朱子註意哉又論文必須平列兩種不下褒貶令人自辨爲妙皆是胡說免而無恥有恥且格褒貶彰彰如何從新要含糊起來

夫子兩下斷語一善一否判然分明正欲後世擇術者知所趣舍耳如何偏要兩下含糊不直斷是非爲妙其意似反欲周旋政刑一邊者此等評論俱從小人胸坎流出非小小語病也

首節

**艾千子**春秋時所謂政刑。尚是太公之治齊。非後來申商比也。子產之於鄭亦如是。**評**看朱子圈外總註。政刑德禮原俱指先王所以治天下者。故曰不可偏廢。但爲耑重政刑而不本之德禮者言。若專重政刑。則雖先王之政刑。亦止得免而無恥。故政刑不但不是申商。并非太公子產之所爲政刑也。題義本如是。乃鄭鄤謂政刑不甚說壞。方是正始元音。其意似當時重政刑。必要周旋以爲吉祥。眞小人之心也。總不曾曉得政刑原不是不好底耳。

道之以德節

德禮在先。政刑在後。德禮爲本。政刑爲末。古今理勢之必然。聖人分別兩者得失淺深。原爲專用政刑者而設。故次第說入耳。時文便講做政刑後。商量變計。直是可笑。

金聲文云云。評于政刑弊病相關。儘見明切。説至德禮道齊實際。却無把鼻何也。緣其于德禮二字源頭有差處。看德字。其高入于虚玄。而外不過慈悲廣大。看禮字。只成聖人作用。不是天命内事。此其所以無把鼻也。

楊以任文禮因德。德因天。評禮亦天也。

齊之以禮。却又有本有用。

道之以德。貼身先説是禮却不可專指君身上。

徐爲儀此德禮。指在上本身説。德訓行道有得。合身心言。如其身正不令而行意。禮。即行事中正之矩。道立于身。而道之齊之以此。若但説教民爲善。則伯者躬行雖闕。何嘗教民爲惡。仍是道之以政矣。禮偏指五禮。則只是教民習禮矣。禮即德中無過不及之則而散爲數度者如云德道未能又須禮齊如此則禮之效深而德之效淺矣德固禮之本也【評】此章原爲治法分辨本末不重責君身意若正身而民化又別一話頭此章道齊二字原專指教民說但德道指君之躬行倡率耳禮便是制度品節之及民者故曰齊若謂禮亦在君身行事看則仍是道之非齊之也註中固字又字次第甚精此又字與又多能也又字同例是加詳不是推深正分本末輕重說非禮深而德淺也政道不從又須刑齊德道未一又須禮齊文義自明合論之德禮爲政刑之本分言之德又爲禮之本非謂齊深于道也道註先之齊註一之是兩節通訓故不特德道是率先卽政道亦是率先伯者治國亦必身自行法示信卽所謂道之以政也但伯者率先只在紀綱法令與王者之率先只在仁義孝弟此爲不同耳不

可因伯者之教民亦以善而謂王者只躬行未嘗敎民也。

艾南英文 吏習不偷萬姓素朴。評 素朴非德禮之治效乃老莊太上語耳。

子曰吾十有五章

聖人終身只得一个學字數件止是學中境界人只將下半截逐段敷揚便似孔子別無甚事倏忽過却十年到彼時突地如此不知聖學原無一息之停刻刻有日新處數者只就十年大段舉个名目教人耳。

到底是學聖人立言本義。

循序漸進聖人身教大意。

歸有光文 道無終窮雖聖人亦有待于學也學之則不容無漸矣此其理之固然而豈聖人過爲卑論以就天下也哉評 學雖聖

人必以漸。足破千古頓悟之說。頓悟者。和尚之道也。

**陳際泰文** 聖學以漸而成。非有詭于人也。政其不息者難耳。**評** 道著。

聖門總無頓悟之法。和尚家有一宗。各有一樣啞謎。要人猜著。猜著便無事。故有頓漸之說。聖人之道。做到老。學到老。假我數年。卒以學易。活到八十九十。又須有進。候不同處。總無頓悟事也。或曰。然則生知者非歟。曰。生知者。知之易。不喫苦。如所謂聞一以知十。聞一以知二是也。非謂定不須學也。且如孔子問禮學琴。也須從人問學來。但到手容易。默識心通處。不同於人耳。聞韶三月不知肉味。是怎地用功。何曾一聽便了悟哉。

六箇而字。字字有功力。有火候。有意味。而字說得不容易方得。

年歲中有實際工夫。

聖人工夫只一片去。到十年獨覺得火候一變耳。如元氣流行不見他那一日换却寒暑。然四時之正自禪。

聖人止是一路做去。純亦不已。不是過十年。另换一番工夫也。不是無思無爲。忽然又開一樣境界。

道理境象循節相生。後十年消息。已在前十年做透。前十年見處却與後十年不同。與邪門忽摸著鼻孔。又道鼻孔原來向下。總沒交涉也。

聖學不已。逐時有進境。六段亦就中提出个大節候耳。不是憑空過却十年。忽然摸著鼻孔也。

熊伯龍文 夫子葢隱其學之徹始徹終者。而言其積累者以教人也。評 吾無隱乎爾。志學便是徹始徹終事。聖人言語句句眞實凡所謂謙辭。亦是後儒推原而言。若說聖人有意作謙。便有弊病。況有所隱乎。程子所謂聖人未必然。朱子所謂固無積累之漸。是指聖人生質而言。言其生知安行。于所謂志學立不惑等。不大段吃力界畫定做耳。不是說聖人別有一種易簡道理。直捷工夫。祕而不傳。而故立此節目。爲下乘說法也。惟禪門有兩種接機。姚江竊之爲天泉證道。云無善無惡心之體。有善有惡意之動。知善知惡是良知。爲善去惡是格物。這話頭爲其次立法的。若接利根人。則心意知物。總是無善無惡。本體工夫。一悟盡透。如彼之言。原有兩道。故有隱有示耳。聖道決無可隱。

知行分配。說本朱子。然朱子謂志學。一面學。一面力行。而以知爲重。立本於知。而以行爲重。則知行原十分畫開不得。朱子因門人問如何分知行。故隨問答之。非此章一定之分限也。

此章是聖人自敘最難下語節節要說得切實切實處須見得聖人分上高妙高妙處又須道得語氣尋常數者缺一便不成此章說話。

此題所難以夫子口氣寫自己地位道理說低了不是聖人分上事要說聖人道理分明自作讚頌所以難也時作大約通犯此病講到末節多說窮神入化學成德全他竟不許孔子再活到八九十去尤可笑。

首節

志學是徹始終事。

**陳際泰文** 丘固已不安于此也然于學特有其志耳**評**看得恁輕耶始條理者智之事也。

志學時便有此矩在。

志於學三字拆舉不得拆講便有病拆學字貫下尚可有以志字貫自謂與心字關會此大謬也立不惑知順欲那一字不是心耶

四十而不惑節

熊伯龍文學至四十心通于萬事而所擇者明矣評擇是志學中事

工夫吃緊在前三節雖聖人生安於此想亦煞用力來到知命以下只是涵養充積去用力一節輕一節矣

五十而知天命節

是先有這件家伙在知天命只是曉得這家伙來歷耳若先不認得這家伙更問甚來歷也

龔章文論天理之流行性命本安于各正顧功力未深淺之而流

于數者。深之或入于幽。評解此纔見堯夫加一倍法。程子不屑爲也。文卑之而滯于迹者。高之亦遁于虛。評釋氏彌近理亦在此處。又不可不辨。

六十而耳順節

洪圖光文五十而知天命。尚有聰明之未淡也。評耳順正是聰之至。如何是淡。要淡聰明。卽非聖學。

七十而從心所欲不踰矩節

說个不踰矩。可知聖人心中。刻刻有个天則在。不是卽心是道。此本天本心之別。卽程朱之所謂主敬也。時文只做得從心所欲便墮本心之學。不是聖人之道。

聖人之學。性天之學也。自古無學心之說。有道心。便有人心。故心不可爲學也。學所以正此心耳。直指人心。見性成佛。學其所學非聖人之學也。故凡言心學二字。卽是爲邪說所惑亂。彼只要歸于無善無惡耳。聖人說箇從心所欲。重在不踰矩三字。矩者何也。性也。天也。至善也。心與性天合一。方爲至聖。方是聖學。可知心上面更有在。故謂聖學都在心上用工夫則可。謂聖學爲心學則不可。

**陳際泰文**吾人立身之道。以規不若以矩。**評**拈个矩。便生規。秀才粘皮帶骨。不可著話頭如此。

孟懿子問孝章

從懿子不再問中。便見其錯會。纔得聖人第二節用處。

孟武伯問孝章

不說人子之心。而反說父母之心。此是對照語。只說父母之心如此。又不說人子宜如何體父母之心。此又歇後語。其辭氣極活極冷。惟活也冷也。纔刺入人心裏去。

人但做得憂其疾。則一謹疾。便足完孝矣。惟長幼出入知愚貴賤凡無疾之時。皆父母所憂之時。此所謂疾之憂。所謂惟其疾之憂也。程子謂武伯其人多可憂之事。正見此義。

子夏問孝章

色字有幸任之非。有文貌之非。

不說色應如何。應如何便有模擬可模擬便未爲難矣。隨時易地其道無方。舜之齋慄。有齋慄之難。老萊之嬉笑。有嬉笑之難。中有一分孝。外便有一分之色。自然流露。無可掩著。難處原不在色。不在色。色之所以難也。

根心生色。不假貌爲。然則眞樸者其色無難乎。此又有說。溫寶忠母夫人舉此句爲訓曰。性急人烈烈轟轟。凡事無不敏捷。只父母前一味自張自主氣質。使父母難當。性慢人落落托托。凡事討盡便宜。只父母前一副不痛不癢面孔。亦使父母難當。其言粗淺而有味。色豈必出于不孝。凡自以爲其心無它。徑遂出之。所傷已多。皆此義也。色固由於氣之和。氣由於愛之深。而所以能深能和。則必天性學力並至而後有此。此所云難也。程子謂子夏能直義而或少溫潤之色。須識此意。

子曰吾與回言終日章

【金聲文】吾惟恐學者之直領吾言。而漫以爲有得。故吾言每引端而不竟發。使自思焉。使自疑焉云云。【評】從聖人用處看出不違妙有因緣。然他却是禪門作用。南公謂寶覺若不令汝尋究到無用心處。卽吾埋沒汝。【文】回亦何用違吾言耶。吾但與終日言而已。浩浩矣。辨擊之下。反未免失天機矣。吾亦何庸吾自發耶。

吾但得囘之私而已畢敎二三子矣心精之出其實有不可磨滅者矣【評】描寫法王接引方便與獅子兒脱韁擺柱處眞是萬分精彩要之于聖賢公案不曾夢見在看他發揮亦甚警策有甚麽脱謬處曰只足發一句道不著其餘說玄說妙一總不是

如愚不愚緊相呼應呆看愚字即犯死句然先說得如愚深一步反與下段無情矣

如愚二字淺放却深合深求定謬矣

如愚只是不違外貌

題之要義只在不違足發四字如愚不愚乃形容此四字耳但摹取如愚不愚虛神於聖人詞氣中添出許多嬝娜做作便可笑摹如愚不愚則退省句必多一番打點探聽做作又說得聖人神張鬼智悄冥窺覤相似

退省只是實勘其所行耳。何消做作。

足發在身體力行說。不是在辨說上發明。

發。謂日用動靜語默間皆足以發明終日所言之理。但謂言上發明固非。離却夫子所言而泛言發夫子之道。亦非語意也。亦字是驚喜詞。不是輕可詞。

須是顔子之足發。若曾子後來又別。

足發。正見不違中默識之妙。非兩層也。

此題久在雲霧中。以如愚爲老氏之盛德若愚。以足發爲衆妙之門。而全抹去動靜語默之間發明所言之理之意。總由平日胸中無身體力行四字。處處走入玄虛。與聖賢大旨背反。不獨此一章也。

子曰視其所以章

聖人只論觀人之道當如此。若其所以爲視觀察者。煞有本領。是上一節說話。聖人未之及耳。故朱子引程子之言于圈外。葢不見此理。但講視觀察。恐後人蹉入自私用智之術。流爲機權作用。失却聖人所以觀人之本也。能體是解。極精刻處。正是極忠厚。方見聖人成己成物。智以行仁之妙。于程朱所以註脚之意。亦許君親見矣。

程子所謂知言窮理。是平日自做工夫。原不爲視觀察而設。然却是視觀察底定盤鍼子。或有改知言作知人者。便不通。三句正講知人。知言乃所以知人者也。知人是性之德。智之用。不是做工夫處。

張永祺文要非遠棄人於不肖也。要非輕諒人于中藏也。惟其不遠棄不輕諒也。則衡鑒必詳。甄别務盡。評可知聖人許多法只完得一个仁字。原批誠至明生，自是聖人事，下此惟詳慎二字。終身行之無弊耳。評或問朱子：聖人當不待如此著力，曰：這也爲常人説。聖人固不用得如此，然聖人觀人也著恁地詳細。若不教徹底分明，如何取舍。此等處直是朱子道得盡。知人則哲，惟帝其難之。敷奏明試，三載考績，聖人如何委曲周到也。是道理合如此。聖人未嘗不詳慎也。誠至明生，只在知言窮理上省得苦工夫耳。

張邦祚文若此者可即一事而徵之也，又可即一時而徵之也。評一事而以由安皆著于義無謬，然止是一説，不可以該全義。至謂一時而視觀察都到，斷無此理。視觀察也須有次第，須知此章爲人論觀人之法，當詳細如此，不是聖人自誇其神鑒也。

陳子龍文夫人既有當世之慮，則不可以不知人。評平居日用，便可不知人耶【文】世固有大奸不可忽也【評】不必如此說自古以來理自如是尋常人物多如是【文】人情日深鉤距日密雖聖人豈能坦然以遊世哉【評】凡人情僞自上古至今日無異也聖人窮理盡性能知鬼神萬類之情狀其道固如是非爲末世奸嶮而聖人爲立鉤距之術也視以觀由察安在唐虞三代前理亦爾如所云聖人胸中先擾擾多機械危險矣何以能知人曲成萬物哉且孔子時已世變易術如是更數千年將聖人亦相從爲魔怪耶

子曰溫故而知新章

【歸有光文】君子之學其始也未得于吾心之理而有待于天下之物【評】如此說則天下之物與吾心之理兩件矣【文】其終也則不見天下之物而見吾心之理凡其所以然之故與夫形而上之

道。皆超然有得于意言象數之外。評溫故知新。是日知其所未知耳。非故爲形下而新爲形上也。今日之新。異日又成故矣。文以物應物。而天下之物常無盡。必有所限而不通。以心應物。而天下之理無不足。隨取其心而皆裕。評以物應物。方不執一以格萬。以心。則限于物而不通矣。況溫故知新。亦不是心與物之分。文人之爲學。以見聞自牿者多矣。君子之學。求諸心而自得焉。評說成兩開。便入心學邪門矣。故者所已知。新者所未知。都只在聞見中說。言因其所已知者而益加精詳。日知其所未知。非謂故爲聞見而新爲心悟也。猶之看書。初時所見猶屬皮膚若能思辨不已。剖析精微。或悟前解之粗。或知他說之謬。或得向時未見處。或旁通於別義。皆所謂知新也。如此則可以爲人師。而講書辨難矣。註所云記問之學無得於心者。猶之近日秀才止曉得一本說約俗書。自以爲原本傳註。此以淺陋爲故而不知新者也。又有一種學究。博考講章。如所謂蒙存淺達者。以至於大全。則自以爲無所不知。而究於聖賢之旨。不知其所歸。所謂蒙存淺達之迂譌。大全之踳駁。不能辨也。此以博雜爲故而不知新者也。又其甚者。造撰新奇之說。離叛傳註。如袁黄之改註。葛寅亮之湖南講。及說統說叢等。此又以謬妄爲知新而非聖人之所謂新也。凡此總因四書之理無得於心。而徒爲講章記問之學故也。非謂四書傳註之外。別有所謂新者。當舍傳註而求之心也。且聖人明言溫故而知新。則新原只在故之內。知之得力原只在溫之內。如所云。則當云棄故而知新矣。況故非障誤。新亦非止境。今日之新。明日卽爲故。豈可以新故分物與心形上與形下乎。先生此篇理謬不小。而人皆未之知也。恐誤後人不得不辨。故自藏新新原是故只是一件事。必知新乃見溫故用力却只在溫故。中庸溫故知新作兩節看此只作一節看新從故生必新生而故爲實得。

子曰君子不器章

不器不是不能器無器不備其本領不關器不可以器求之限之耳無所用者非不器也君子有時以一節見如治水稼穡掌火明刑之事似有專長然而不器也。

黄淳耀文氣象之偏全至相遠也所就旣卑則雖慕爲一時秀傑之才而已覺其難至所積旣厚則雖加以生民貴美之譽而亦有所不居評今日眼中但得時貴庸流稱許已過望矣故曰士

先器識。文君子之應物也無成心。一官一曲。惟朝廷審命而與之功。見名成。遂以爲適宜此任。而不知其餘地之恢恢。評後世論人。但從其迹。故學問轉入功利去。不知古人雖成大功。其分量原不在此。

不字須放在器字上看。又須放入器字中看。乃得其全。人但見得器字外耳。

小成之士。正好從器上用工夫。

子貢問君子章

先行句。是現成指點語。是論君子。不是論言行。

先行句。卽落箇其言。則其言非泛指辭說。卽所知之事理也。若云我所知之事理。必躬行有得而後可見之言。八字只一句說。行其言。只指一件。與別章重行慎言之義不同。別章言行平對泛說。故行字去聲讀。此只是一片說。故是平聲字。

**陸龍其文自記**此章比顧言顧行。訥言敏行。較深一層。**評**其言乃所知所得之事理也。不就做一番言語說過。必先身體力行。步步著實。而後說出來。行其言三字。拆開不得。拆開則行字是去聲。而非平聲。去聲是對待字。平聲即在言字上見。故比他處平舉之言行。較深一層也。但作言行先後。則其言從之四字。都無著落。

先行後從。原不是謹言道理。

其言。非有聲之言。言之事理也。行。非德行之行。踐其事理之實也。故行其言三字。拆說不得。提其言二字作主。而以行從分看先後。其意自明。但將言行對看。便失之矣。

未有言時。先有其言之理在。

是因其言而思其先行後從。意固重行。而語實爲言而發。對子貢病也。看下箇其言字。則言之理已在前矣。

其言非言也。從之乃言耳。以今日論君子。只有其言在。所謂先行後言之意。不可得而見之。在君子當日。亦必空中先有箇其言在。方去先行後從耳。只泛然做得一篇先行後言論。不先安頓得其字在前。便先提言字。後出先行。總不著痛癢。皆坐看書無眼也。

先後是君子終身刻刻如此。

從之是從其行。非從其言也。又須知是從字。若竟以言字代之。便無意味。

而後從之。是合上語。非對勘語也。

而後從之。是到此自然流出。非爲此而先行也。

**金聲文自記**　子貢居言語之科。夫子此語專伸起行邊耳。**評**　祇是眼前所見事理。其未體諸身也。曰其言。舉而見之實事。曰行其言。及其宣之口耳。曰而後從之。然則其言非言也。行其言非專指行也。總是此理顯藏。次第分名。究之只要完得此理。實有諸己以喻諸人耳。若云專伸起行邊。却須先有其言在。而行之。又早言伸在前了也。宗門人要去事理障。先不要有其言。看得行是運水搬柴作用。言是語句文字義學。打合不上。强分輕重。只爲其言上無是非。故行處全無義理。直謂不曾有所行可也。

子曰君子周而不比章

**錢禧文**　宅心廣大者。容保與覆載同寬。私意之未克。而遽言與人難矣。**評**　惟君子。故能周而不比。私意未克。一語得其要領。**文**　氣類之合。其中有天。君子不拂其天。則宇宙之渙可萃也。事非無隆殺。而隆殺以公。不以私。則無一人而不得其所。評此理須從西銘得來。周字中分寸越精詳。氣象越廣大。

陳際泰文性孤峻者之不能周。猶之性寬裕者之不能介也。評不是此理。伯夷性孤峻。却正周而不比。柳下極和。却不以三公易其介。何言不能介也。文吾人之事。以周而始。以比而終。評不必論前後周即始終周。比即始終比。其根原不同也。

萬曆以來。門戶之爭害人家國。只消一比字耳。祁虎子問一門戶要人于東林鉅公。曰此君子也。將薦矣。問于山陰劉念臺。曰此小人也。遂劾之。天下稱其公直。鉅公亦長者也。然未免比矣。如念臺先生。其庶幾焉。而虎子能信山陰。而不顧門戶。亦不可及哉。後人猶以山陰爲東林。此門戶人引以爲重耳。其實不然。

子曰學而不思則罔章

不思則罔。如秀才記誦一生。於身心世務茫然無知者多矣。不學則殆。如良知家作爲顛倒。善知識窮兇極惡。皆只爲打掉了窮理工夫。

【歸有光文】爲之思以求其心。【評】思以求心。是騎驢覓驢也。思以求其理耳。

【楊以任文】學而不思。學乃爲累矣。【評】學無益耳。何至爲累。【文】風雅求其恒。典謨求其質。有可直闕以明君父之爲尊者。特其慎思之所及。不可爲末學者道也。【評】不思之人。猝乍有所得。便自以爲是。必不可並存闕疑。乃所以罔也。但闕亦不止爲君父之尊【文】學之迹。皆其顯聖而托奸者也。宇宙大矣。豈無以所學欺天下者乎。【評】學謂講習之事。凡一技一業。世務云爲。皆是讀書。不過其中一事耳。今只將讀書二字蓋殺學字。將學字已看得不好。遂謂學足以欺誤人。此自已見識粗。却反誣了道理也。卽就讀書論。亦不止爲君父治亂。雖日用細微。如灑掃應對進退。造之可至聖人。若不思則連此事不得其理。所謂終身由之而不知其道耳。徒説大話。亦屬粗見。

子曰攻乎異端章

章世純文 天下之事。伐異者害之也。彼自非矣。安用以是而攻非。且是亦多途矣。又安用以是而攻是。評 道一而已。豈有兩是。攻治之攻。改而爲攻伐之攻。其義水火矣。要使天下無是非。混同異是何心乎。

子曰由誨女知之乎章

此章須作四層洗發。首句空説箇知之道。一層。知之不知。是女字中所自有。一層。爲知爲不知。是能不自欺。一層。末句就指不自欺處。卽是首句知之道。一層。故首末兩知字總説是一樣。而有虛實。中四知字。上二字是自己見地分現處。下二字是不自欺細看來。六字。字字不同。許東陽謂中四字。指一事之知。猶覺籠統在。

講章謂子路以不知爲知。實坐不知。非曉得不知而飾爲知之。此却與註意不合。蓋好勇之賢。乍有所見。主張到太過處。一冒過去。便是自欺。故朱子引正名一節。便以孔子爲迂。和那知處也不知了。證得最明。子路豈不知孔子之不迂。只要主張名不能正太過致此蔽耳。講章之誤在一飾字。飾者不肖之自欺。强以爲知。賢者之自欺。自欺亦有粗細之分。然總爲自欺。則于理蔽一也。

子路病在過火。其不知却正在此。朱子所謂知與不知終無界限和那知處也不知了。非不及冒昧一流。

知之不知。是不自畫處蓋知之不知。就事理上說。纔見得有知有不知。便自畫不得。爲知之爲不知。是當下心上不欺處。不終于不知意貼知之不知。卽此是知意貼爲知爲不知。

是字。直指上兩爲字。不指知不知。所謂無自欺之蔽也。

自欺之蔽。一則蒙昧不自察。一則雖覺而强蓋過去。知之不知。則能自察矣。爲知之爲不知。則不强蓋矣。是字直指當下。由此而求其可知之理。朱子補圓道理如此耳。人謂不補爲高。則又隆萬後叛註之論。

聖門說知。便指義理。不指心體。但心有自欺之蔽。則義理障拒而不明。所見皆成謬妄。能去此蔽。則義理易明。天下未有知其不知。而肯終安于不知者也。故朱子由此而求之一轉。正圓滿是知中道理。非于是知外添蛇足也。惟邪教之所謂知則專指心體而言。但本體一明。大事了畢。當下卽完全無欠。若更加擬議。便于本體有礙。此良知家之精蘊也。故李石麓戊辰主試極詆集註由此而求之一轉。而袁了凡讚歎以爲程文不依註。千古絕唱。自此以後。說書論文者。無不奉其說爲至善本領。一差不自知其懵騰流轉于狂禪。而尚自沾沾寶護以爲聖學固如此。不大可哀也哉。要知此理畢竟殄滅不得。

子張學干祿章

首節

干祿不是不講言行。是另有一種動人之言行。

子曰多聞闕疑節

寡尤悔，統承三節工夫，時文説來，止跟著慎言行耳。

兩段寫出一片兢兢勿勿，鞭辟向裏，只求免尤悔之心，通身氣力盡注到則寡二字，方得聖人語意。寡者尤悔未必無也，則寡者如是用力而後僅得寡也。

兩則字是未了語。

兩則字是難詞。

或問子張學干祿，夫子以祿在中引之，如何反作難詞？曰：祿不須干而自得，是下三句中語意。此兩段却正説寡尤悔之難，看兩則字如何鄭重？子張才高務外，直看得言行不打緊，夫子説寡尤悔之妙以引之，却正不許他兩寡字容易也。

學者求道，與庸鄙人求利達，其用功深苦一般，但所求之物不同耳。譬之作好文字，與俗下醜派，其用功深苦也是一般，未嘗好文難而醜文易也但掉轉肺腸便得耳。

**章靜宜文**凡人之心不可使之暇也暇則必有意外之想得而入之**評**閒字最是學者大患也只是不志于道耳。

言寡尤疊二句正難之也不是過渡閒文。

二疊語正是難詞不是慰幸詞。

言寡尤二句寡字說刻苦有得已不同上寡字。

言寡尤行寡悔此亦復上起下過脈題也而有異凡過脈卽上文疊述無層次此題却與上有層次上兩寡字言如此然後寡未全寡之詞也此二寡字是果成其爲寡較進一步。

在中只在寡尤悔看取。

**金聲文**卽莫窮莫殫眞有數奇之時此數奇也天不之與安知善于者至此亦不廢然返也曷若存其眞至之性以自立于學問

之地而後見吾不朽之學自在祿外。評聖人云樂亦在其中。可知學亦不必說在祿外。但意不在祿耳。在中但就理上說。不論時節因緣。于此欠精細便有信不過處。在其中但指上兩段。乃切實事。又尋向上一層。如存其眞至之性云云。于上兩段上面添出綱宗。是看得寡尤悔還低。在便有蔑視祿字意。于世間一切法都不涉。轉說遠去。不涉聖學了也。

在中。則已有得祿之理。其或不得。命之不可知也。干祿則已失得祿之理。其或得之。亦命之不可知也。枉爲小人。而不免於坎壈枉爲醜文。而不售於場屋者。不知凡幾也。

陳際泰文祿原不是學問分外事。所誤在干耳。在中者。道理如此。學者未嘗計及。亦不必計及。應固在中。不應亦在中。

祿不求而在。是天下之所爭趨也。評也不可著此意。文一定之時命。與一時之骨法。不能自更。【評】有子平五星。又有揣骨相法。直恁粗雜。看大士一肚皮鏖糟見識。只消一箇麻衣果老打鐃鈸和尚足以動之矣。才士只如是。何處更講學問也。祿在其中。亦祇可口頭說紙上寫耳。夢寐中畢竟信不過在。

祿在其中。不是引誘庸流。亦不是鼓厲修士。是天地間自然正理。故奔競與枯遁者。雖清濁不同。而其不知道。看得一祿字重滯。則一也。

古人鄉舉里選。故說箇言行。如今秀才祕訣。却是醜作文。低立品。祿在其中矣。可笑可歎。

季康子問使民敬忠以勸章

康子只是私心。夫子純說天理。只合自盡其道。

同一物也。相讓則見多。相爭則見少。同一理也。責人則兩失。自盡則兩得。夫子立言。原只煞重在上半截。敬忠以勸。就康子言之耳。然即此便見此理之公。有感必有應。只要點破康子私心。若謂兼講功效。便是巧于計較者也。

孝慈兩件。須一齊有。民方忠于己。朱子說如是。非臆撰也。

舉善而棄不能。便不盡勸。朱子此語。正爲舉教並重。非爲教重于舉也。

子曰人而無信章

**黄淳耀文** 人遊三代之世。而推誠相與。然諾不欺。彼蓋以爲道固然也。亦何嘗逆計其事之可濟。而後出于此哉。**評** 論行不行。已是第二義。**文** 自夫人有速求濟事之心。則其詐必至無所不爲。自夫人有無所不爲之心。則其術終于一無所濟。君子既傷其譎。又病其窮。**評** 二語兼盡。**文** 一行敗而百行盡屬可疑。片言虛而千言盡爲飾說。評方見不知其可。不獨一言一事之礙。

子張問十世可知也章

子曰殷因於夏禮節

殷因於夏禮。周因於殷禮。正是答知來。不是徵往。

子張欲知來。夫子只以知往者推之。知來求其變。知往只求其不可變。不可變者其大。而變者其末也。故兩段只重因邊。不重損益。

唐順之文如三綱之正。五常之敘。雖曰肇修人紀。而實則纘禹舊服者也。乃若因其時異勢殊。而損益以合其宜者。不過易尚忠而尚質。易建寅而建丑耳。凡此皆著之簡策。而昭乎其具在者。不亦可知也耶。評或云。損益句須拈二所字。包括甚廣。非專指質文丑子而言。可知。正謂損益之理。原非沾沾就簡策中索解。

此文實有未盡處。其說苛而無當。看他用如字乃若不過凡此等虛字。則包括甚廣之意自見。原未嘗偏枯執著也。可知。指商周之禮。若不從簡策考訂。即損益之禮何據而知。觀聖人自謂能言夏殷之禮。而病於不足徵。亦可見矣。此種議論。總欲叛傳註而談虛玄。薄文字而憑心悟。非小小語病也。

**艾南英文**一代之治。必其綱常人紀既敗。而後國隨之。其從而復之者。雖變也。而實常也。**評**見因革損益。只是一理。**文**乃一變而至秦。所因所損益俱不可知。何也。然其君臣父子之間。三綱淪而九法斁。不旋踵以亡。惟所因而不因也。**評**秦之亡。正見可知。**文**罷侯建守。所損益者後世反由之而安。則未始不可知也。**評**後世由之而不安耳。

百世可知。只是殷因於夏禮所損益。周因於殷禮所損益耳。邵子一部經世書。總不出此圈襀裏。理數原不可分析。然畢竟以理爲主。無理則數亦難算矣。讖緯家只見一邊。故有驗有不驗。聖人上下千年。直如著衣吃飯。只此識力。便可衙廡皇極經世。程子所謂其知之堯夫不知也。

子曰非其鬼而祭之章

見義不爲節

不爲之根。總在利害上起脚。凡人于利害分明。其氣便餒。故聖賢只在是非上斷定。不講利害。則無欲。無欲則其氣浩然。所謂仁者必有勇也。

呂子評語正編卷五終

呂子評語正編卷六

論語八佾第三

孔子謂季氏章

章世純文季氏之始失在公廟而設於私家也廟尊者禮盛則固不得以私家之禮行事矣評僭竊必從假借起

季氏僭竊與莽操等不同蓋公子統禰權臣一味妄自尊大不知其文理不通帶一分騃蠢無知帶一分世家習氣在

三家者以雍徹章

不說三家僭竊只說何取令三家亦索然無可回答是并不許三家明認僭竊也語愈婉旨愈嚴無知妄作罪名使三家若可承又不得不承又實難自承正見聖人立言之妙若一着狠斷盡失之矣

季氏旅於泰山章

說救字是危迫語。

從救字中看出聖人謹微治僭之嚴。從弗能與辭氣中看出冉有平生見義不爲處。只一句見聖人抑亂臣教退畏弟子許多用處。

不論聽不聽。只論救不救。

能弗能只論冉子自己。不論季氏之從否。此是聖賢行義正傳。孔明之不逆覩成敗利鈍，文山之病雖不治而必用藥，皆此志也。

玩此與字直而不曲，乃怪問之辭。非宛商之語。

子曰君子無所爭章

【金聲文】不善爲君子。而君子之念。即爲搆爭之端。【評】爲名則有此理。念如何無得。此便是禪病也。【文】一念之爭。已無復君子之望。

評根本有失。不在望說文寬遊之以禮樂。而是與非自相跗於大道。所爲化一世以忠厚和平之術也。評此意尤不好。要到無是非處。是老莊見識。不是忠厚和平。

正要在下四句中。回繳首句。見聖言宛轉盡義之妙。但不可呆泥射上說煞耳。

揖讓兼下句言。粘住升字不得。揖是揖。讓是讓。囫圇不得。射時始終有爭。而揖讓是君子無爭。升字飲字有爭。而揖讓是君子無爭。漫混不得。

其爭句應必也句。只了得無所爭一句耳。若另有其爭一轉話頭無論道理不是。並文法都錯矣。

子夏問曰巧笑倩兮章

此與無諂章相似而不同。彼終始論學。此只論詩。已截然難混。彼首節夫子之答已進一解，而子貢悟詩又進一解，故可作兩層寫。此章夫子之答只訓明詩義，至子夏方別進一解，時手於子夏之問先作機鋒，夫子之答反作別解，如云子夏豈眞有所未解於詩哉，夫子忽通之繪事矣等句，直可發笑。不知繪素即是素絢，只一後字答他爲字，故子夏就後字悟出禮意耳。

黃淳耀文　詩之爲用，稽實待虛，宜獨於穎悟者相近，而聖人尤喜與篤實者言之。評　此說未必其然。文　穎悟之人偶觸而已，求其辨擊於單辭之間，曉暢於百物之貌，而忽然旁通，則非穎悟之人能之，而篤實之人能之也。評　畢竟穎悟者能之。文　禮後之悟，使子夏因論理而及之，則雖中有特見，而終不離夫子之範圍。評　即論理及之也好，聖人所許，爲得言詩法耳，豈謂凡說道理必要不着相耶。文　以大意爲可觀，而忽遺乎名物，此穎悟者之言詩也【評】此非子貢之穎悟也後人之粗疎耳【文】以文詞爲有本而精詳乎訓詁此篤實者之言詩也【評】朱子稱漢儒訓詁煞有味是也然却不是子夏此章話頭【文】夫子於商與賜皆許言詩而詩之傳獨屬之商猶之於參與賜皆言一貫而一貫之傳獨屬之參也夫【評】有傳有不傳非獨屬也且即此二案可見聖人之喜與子貢言者多矣詩之教與他經不同觸類旁通斷章取義益人無窮正在不拘滯處或言事而忽悟詩或因詩而忽悟理皆得詩教之妙故夫子許之無異詞與一貫公案又別一貫兩章問答開示語句已自不同子貢之不及曾子固不待言而決若言詩之本領高下則子夏斷不及子貢聖人必無喜與篤實言甚於穎悟之理若據後儒之授受以申公得之子夏遂以爲聖人獨傳子夏此必不然當時聖門無人不以詩教傳詩

說者必多遭焚坑之難。獨卜氏一宗不絶耳。焉知子貢之徒不更得孔門之微義哉。但謂詩序出自子夏。則後漢書已明證爲衛宏自作矣。若序可證子夏之宗。則詩傳亦託之子貢矣。但如子夏之精詳訓詁。而因言明理。其細心自非後儒所及。蓋讀詩之道有二。其一如漢人之訓詁。但解釋名義。不增入意論名義精詳。則其味深永。意論處處通達。其一如程子之言詩。渾不章解句釋。但優游吟哦。有時轉却一兩字點掇地念過。教人省悟。二者門戶似别。然皆以潛心玩索而得。篤實與穎悟一也。若後世觀大意不求甚解。此習性粗疎。自託高致。豈足語穎悟之讀詩哉。近人爲經學。又務爲穿鑿牽輳杜撰之論。以翻古人成說爲高。如郝敬季本之流。直六經之蟊賊。又豈足與語子夏之篤實精詳乎。

首節

子夏疑處在素絢合一。

子夏只讀錯一爲字。詩人爲字上微逗斷。爲字讀得重。本意是因素爲絢。子夏將素以爲三字一滚下去。爲字讀得輕。便誤認郎素爲絢。此所以起問也。

子曰繪事後素節

繪事即詩指示。不如俗解別借一端。

繪事正解。八作通其說於繪者謬甚。

曰禮後乎節

此禮字。只指三千三百美盛處而言。故曰後。若將禮字講入精微。則後字說不得矣。

禮後乎。是悟道理如此。不是感時。

子夏因夫子一箇後字。悟到有本有文自然之理。正見理之精微未嘗以禮爲忠信之薄也。錯會此意。於是牽連上兩節。亦是憂世救俗之旨。失之誣矣。

禮後句。一寫悟境便入禪。一着高解。便入老莊。禮豈爲我輩設耶。只此一句。便是魑魅禽獸之言。然其弊未嘗不從悟處過高來也。依他說只成禮外。禮僞非禮後矣。後字是重禮之義。不是薄禮。

**陳際泰文**有情而必有禮。有禮而必有文。有文而必有文之繁。**評**情非禮之本。文即禮也。文勝乃繁**文**聖人知禮之所自生。而探文與繁文之所自起。且慨然於禮先。而併謂先王所制之禮之爲後世嚆矢。而欲後之。然此意不得言也。即有先發之者。而此意故不得顯也。**評**禮本後耳。欲後之便不是。如公所見。乃不得言不得顯耳。聖賢所說並無此意。**文**先王懼天下之求且欲。故制爲禮以給之。先王懼天下之瀆且亂。故立爲禮以防之。而先王又懼天下之輕且疑。故繁其禮之說與隆其禮之名以尊之。**評**禮自是天生蒸民有物有則來。聖人循其道而行之耳。如其言。則成先王撰造以束縛天下之權術矣。其所謂不得顯言意。正如此。直是從源頭差起。**文**乃子夏一旦於禮等於文而後之。是將等於文而去之也。子夏平日未嘗薄禮之教。而翻空見奇。其識量之不滯。意可美。而端不可開也。故夫子苐陰爲風賞云云。**評**子夏原只問詩。聖人也只答他論詩。子夏忽然悟到禮後。觸類旁通。正得詩教之妙。而所悟又只在學問本原。又見詩學之益。故夫子與之。未嘗爲禮後之旨。不可明言。而托之言詩也。禮後後字。指禮之本然說。謂有忠信爲本。而禮以之行。禮自在忠信之後。非謂人得而先後之也。後之亦非薄之去之也。大士看禮字。原都是老莊與晉人見識。故其說謬妄。至破壞聖人之言而不顧。

首尾只是言詩。不捨詩纏禮。固得賓主之正。然禮後句中子夏所見最精。聖人正喜其於實理有會耳。

將詩禮紐合。固落魔魘。然單講善悟。而輕看禮後句。亦非也。子夏禮後句。見理儘高。故聖人許之。不然說詩便牽合學問。如禪門話頭相似。可說禮。可不必說禮。聖人豈槩許之哉。

聖人有取子夏言詩。正爲他禮後之意。從切實反本上來。見其爲學親切。此方是會讀書。故曰可與言詩。不是空拈悟境也。

可與言詩。聖人正喜其因詩知學。得詩教之益。非謂其能不落言詮。如釋氏之破句別字。皆可以悟禪。將素絢句看做青州布衫鎮州蘿蔔也。惟詩禮絶無交涉，而子夏忽然有會，故夫子許之可與言詩。只爲其篤學能通悟耳。大士文添出重質抑文等論，且牽扭到詩意要重質，如此言詩，乃極下等無靈性守枯樁獵犬耳。聖人且將憫其愚，不屑教誨之矣，豈有許可之理哉。

艾南英文禮後一語，恍然篤信謹守之象乎。蓋其材近於質者也。即灑掃應對下學之意乎。蓋其學重乎始者也。評子貢子夏兩許言詩案，俱爲其切於學，而有不同。子貢喜其能求義理之無窮，子夏則喜其能悟出意言之表，各因其人而進之，正爲其長進一格也。若子夏仍取其篤信謹守灑掃應對下學之義，又何足與言詩乎。

子曰夏禮吾能言之章

開口便道吾能言之。可見聖人於二代禮意精微及大綱節目。皆有欛柄在手。只是典故不詳。便無徵不信耳。看聖人於文武之道。尚且求之賢不賢之識大識小。朱子註道字爲謨訓功烈禮樂文章。蓋其大道精微。聖人自能言之。亦非賢不賢之所能識也。

**歸有光文** 其尚忠尚質。建丑建寅。與夫則壤成賦。建中錫極之類讀夏殷之書者。猶可想見。**評** 夏殷未嘗無大畧之存。但其詳不可得聞耳。

能言足徵。二者缺一不可。

**高斗魁文** 吾言之杞宋徵之。言之者得所徵而增一信。徵之者得吾言而益一據。因以載之周官。爲不刊之典。布之昭代。爲無弊之謨。二禮雖廢而不廢。云云。**評** 可見夫子意中有多少設施在。

文徵之不足夏殷已然矣其無使後乎夏殷者復歎夏殷哉

**評**此朱子所以請脩三禮也

子曰禘自既灌而往者章

魯禘賜自成王說出明堂位先儒謂漢儒多魯人魯之僭大始於春秋多矯飾之言漢儒因而述之則并祀周公以天子禮樂爲非據然据魯頌之詞未可謂盡出周末先秦也陳氏曰施之周公之廟猶曰報功施之魯國難乎免於僭矣其說較正

或問禘之說章

**呂纘祖文**魯禘何爲說者以魯用天子禮樂成王賜之伯禽受之蓋周公未王而行王者之事故假魯以償攝王之功且生則爲臣死則爲鬼鬼與人異用之非僭故魯以此祀周公也而不知非也夫成王之所欲報者公也八佾宮懸大禮殷薦謂之尊周

公可也郊之配也稷也禘之王也嚳也與周公何預而謂之尊周公乎以其祖宗之勳勞而遂許其子孫之僭已非矣况所祀者天子之太祖本非勳勞之臣也吾不知成王之賜伯禽之受又奚取耶以當時之事考之襄王之出而入能正晉伯之非乎王之弱而遷必嚴史角之報衰朝且然而况於成王之世以是知魯之僭其由來未遠而姑託於成王也【評】魯之郊禘非禮也周公其衰矣歎周公之衰其非伯禽事可信蓋說出明堂位先儒已辨其誣程子謂成王之賜伯禽之受皆非是千古定案但魯之郊禘見於經者歷然難解此直斷以魯之後人僭禮而姑託之成王尤夫子所難言以此看明堂位之誇大與春秋之義例皆合矣

【艾南英文】禘者審也所以審視昭穆也禮三年喪畢新主入廟則

禘於新宮。此不獨魯爲然也。左傳曰。烝嘗禘於廟。晉人曰。以寡君之未禘祀。夫子亦曰。郊禘之事降殺於天子。此又何説而諱之也。**評**禘有大禘。有時禘。左傳所云。多時禘之通行於天子諸侯者耳。此亦惑於後儒禘祫混一之説。不及精審也。

既曰不知。又曰之於天下。則非不可知也。既曰之於天下。又止曰示諸斯。又記曰指其掌。則可知而不可言也。

既曰不知矣。知者之於天下。視掌。却何從知之。故知只是難言耳。

中庸之難明。是就道理上説。此節之難知。是兼魯禘非禮意。故中庸止云治國。而此云於天下。於天下。則不王不禘之義自見矣。

中庸泛言通於上下道理。故但云治國。此處易天下二字。魯禘之非。已隱然言下矣。

**章世純文**聖人之議禮也。雖尋常之故。而必推而致之無窮。所以尊先王。而維其教於不廢。**文千子**孔子何人。以此狗心鬼肺疑之。**評**其病總坐不信聖賢語。其不信聖賢。由於不信註。其不信註。則未嘗細心體會其說有必不可易者。於是乎鄙倍四出矣。

王孫賈問曰與其媚於奧章

首節

若只並列二者較量。與其二字尚屬門外漢猜擬。從媚奧過來人商量到媚奧。還有未盡善處。箇中狡獪。大有衣鉢流傳。箇中滋味。大有機關講究。與其二字痛痒親切。方是媚奧人轉變語。是媚竈人指引語。

世道炎涼。小人實是有一番見識。一種學問。看得極老。到極圓通。極有主意。極無主意。只在寧字中描出。自己攬權。勸人附勢。齒牙如對。

他處寧字虛，此處寧字實；他處是僅可意，此處是不可不意。

媚竈者未嘗不媚奧，但專精者竈耳。

敢將媚字直說，是小人無忌憚賣弄，近時公然講究以爲榮矣。

子曰周監於二代章

**歸有光文** 云云 **評** 此節周字專講周之禮，非泛論周家治尚也。文中云政云法，皆鶻突，其疎一。此文字是贊詞，非實字也。郁郁乎文哉五字，總形容周禮之美，拆說不得，提出文字重講，其疎二。此從意與中庸不同，中庸從周因非天子不議禮而言，故重不倍義。此緊接郁郁句來，極其歎美，無處著不倍之意，其疎三。其病總在誤看文字是忠質文之文，若通節專論文者，亦正坐不看得註中禮字精確。時文以文救文等謬說，皆從此生。

**黃淳耀文** 文之不振也，穆昭而下，王室日衰。云云 **評** 此論周之禮極贊其美，無寓刺傷今及歎不得位制作之意。言周禮之所以善，緣監於二代，故明備美盛如此，舍此安適哉？文是贊美之詞，非文質之文也。從周，從其道之盡善，非從王制也。

唐順之文　彼夏禮吾知其尚忠也，一於忠或樸而不文也云云。評　此以文字贊周禮，非謂周尚文而論周文之宜從也。忠質文三統，是三代治天下之道，亦不專主禮而言。此章中初無較論三統之意，但極言周禮之美盛，道理該從，非謂孔子不得位，當從時王而不當反古也。

從周，是論理，不論世。

周之文，自是歷代漸次纘來如此。監字正其所以爲文之故，非周自以文監二代也。到此正盛，過此失中，夫子從周，純乎天理之至。若作尊王說，不特不知文字，并不知監二代之道，便屬私意。

矣。

非二代那趲下來，周不能自成其文。非周先王亦不能監二代以成文。

周家積累既久，又連生數代聖人，故其監二代極精詳。非前後所及。孔子從周以此，非不倍義也。能說到聖人德學，方見監字本原。若但如庸說，則秦始監周弱而廢封建，宋祖監五代而廢藩鎮，皆可爲法矣。

此與中庸爲下不倍章不同，蓋不倍所謂從周者，只說遵時王之制。此節正言周時禮制之盛耳。其所以盛者，以其監於二代之故，但至末流，其意漸失，則夫子當時之文，非復文武之時之文。後生末學，便有擬議先民之意，夫子正謂周制本盡善，但人自未之從耳。

周文自不得不從不可不從非夫子私意也

周末文勝非周監二代之文也周末人正不從周耳

文勝之文非監二代之文也因文勝而思返質是直欲去文更非夫子本懷從周卽從先進意

**錢之壽文** 一代創造實因時之所當然遂於天下以不得不然**評**纔是損益可知之理**文**其樂趨於文者人之情爲之也而其不能卽至於文者又天下之時爲之也**評**皇極經世書可以上迄古元下及來世只此理而已**文**禮始於唐虞而漸具於夏商使不必相因而求其明備則文武之所爲者禹湯先已爲之而豈必待於本朝作述之才**評**文明漸開雖聖人不能先時也**文**使禮不必求其明備而已足以致治則禹湯之所爲者當復仍夫唐虞而又何藉於君相多材之世**評**天下之數有者不復無往

者不復返。類皆如此。

附此章文

聖人歎周禮之所由盛，而自決其從王之志焉。蓋周禮之所以文。亦二代之爲之也。而其文則美備矣。聖人又舍周何適哉。且天地之氣。日出而不窮。其必趨於文者。自然之勢也。聖人因其勢而爲之坊。使天地之氣有所留。而漸達於文。而不知其所爲坊者。正天地之文之所自出。至於坊之之道益全。則其出之之勢益盛。而人且疑夫今此之所坊。有異乎前此之所坊。於是乎欲取一代焉以爲之主。而使天地之氣止而不流。歷世聖人反而從我。豈有是哉。今天下亦知周之所以爲周乎。爲三代異尚之說者曰。周之先王。其意一主乎文。而以文更易前世之制度。此其說非也。官天下者其事疏。家天下者其事密。故言制度自夏始夏之先王，以爲不如是不足以承唐虞之後也。久之而人見其近於忠矣，又久之而見其忠之弊矣，夏先王固不知也。當繼世者其法寬，當征誅者其法峻，故變制度自殷始。殷之先王，以爲不如是不足以承夏桀之後也。久之而人見其近於質矣，又久之而見其質之弊矣，殷先王固不知也。然則先王之所爲制度者，皆本乎天下之不得不然，而後且從而爲之辭，又從而爲之議。其後周之爲周，亦猶是耳。然而周之獨文於二代者何也？古未有千年之國久而益彊者，我周自后稷以來，與二代相終始，成敗得失之故，積久而慮深，則其監之也備。如公劉之夕陽流泉，爲徹田之始，要深明乎作貢作助之原；亶父之司徒司空，爲周官之本，固熟悉夫惟百惟倍之意。既不若二代之開國，其經營皆出於一朝；古未有一家之人生而皆聖者，我周自太王以下。比二代爲最盛。父子兄弟之間。材多而識遠。則其監之也精。如彖係於文者。彖復成於公旦。已大遠乎首坤首艮之文。下武始於武者。雅頌又作於成康。亦更備乎大夏大濩之作。又不若二代之創業。其功烈皆歸於一手。當是之時。自朝廷以及比閭鄉遂典章服物。釐然具備。先王先公曰。我不敢不監於有夏。亦不敢不監於有殷。焉爾。然已郁郁乎其文矣。若謂其意一主乎文。而以文更易前代之制度也。是欲違大典而反之於無文也。夫天下之事。自無而造有。而既有者必不能復使之無。汙樽土鼓。昔且以爲文矣。而欲於瑚簋絃匏之世。汙樽而土鼓焉。人情之所不能强。卽聖人之所不能强也。吾從其不能强者而已矣。是又欲亂舊章而引之於靡文也。夫天下之理。卽正而生變。而既變者必不可不復使之正。采蘭佩芍。今且以爲文矣。而置於關雎鵲巢之側采蘭而佩芍焉人情之所不敢出即聖人之所不敢出也吾從其不敢出者而已矣然則周之不得不監於二代也夫子之不得不從周也皆天地之勢爲之也則皆聖人之時爲之也

子入太廟章

是禮也言每事詳慎正是禮當如此我亦行禮云耳乃辨明禮意以教或人非自解知禮也故知字不可夾帶入來是字直指敬謹之意禮字只在道理上說不在自己身上說則辨明處仍是凜然敬謹之意即此言亦禮也可見聖人無時不是禮若一夾入知字語氣便揚詡迥失聖人意象矣

**陳際泰文** 禮之儆也非病於衆人之不行病於衆人之不知**評**是字是令之知**文**禮豈一端而已其行之之際有可以義起者焉

其本之之原，有可以意會者焉。評原不曾有毋事問之禮，却正是禮意。是字明確精通。文禮之不明，非一人之故也。評見所以任辨之故。聖人聞人非議，多引過宛言，獨此毅然直任，非自辨知禮。辨毋事問之，即禮也。蓋一己之是非，可以委曲任過，而禮之是非，關天下後世，不可以不明。正見聖人無我處。後來鄉原一流，不但自原不知禮意，即有所知而人非之也，一味含餬道他，總不知，不足與辨，此便是多少陰私鄙薄，與聖人此等處較看，直是天淵。

陳司敗譏夫子，即婉承以謝之。此獨毅然立辨者，正爲時人不知禮者，敬而已矣之義，則禮意不明於天下，故不惜直任以悟之。或謙或辨，總見聖人之無私。

子曰射不主皮章

原有箇武射在。但先王之道。不重此。不主皮。謂不主於貫革。非禁貫革也。所重在此。則所輕自在彼耳。不主皮。則貫革之射。自攝於內。主皮則禮射亡。而天下之能射者亦少矣。

原有兩項射。但禮射不主皮。

原有主皮用處在。

不主二字。一以奮武衞。一以揆文教。兩義都備。

射本是武備。聖人文之以禮樂。

**劉子壯文** 不貫革可也。所以進天下於能射之路也。能貫革亦非所禁也。所以收天下用力之權也。**評** 方見不主全義。主字是專重。解謂不專重貫革。便非禁貫革也。謂力不同科。便非舍力而論射也。弧矢之利以威天下。古聖何故製此不祥之器乎。益有所用也。不貫革。用之何益。讀此可悟井田封建。古聖人爲天下後世計至深遠矣。文多難之秋，樂言儒者之儒，但令人皆學射。射皆學禮，則舉朝之卿士大夫，登之疆場，皆將帥也。評儒者不知兵，吾先謂其不知儒。

陳際泰文蓋古者無地而不建之射，無人而不教之射，以利其用，以安其生。故懸弧者，射之始；投壺者，射之細。其所以狃之者甚設，中多者得與於祭，中少者不得與於祭，其所以愧厲之者甚詳而有法，而又懼其以武競也，故於禮射一端以寄其權。吁，何其至也。故當時士大夫皆樂爲之，而服習有以自强。當時左右相衞者皆士大夫，故緩急有以自恃。古之道如此。評理實如是。此三代以上之人材，與三代以後所以迥乎不同也。議論絶大，非末世經生之見。

金聲文先王爲弧矢之利，以威天下也。故雖處無事之日，不忘武備有皮在而有餘之力不嫌立展【評】從原頭來此一重見識極大【文】先王觀德行之立於審固之時也故雖爲威武之事節以禮樂不主皮而閑習其道盡堪自效【評】正是先王盡力之用之道孫吳可使婦女市人蓋亦得其道矣射原是力上事但主於貫革卽是尚力主於中鵠卽是尚德中鵠也是用力力歸於巧卽名爲德使中鵠又貫革先王固所取也但不主耳其所以不主者以力不同科故也尚德則力在其中尚力則殺心勝而射失其道故夫子歎之文從先王善成天下之力治亂各得其用立解不言德而德之意已透其識見甚高要知聖人作弧矢以威天下便是爲力看王者揆文教處能得幾許地其餘皆奮武衞者也豈先王不仁之術哉如此然後萬物各得其所其用力處乃所謂德也杯酒釋兵豈非詘力而中原塗炭何尚德之有

先王誠惡力，何不竟用畫布，并其皮去之耶。

力不同科，自有必同者在，若止欲賤力，則并射可去矣。

子貢欲去告朔之餼羊章

首節

記欲去只二字，當時子貢定有說，故夫子下愛羊二字，惜其無實而妄費，此註之所以不可易也。人毋將子貢欲去另講出一種深心偉議，豈聖人之知言知人覿面商論者，反不如後世之臆揣耶。

子曰賜也爾愛其羊節

羊與禮不是兩件，賜看來是羊，子看來是禮，愛禮即在愛羊上轉出。

聖人無日不是大道之行，二語所寓甚遠。

定公問君使臣章

人知父子是天性，不知君臣亦是天性。不是假合，天生民而立之君臣，君臣皆爲生民也。臣求君以主治，君求臣以輔治，總有箇天在。故位曰天位，禄曰天禄，天秩天討，非君臣之所得而自私也。君臣之尊卑雖定，而其遞降相去止一間耳。只緣三代以後君臣都忘却了天字，君以爲惟我之所欲爲，臣以爲生殺刑賞爲君所制，不得不然。於是尊君卑臣，相去懸絶，故其治也以威力相攝，及其不能攝也，則篡弑隨之。直弄成一箇私心自利世界，與天字隔絶。君不知禮之出於天，臣不知忠之本於性，性天命也，天即理也，性即理也。故朱子於各欲自盡上，又加理之當然四字。若不識此四字，便講煞各欲自盡，只成本心之學，自以爲盡而實多未盡在。如艮知家言也，只坐不知天也。

劉子壯文　古之聖賢共有天下之事而君臣名。評　至理也。後世不敢道則以爲奇。

天降下民作之君作之師。君引賢以共治。亦天也。君臣本乎天。禮卽天秩天叙。天命天討。無非天也。從天看下。則君臣尊卑雖截然。而相去不遠。蓋禮之等止一級耳。自無道秦以詐力爲君。君非天降之君。於是務自尊絶。而與臣乖隔。禮意澌滅盡矣。後代未能反正其道。不過於其所行加脩飾焉。宜其君臣之倫失而治道亦不能復隆於古也。然非後世曲學阿世者所知矣。

天爲生民而作君。君爲生民而求臣。君臣之分雖嚴。其情實親近。自秦人無道。上下猜忌。爲尊君卑臣之禮。而君臣師友之誼不可復見。漸且出宦官宮妾之下矣。宋時君臣猶存古意。自兹以後復蹈秦轍。禮數懸絶。情意隔疏。此一倫不正。上體驕而下志汚欲求三代之治未易得也。

**金聲文**穆穆皇皇。反以無所加於臣下。而見君上之權。**評**道得好。君莫尊於秦。君臣之道絶於秦。後來尚未能復也。宋差近古。

**陳際泰文**後世之人主。以尊君卑臣爲治。**評**此病自秦始。後世遂奉以爲君臣之定則。其實失其本義。而治亦因之日降。**文**人君誠計及於己。則使臣不可不以禮也。君輕其臣。君因以益輕矣。**評**以功利誘之。禮之本絶矣。且無禮則君已自輕。不必說到後效也。**文**爲人主者。必知君臣之分何自而起。而後不難禮於其臣。**評**此義甚精甚大。**文**太古之初。未嘗知有上下也。衆與爭並起於世。而後就其大者而聽命焉。就其尤大者而羣聽命焉。皆受天之所司。而爲志業者也。夫君誠無所甚遠於其臣。而可獨失其意乎。**評**天字是禮之原。

**又陳文** 良臣不與君爭進退生殺之權，而獨爭此區區之禮，且人臣而皆以犬馬自爲，人主亦安得而用之。**評** 秦以後人臣都自待以此。

君有禮，則其分益明，故曰天澤履以辨上下定民志。

**歸有光文** 君受天之命，故設官分職以爲民極，而臣者受君之命者也，則亦無適而非天之命矣，豈可悖其職守，欺其至意而隳萬世之綱常乎。**評** 道理極高，秦漢以後君臣不聞斯義矣。自三代後以詐力取天下，以法術治天下，一切於人欲上脩飾補苴，君臣之間皆以駕馭術數爲事，尊卑懸絶，情意隔離，總忘却一天字，不知君臣之所由來，從天降下民起義，故君求臣，臣事君，皆天也。知天，則忠字直從天命之性來，不忠則逆天，自有所不能已者，非駕馭術數之所能取也。他人枉作許多血性赤心格言都在心上起論，若講心，則人心不同，願忠不願忠，盡忠不盡忠，憑人異志。惟本天來，則絲毫闕欠走遭不得耳。非先生誰能見及此者。

品量有大小，忠只是一。

**黄淳耀文** 未有一日之報，而先以百年養之云云。**評** 忠却不是講報答，自無所逃於天地之間。

**楊以任文** 事君非以爲分也，還問此心，蓋有不容已者焉，奈之何有盡者遂有不盡者也。**評** 分卽所以盡心也，易盡者心，難盡者分，非分僞而心眞也，僞者更不循分耳。刻意爲血性之言，遂離却分義而單取眞心，不知忠字却正在君臣分義上講出眞心乃得。

禮忠二字，人多略去粗節而求精微，若儀節之禮非禮，職分之忠

非忠其説似深而易遁離理而責心亦良知家言也不知講到粗節處方是禮忠之實方是禮忠之盡則彼之所謂深者正吾之所謂淺耳越看得禮忠好

禮字緊貼使臣上見忠字緊貼事君上見但能以禮以忠須未使事前有德業工夫此是推上一層意非題中正義也正義畢竟要於使上講出禮來事上講出忠來

兩句本平何用側説或以爲得對君體非也

艾千子二語得稍似春秋時君臣爲確蓋以一人禮天下以天下奉一人則五侯九伯皆在臣列事使又當别論矣評欲其似春秋時君臣謂得對曾定意見聖人告君必誠切時要則可然聖人之言遠如天近如地但講君臣自盡當然之道古今皆不出其範圍又何必沾沾切春秋君臣也至云五侯九伯皆在臣列

事使又當別論。此直是後世議論。五侯九伯事使之分不同以禮以忠。豈有異乎。若單說分不同。則自一命以至卿大夫。又何曾不分體統也。

子曰關雎樂而不淫章

惟文王之德之盛故宮人於其夫婦居室之際。寫來恰得性情之正。亦惟宮人身被文王之化性情自好。故能寫得聖人性情出。贊詩人。亦正深歎文王后妃之德之不可及也。後來不會此旨。强攻傳註。至郝敬輩。必主后妃求賢自輔。而辨謂宮人誰與文王臥起。而知其展轉反側。然則即其言刺之。關雎若后妃自作。則斷無自稱君子之理。既淑女爲嬪御。亦無好逑之義。鐘鼓之樂。除非此詩爲文王所作則可。否則又誰知后妃之展轉反側者乎。

只言作詩者。而文王后妃自見。

關雎只美后妃。忘却文王。是漢儒解經一大脫卯。

**艾南英文自記**此依毛註作也。所謂淑女。指三夫人九嬪以下。**評**先不依註。妄以序說爲主。徒見其不通耳。后妃得淑女爲三夫人九嬪以下而樂有之矣。其於淫不淫何解也。卽求之未得而哀有之矣。何慮其傷乎。序亦自知其不通。而遁云無傷善之心。則又太輕看了太姒矣。總是不細心求理。故不依註。不依註。豈有佳文。

宮人性情之正。正見后妃之德。文王之化。匡衡曰。妃匹之際。生民之始。萬福之原。婚姻之禮正。然後品物遂。而天命全。明在文王后妃夫婦上說。後來不知道者。以爲游房帷燕昵之私。欲改從序作求賢。而終難通也。則又變爲后妃求賢女共內職而作。其支離無理。又甚矣。

人道始夫婦。其理最大。人以私欲視之。乃小耳。故曰王化之本。

章世純文 極其恩之所用。而不犯義之所域。是則情言之而不見其缺。道律之而不覩其違耳。評 不論詩。只論夫婦則關雎二字。何處著落。只爲他胸中看得夫婦之理甚俚褻。又道這俚褻。即聖人亦不過與人同。勉強說箇不淫。只是鶻突帳耳。文 稱正誼以節歡娛。則將處乎二者之雜。評 歡娛與正誼。原非二者。看成二。只是私慾耳。

哀公問社於宰我章

自宋以來。學者皆穿鑿傳會以解經。釋傳。而禮家尤甚。然其胸中尚自有所憑恃也。今村子腐豎亦以其肆心臼腹效爲之。鄙叛更不可甚矣。學者愼勿以宰予爲托口也。

子曰管仲之器小哉章

所謂器者，只如瓶罍之類，生成只受得多少水，其間或受得一二分，或受得五六分，或受至九分十分，然其器則已定也。孔孟之不用，只是器大，無許多水去充滿得他。管仲之一匡九合，只是器小，纔一勺便盈，故器小不是在一事一節上論。或人以儉知禮爲器小，何異探籥喻日？夫子但言其不儉不知禮耳，至所云器小者，固難爲或人道也。然管仲之不儉不知禮處，正是其器小處。世間固未有不儉不知禮之人而其器則大者也。

首節

功名器量，正要分別看。管仲雖使功名再加盛，而其器量只如是也。

問管仲若儉與知禮，其器有加否？曰：管仲器小，只是合下如此，他事遮補不得。

或曰管仲儉乎二節

不儉不知禮，不是證器小，然也只是器小中事。惟其器小，所以有此二事，從此二事正足以見其器小，補出王佐作爲，則器小本論自在。入便反以下二節盡首節矣。

**韓菼文**古大臣學問深謹，氣量果毅，即坐明堂朝百官，出入居處用天子之制，宴享好會用天子之樂，而天下卒不得議之爲奢爲僭。**評**此語便有病，在此是漢以後人見識，却正是器小處。

然則管仲知禮乎，口氣極緊，是急爲不儉解也。

或人禮字，即從不儉生來。

或人認差禮字，只作冠冕迂濶等字看，所以即將不儉爲知禮耳。

由夫子器小之論，言之管仲惟不知禮，由或人之意，言之管仲豈僅知禮。細玩然則字乎字口氣。彼尚以爲未足擬仲也。夫子斷管仲。始終只是一案。或人却是隨地辨解。因器小曰儉。因不儉曰知禮。然則二字轉口甚急。或人意中已不暇顧毋矣。不知夫子到底只勘定器小。不儉不知禮。皆從重科斷中公案。

子語魯大師樂曰樂其可知也章

朱子云。味其語勢。葢將正樂而語之之辭。今玩記者書法。固是如此。

樂有本有文。有聲有音。有宮有律。有容數者。合而成樂。本者。功德與事也。文者。詩歌也。聲者。器之響也。音者。響之高下淸濁。如今之工尺四上是也。宮者。音所主之均。如工尺四上之入某調也。律者。宮所中之律也。容者。舞綴也。此章只於樂中提出比音一種。講其節奏之善。蓋爲太師言之云耳。然作樂之事。亦莫重於此經生家無論律呂。即聲音二字。尚有不求分別者。何況其餘。所謂可知者。只是審音粗淺道理耳。深入便非。

止在聲音節奏上講。可知處正不粗淺。

樂有以器言者。以理言者。以音言者。此以音言者也。以器則已粗。以理則已精。惟音也者。不離乎器而實本於理。粗之則婦豎皆能知其妙。精之則鬼神不測其故。

音節本可知。不是不可知。亦不是別有不可知。

作文畏避艱深。反說得樂有疑鬼疑神一種不可知道理在外。聖人言理。徹上徹下。決無此等蹺蹊。雖只說當然。而所以然之妙已寓其中。形而上者。即在形而下內。非有二也。

翕純皦繹。乃聲音自然之理。歷馬淵魚。皆知其妙。惟其如此。所以不可易也。

五音十二律還相爲宮。人驚詫以爲不可知矣。不知此正所謂可知也。虞廷搏拊百獸率舞。奈何識字人反不如百獸哉。

儒者不與有司習。則其理愈高。其説愈謬。後世論樂諸儒。病總在此。飛灰累黍。古尺帝指。都無是處。王伯安論律呂只求禮樂本原。更不問名物度數。大言欺人。其不知正等耳。

樂之難作。大約讀書人好立議論而不可行。伶工習之而不明其義。兩者相左耳。金日俗樂工尺上四。何嘗不是十二律還宮耶。夫子所言。不必古樂。即末世俗樂。亦斷不能出此。此所以謂可知也。古樂之亡。亡於器數。其聲音之理。終不亡。

**歸有光文** 苟不考於聲音之際。而終始之理。舛而不明。則浸淫於流湎沉泆之歸。而烏足以與於先王制作精微之原哉。**評** 淫樂之害。都只在聲音上差去。理極精。

少孤喜嬉戲嘗於度曲絲絃粗解各均旋宮自然之度半鐸蘆吹此理長在工尺四上卽是鍾呂今樂猶古也惟衆律高下一定之等諸儒爭求未得亦當坐不諳音度而憑空說理故難明耳試從俗樂中合絲竹內兩端之盡而求之元聲未嘗不可尋也惜無明義習數者就正此事紛紛是古非今轉說轉遠

從之與始作以成相應不與純皦繹同例

純皦繹有挨次而無輕重層折

數句聯貫而下只始作從之以成有界分純皦繹都是從之中事以成統上始從卽貼從之段亦純皦繹並說不單根繹如

此章今人亦知講聲音却不曉得聲音之所以然換湯不換藥仍是浮詞亂話翕純皦繹總無精切之言有人偶用樂記字眼爲主司所塗黜相傳以經學古學爲戒以爲不但無益并且害事

士夫胸中不知樂記爲何物文何論古今樂律更有何書也

附此章文

聖人正樂之始先以一成之節詔太師焉蓋一成之節不明則樂雖正而不可作矣此則有司之事也故先以語太師謂若所可知者如是昔者魯備六代之樂夫子自衛反魯欲取其闕失而悉正之而特恐奏樂者之失其傳也則不第既正之後無以循序而盡其神即欲正之之時亦無由審微以考其變於是首語魯太師樂曰帝王無一定之制或以象德或以象功此樂之本乎王道者也不可知者也天地有自然之情忽而成方忽而成文此樂之生乎人心者也其可知者也然則人心之樂與王道之樂有異乎哉而非也王道之所能變易者諸律有還主之均而一律之自爲終始者非神明之所能改亦各音有迭廢之位而

七音之自爲周旋者非運會之所能更然則帝王之制其所以歷千古而不忘者非即此天地自然之情根於人心者深也哉得人心之樂而後可以求天道之樂故樂其可知也凡樂必有其始作拊爲父而鼓爲君會守者咸具矣自無聲而至有聲蓄之者厚自有聲而開衆聲出之者盈殆翕如也闢咯而參差焉非始也凡樂必有其從之治以相而訊以雅發揚者益出矣廣大則易於容奸而獶雜者不得入清明則易於離節而促數者無由生殆純如也皦如也繹如也侵淫而紕繆焉非從也以是始以是從凡樂之一成盡之矣由此而六成焉出以此由此而九成焉降以此六九變而成不變也由此而小成焉分以此由此而大成焉合以此小大殊而成不殊也蓋考樂在儒者而作樂在有司儒者不與有司習則其理愈高其說愈謬舍易而求

難而不知大樂之必易也故幾上下而識興衰末世之矇瞍每喻其微而當日之君卿不明其故明其故也仍不出有司之所守而已矣抑有司不與儒者親則其聲日流其變日遠去和而就濫而不知大樂之本和也故受依永而成克諧隆古之鳥獸咸通其教而後世之伶倫不識其方識其方也固不外儒者之所問而已矣

儀封人請見曰君子之至於斯也章

封人見地儘高觀其辭氣之間加於晨門沮溺輩數等矣况俗吏熱客乎

看夫子又看天下封人眼孔儘高一下蒼凉語便爲此老所呵矣

子謂韶盡美矣章

性反誅讓乃推論所以盡善未盡善之故非以善未善推論征誅

之不是也聖人亦只是論樂不論兩聖人在帝王諸樂中獨舉二樂衡論則武樂之美盛可知但較之韶則尚有未盡善者傳註推論所以然故及德功上看耳要之武王之德功已至聖處但較舜自是不同不爲貶刺征誅也使舜當武王時亦必伐紂其樂自是盡善使武王受堯禪其所未盡善亦終有遜舜處在聖人分上自有不可强耳

論韶武非論舜武論韶武而舜武在其中非論舜武而以韶武爲斷也樂以象功舜武之功皆極盛故聲容皆美功之所由出因乎其德其時此其所以不同聖人亦無可如何者較量褒貶則直作武王非聖人論抹過德時又是俗見周旋

韶武軒輊係聖人功德不同聖人功德又係氣稟時數之不同道理本自光明洞然言之有何觸礙有何周旋世上含含糊糊或

索性放肆妄論。總被武王非聖人一篇胡説。做成痞塊耳。

歸有光文蓋聰明未優於聖域。而又有嚴凝肅殺之氣。評反之亦入聖域。但有安勉之分耳。

呂子評語正編卷六終

# 呂子評語正編卷七

## 論語里仁第四

子曰不仁者不可以久處約章

安利不道無淺深。太分遠不得。

仁安知利自全其本心之德。初不爲處約樂也。然惟仁知久處約樂。正足以見安利中體用各得之妙耳。

安利須有本領。不是處約樂處得。是處約樂處見。

安仁利仁。不是安利約樂。

章意在境遇上說。脫離上文不得。講安利入玄微。便與本旨無涉。然拈定約樂。不識仁字。徒得其粗淺。至有說做安利約樂者。其失更遠矣。

金聲文 仁之爲道。立萬物之上。有不可約不可樂之勉力。有可以約可以樂之精神。而非僅以約約樂樂。一任身世之浮沉。【評】正希總不識仁字。說來止得佛法無多子。其看世間法。則不過蓮池七筆勾耳。【文】人不得安利之根。則終日皇皇。亦人情也。而責不仁者。不觀其中之無主。而罪其外之無常。抑何以服其心哉。

【評】余嘗見畫工碁師之最高者。雖盎無粟。桁無衣。曾不足以敗其趣。彼固有所自得也。藝事尚然。況理義之悅心乎。人惟中無所得。不得不藉外物以求樂。斯靡所不爲耳。聖人下此二句。正爲不可處約樂人指示可處本領。此文可謂老婆心切矣。但其所見之仁。却止是禪門旨趣。與凡情之陷溺者雖有清濁之別。其爲邪妄則一也。此處一差。轉說轉謬。吾卽此文爲正希先生下一轉曰。人不得聖學之眞。則皇皇求禪。亦凡情也。而責禪學者。不察其理之不的。而罪其文之未醇。抑何以服其辜哉。

〔歸有光文〕得其道而謂之仁，知其道而謂之知。君子之學止於仁，而未至焉者由於知，焉可也。〔評〕此意甚的。後世但欲於心體悟仁，走入差路，只爲不向致知下手也。

子曰惟仁者章

〔陳明新文〕如是以遊於世，苟能淡漠相遭，渾焉大同，斯上治也。〔評〕亘古無此事理，此便是佛老源流。〔文〕分别倫類，有所區異，不得已之心也。〔評〕好惡是天理上事，不是後來設法。

無好惡者，除非木石，若鹿豕便有好惡。然木之向榮，石之攻玉，亦有好惡在。

好惡本自仁出，故惟仁者能完得好惡之理。人都説君子不得已而有好惡，先將好惡看壞，似好惡原得仁，仁者别就上面有箇斡旋作用，此却正是二氏差之毫釐斷絶天理處，人生墮地一啼笑以至老死。無非好惡。只自私欲攙和。多失其當好當惡之理。惟仁者無私心而當理。則所好惡渾然是仁。原未嘗於好惡上別有作用也。纔著作用。便是不仁。總爲看得好惡是後來外鑠。可以憑心倒置。不道此有箇天理在。不得從心説起也。

**張標文**今於羣倫當前。沉然相値。而不以動吾念焉。此其人其於萬物豈有所惜哉。淡漠者。殘刻之漸。故凡可否不置。好醜不辨之人。其居心之際。吾甚疑之。**評**老氏之道德。必爲申韓。佛氏之平等。必滅絶倫理。其義如是。其原只是一箇自私自利。便只是一箇不仁。**文**若夫對物忽而歡愛不忘。忽而憤恨不已。事雖二致。其相關之處。皆緣不忍之意而生。**評**可知好惡原便是仁。只是私心誤用多耳。

**熊伯龍文**無情之人。不可以任好惡。彼將以是非聽諸無窮而已不與焉有情之人不可以任好惡彼將以邪正憑於有我而道不聞焉【評】兩路夾出惟字要之兩路原只一路曰不仁而已故大惡人與善知識源頭合一

此好惡粘人說當好惡自在人好惡之準仍在我

兩人字雖說外邊事兩能字却說裏邊事先須無私心然後當於理不到得當於理只無私心也不濟事

能字講到權用即與仁字背便講到功應上似乎能字盡頭却也是外面一截不知只在當理處便是盡頭不必更講受好惡那邊也天下頗有好惡雖爲人所悅服却未必無私心而當理故不可以此論能字也朱子曰有人好惡當於理而未必無私心有人無私心而未必當於理此說最精須知必無私心而當於理纔承當得箇能字此是裏面盡頭那一面更不消說得矣

黃淳耀文　聖賢吾與之，不敢以我定人之聖賢；不肖吾疾之，不敢以我定人之不肖。評　畢竟以我定，但定於理，不定於心耳。文　邪正未分之時，以一人斷之而服，以一人斷之而不服。評　能不必講到人服不服，此亦說向外面作用感應處。兩能字只在理上說，不在事應上說。在事應上說，便粗淺也；不在心體上說，在心體上說，便落空。蓋無私心只說得仁者二字，一講到好惡便有箇理在。惟無私心，乃當於理；惟當於理，故謂之能。文於上邊只見得箇心體，於外邊又說向事應，中間却脫離了當理，故精粗皆有未盡。

能字只講當理，不講人服。雖人服亦由當理，然又是推一層話頭，不是本義。

能好惡只講當於理而得其正，不是說功力足以及天下爲能也。

聖人只論仁者道理如此，竟將好惡說做刑賞舉措，只是好惡功用，亦只說得治道一邊事耳。

能字指理，不指功用。註所云好惡當於理，正解能字也。凡在功用看能字，憑他歸本仁者，總說成體用兩截。

能必兼智勇而後足，未有不智不勇而能好人惡人者，故智勇即仁之分體。然仁可以兼知勇，而單論智勇，則不必仁，不必仁，則智勇亦失其爲智勇矣。

目明於五色者，非必天下皆盲也；耳聰於五聲者，非必天下皆聾也。好人惡人，天下羣然爲之，然以仁者觀其能與不能，則有間矣。當重能字，不可但挑惟字。

子曰富與貴章

人必取舍端正，而後可以講存養，故此章從外邊說入內。今人於立身大段毫不會分明立箇界限。一味談心說性。豈不可笑。要之富貴貧賤。原不是外邊事。學者工夫。須從出處去就辭受取予處做起耳。到得聖人分上。於富貴貧賤。却都是精微不易到處矣。

取舍義明。是最粗工夫。要擇難做的做起。存養功密。是最細工夫。是即易忽處尚然。今日自名學者。先問其出處如何。取與如何。便已不端正。更何所論也。若到存養工夫密。則區區出處取與之義。又不足言矣。亦以此見處富貴去貧賤一事之失。去仁甚易。而終食造次顛沛。終身無頃刻之疎漏。不違仁極難。可不勉諸。

人必取舍明而後可以言存養。吾見講學宗師。談心論性。訶詆古人。至其趨羶營利。喪身失脚。有不可對妻子者。吾不知其所講者何事也。

趨舍存養。工夫有精粗事。理無大小。看成兩件。便有多少內外隔閡。

欲惡是人心。仁是道心。欲仁惡不仁。則人心合於道心。而欲惡之用正矣。欲惡膠戀著富貴貧賤。則離道心而入人慾。欲惡之用失矣。欲惡正。乃可以言仁。未即是仁也。下面一節節說入求仁工夫精密處。固不離不處不去路脈。亦不廢欲惡之用而求之空虛也。故註分首節爲取舍。而下兩節爲存養。則工夫原是一片。却自有淺深粗細之分。人將首節看做境。下兩節看做心。於是強分內外。不知富貴貧賤雖外。而不處不去。即內。無違必於是。固內。而造次顛沛亦外。心境固不可分說也。不處不去。只定得箇門路。札得脚根住。下面工夫。一步精一步。一節難一節。人於下二節。仍粘著富貴貧賤。若止完得不處不去便是仁。則反重首節而輕下面矣。

**楊以任文**夫人之以道處富貴。無以異夫不以道處富貴者也。夫人之以非道辭貧賤。未必不甚於以道而猶怨貧賤者也。難成者名也。難必者心也。云云。**評**維節見地。只到得富貴貧賤界頭。善爲擺脫儆醒之言。正奈何這四字不下來。故滿篇只發揮得這四字利害耳。于子以爲輕富貴貧賤而重造次顛沛。非也。他連造次顛沛亦將來講富貴貧賤。吾却謂其輕撇仁而重看富貴貧賤也。造次顛沛二句。極言不去仁之盡。非以此破除富貴貧賤。若以此破除。乃二氏勸世文道理。如所謂歎骷髏。呪孤魂唱藍關道情者。最俚鄙可笑。在彼家且爲下乘說法。奈何讀書士夫亦爲斯言。維斗謂死說無違不去道理。理終不透。請問誰能死說這道理而不透來，可見諸公總於仁字沒理會，故紛紛胡謅如是，竟不知聖人此章説箇甚矣。

後世學者大病，莫甚於自已怕峻絕，只管把道理放低來凑我，若能於粗節上稍稍立脚，便將下面極卑汚一層擬議其難，以擡高自已地位。如釋氏之於貪癡，艮知家之於虚僞，皆是臨深爲高。要之貪癡虚僞，固不足與言道，聖人所與言，正爲不貪癡不虚僞而仍無當於道者正多，無當於道，則亦終不免於貪癡虚僞之歸耳。艮知家極惡宋人論人之嚴，謂彈射無完人，不知從宋人之論而爲之，爲完人乎？抑從滿街皆聖人之説而爲之，爲完人乎？然則惡宋人論人之嚴，此心已不仁之甚，而不可以入聖人之道也明矣。看此章書者多犯此病，謂不處不去，地位甚難，終身守此，便是不去仁。若然，則原憲於不處不去，可謂終身以之。又且克伐怨欲不行焉。而夫子終未肯許其仁。何也。要之其胸中原奈何不下這富貴貧賤四字。看得這地位極難。立不處不去之下。而欲窺測不處不去以上之事。又安從乎。沾沾只守不處不去之心以爲仁。則子路終身誦之。夫子何以云何足以臧乎。且如此說。又是不違仁全靠不處不去之心做成。非爲仁而不處不去矣。

**陳際泰文**云云。**評**首節前便插入仁字意。意謂必能仁而後得不處不去。則不處不去便是極頭田地。而末節爲仁境界。反淺如首節。全章都成倒說矣。非註中取舍之分明然後存養之功密意也。做末節謂不處不去之心。不使其有時去已。則仁乃不去。爲要此不處不去之效。故密其功於終食造次顛沛。都是倒說重首節。亦非註中存養密則其取舍益精之旨也。

陳文人有畱心於重大之所最關者，以發聲於天下，而其小者因而自放云云。評將富貴貧賤看做重大，而以終食違仁作小者看，悖謬極矣。孟子以讓千乘謂以其小者信其大者，正指此也。苟志於仁矣，則欲惡自正，故聖賢以求仁爲急，審富貴安貧賤，乃求仁入門之粗節。此處脚跟一蹉，上面更無可說。若便以堅守此念爲仁，則許由、黔婁皆可以稱仁人，而陳仲子亦可爲得大道而疎小節者矣。總是自己胸次汚俗，怕講到道理精微嚴峻處，不惜破碎書義以奏之，極爲悖理。而六家文評反贊其妙識，註爲未夢見理路。吾不知其所謂理路者何也。想評者於平生去處之際，本心上直是打磨不過，故亦爲此盜憎主人之論耳。

啟禎時諸名士講作用，看得富貴貧賤至重，不處不去極難，遂謂

無違仁也只是守得這箇便是粘煞首節要混而爲一不分取舍存養界分最爲粗疏

首節

黄淳耀文欲惡可以累仁不處斯無欲也已不去斯無惡也已評欲惡心之用如何無得但用欲惡差乃害仁不處不去亦只是好惡得其正耳非無也

欲惡無時無處無之

符渭英文見富貴而有欲者其欲易盡未見富貴而有欲者其欲難盡評窮秀才破被中未來帳便無饜足何待得志哉

不以其道道字謂不當得而得時文提唱道字頗不合

若將道字看做大道之道則天下但有不道之富貴安有不道之貧賤不以其道得之謂我不應得而得耳故曰其道其字指人

而言。

不處不去總是一樣。陳大士謂以道却富貴，亦可以道却貧賤，故不去者尤難。若都以道爲衡，是亦巧於却貧賤矣。其說似新快，而不知無此理也。富貴之辭，我可得而自主者，故不必聖賢獨行之士皆能之。要却貧賤，非我之所得而主，貧賤終不能却，安能以道爲衡而巧却之耶。故不去貧賤之人，亦不必聖賢獨行之士皆能之。所謂不處不去者，聖賢於這上面取舍分明，毫無係戀怨尤之意，渾然得其天理之安，乃所謂仁也。

君子去仁節

首節即是爲仁。

首節中已有仁字在，故此節突接，爲上下之關紐。

陳子龍文 不處不去，此固並行不悖，而不可謂之二也。平 不處不

去即求仁大端立脚處後面只從此加純密耳豈得說壞不處不去非指好名一流惡乎成名此名字甚重亦無惡近名之意

**陳際泰文**不處不去爲此者凡以求仁也然而勉而爲此必有大美者以奪其情則亦所以求名也吾予之以可至之實又予之以可居之名云云**評**求名予名一派僞妄作用此後世學術之大患奈何以此誣聖教余最疾人援三代以下惟恐不好名之說古猶今也三代以下人材未嘗不生因政教衰民不興行又都被此等說數誘壞以是日下由其說充之三代下必無眞聖賢豪傑矣而可乎名之與實用之與體本不相離名之不立當責之實用之不行當問諸體名即實也用即體也若離體而言用是爲作惡離實而言名是爲作僞作惡作僞聖人之所深誅也而以名歆人有此聖教乎且將仁作美名看視天下道理反

成假設矣。文人妄言不自知其陷人。而身蹈侮聖之實如此。不可不戒也。

君子無終食之間違仁節

此節正是君子存仁工夫。非讚君子也。

存養之密。只説工夫。不説現成。

存養工夫。原無頃刻放下。

此極言存仁工夫之密。説箇密。尚不足以見之。從其罅隙推求。乃見其密之無間如此。此是反面話法。若謂君子專於終食造次顛沛上用工夫。便不是。或謂此處最重。於此過得。方算得手。都將終食造次顛沛等字看煞了也。

終食造次顛沛一例。不可以終食作實境。以造次顛沛作設象。違只是間斷。

終食無違。猶云不須臾離耳。非專於終食之間用力也。

終食之間。猶中庸所謂須臾。極言其無間斷。非謂於此著工夫也。

須從無前後際看全身。

終食連前後際看。正以暫形常耳。

正面說話。不過言君子存心之密。刻刻依於仁耳。然如此說便鬆泛。不見君子用力精嚴微密處。故曰無違則全體見矣。曰無終食之間違則全體之罅縫絲毫處都到矣。

不過說君子無時不依於仁耳。然正面講用力處。精神便寬鬆。用終食之間違仁反面托出。乃見工夫細密。君子全體用力處。纔說得盡。

是反托語。總欲形容存養之密。反借疎處托出。說到違字。已是仁多不仁少。至終食無違則無幾微之去仁矣。

正面只是平時無非仁耳。然此意髣髴難狀。故借反語托出。

居敬主靜。是存養眞寔工夫。

從君子戒愼恐懼無時不然處。看出無違全體。方是存養之密。不是脩籬補漏頭出頭沒境界也。

造次顛沛。極言其存養之密。非欲求免於造次顛沛也。

**楊以任文** 天下貧賤者止知有可惡之貧賤。而富貴者又止知富貴之可欲也。亦曾思造次顛沛隨其後哉。**評** 此却嚇惡欲者不動。要避造次顛沛。其說先違仁矣。

下兩句只足得上一句。此一節只了得上節一箇去字。

總註謂取舍明而存養密。存養密則取舍益明。兩節有交相爲功義。到此更分粗細不得。

終食無違。正是全體工夫。初入頭人。於取舍立得脚住。纔好講此

節進步是本章之次第也若此一節工夫完密則投之以千變萬化之取舍而無不自得斯其爲不處不去者又精矣是總註圓義也

首節在取舍上説此在存養上説其所指益精看註云不但富貴貧賤取舍之間而已已離首節界矣論者尚欲回互自不勝其粗

子曰我未見好仁者章

首節註下成德字謂已成好惡之德者時文輒作生安一流看因以次節爲學利末節爲困勉强分三項并三未見亦誤解或以首節對下二節分兩種近似矣而以天人安勉爲别仍是錯鑄

第一節理當見人未見第二節未見其事第三節未見其人只用理事人三字安頓三箇未見便的確清楚

首節

此好惡字，粘定在仁不仁上。拆開單講不得，原是說爲仁，不是論好惡。且此好惡，亦只在資禀德性上分看，不是說一人用情發意也。

今文輒云所好所惡之源，猶是推深到仁字，至云無好無惡之初，則更欲推深到仁字上邊去。此尤不可。若謂本體渾然時，聖人也只說箇未發，不曾說有無喜怒哀樂處纔說箇無，便墮外道，不可不辨。

朱子明訓好惡皆自己身上事，非言好他人之仁，惡他人之不仁，今必拗其說以爲文，直是亂道。

世間人未有惡仁好不仁者，則好仁惡不仁，亦是嘗有，如何便說箇未見？只是世間多是似好非好，似惡非惡，半好半不好，半惡半不惡到底不曾爲仁便算不得好惡故夫子曰我所謂未見者乃必須如此方纔算得看接口即複下箇好仁者惡不仁者意思可見將複下兩句重聲讀斷便得神理

好仁惡不仁兼資稟學力說

首二句說未見此二等人好仁者無以尚之下又從而註解二等之事

旣云未見矣即接曰云云可知夫子心目間自有箇模樣在必要到無以尚不使加方用得好惡之力盡即大學傳務決去而求必得以自快足也所謂成德亦是指用力之盡不是稱他自然如此與下節用力分別也故曰成德之事事字正指無以尚不使加是實用力工夫看朱子於誠意傳註云知爲善去惡則當實用其力可知用力只在好惡惡惡臭好好色只是用力之

盡。故此節無以尚不使加。卽是下節用力。所分者在盡不盡耳。

聖人望人。只在用力處。用力只是好惡。首節未見。正爲無人如此用力得盡兩者字。是成其好惡之德之人。故註下成德字。人多誤認成德爲生安。與下二節强分天人安勉。失之遠矣。

註中成德。是指兩種現成人說。朱子云。只是利仁事。則非安仁可知。同是利仁而有好惡之分。所謂資性生成。亦非生知性之之謂也。人誤看成德竟說做安仁性生一流。與下二節强分天人安勉。不知幾州鐵鑄此一大錯矣。無以尚不使加。正有爲仁工夫在。卽下文用力處。但此指已成之德言耳。

註中成德。言好仁惡不仁之實有諸已。不是生安自然之謂。說者錯會此二字。强分安勉。更有連下二節分三項人看。謬皆因此

須卩戈德䅂而自。

**余恂文原批**此言成德之事。聖人之徒也。語語自然。方與下節用力不同。**評**甚不的。朱子謂此只是利仁事。非聖人之徒也。下文用力。亦不是好惡外別有甚工夫。但此爲已成好惡之德者耳。非好惡爲自然。下用力爲勉然也。

何謂利仁之事。爲好爲惡。必由分別。分別好惡處便是知者事。故曰利仁。好至無以尚。惡至不使加。即大學之如惡惡臭如好好色。意之誠也。然必知至而後意誠。故註中各下眞知二字。

仁本無尚。好仁者眞知其無尚。而用好亦無以尚之。

**王聘文**吾未知其加身者。仁也否也。**評**不仁非固有。故曰加。仁不可以加言。故反說不得。

蓋有之矣節

蓋字下得遲疑。有之矣三字下得燥快。蓋字下得遲疑。承上文我未見之詞也。有之矣三字下得燥快。振下文我未見之詞也。

歸有光文 天下而有力不足者。或偶出於氣禀之偏。而昏弱之甚固已爲事之變。而非君子所道之當。要之世無用力之人。則亦無及於力之不足。而吾固無從而見之也。評 此箇未見說得明白。只言未見用力之人也。

子曰人之過也章

此章之旨。不是深求。正在淺看。謂即人之過失顯然處。皆可以見其心之仁不仁。君子定失之厚。小人定失之薄耳。人不明此旨。添出許多畧迹原心閑話。而於不仁一邊定要含糊不說出。徒見其謬迷也。

分君子小人便兼仁不仁。分清黨處便是觀。正不在深求。

歸有光文 然則觀人者。亦於其心焉求之可也。評 此却倒也。正觀過以知其心。無觀心以知過之理。觀過句原兼仁不仁說。單爲洗刷君子者非旨也。或云。如註言。則仁字下須增出不仁二字。似傷語氣。曰。如公言。則亦須於觀字下。增出君子之三字。獨不爲傷語氣乎。

黨字中已兼仁不仁。各於其黨。正是觀過之道。人將此句泛泛說過。到觀過句另講作用。無惑乎其支離蒙混。而反疑註中增出不仁也。

子曰君子之於天下也章

王庭文以一身任天下事者云云。評說箇任天下事。看於天下三字便粗。文外惑於事變之難知。內迫於機心之易動。往來憧憧而無斷然於是非之準。雖有幸成。君子不道焉。評無義則內外皆病。模稜混帳。總是沒是非耳。

於天下。猶云凡事耳。謂之天下者。言無適不然。與子張問仁章之於天下同。非治天下服天下之謂也。於天下。猶言應凡事。與能行五者於天下天下字義略同。今多錯看。輒張大天下二字。故有義在天下不在君子君子以天下還天下之謬。

【黄淳耀文】學者以正大之資。而誤流爲一介之守。皆不於其居心也。於其應事而已。【評】應事即居心之病。【文】如矯用而一於舍。矯舍而一於用。云云。【評】適莫是意見上病。不說事上偏廢矯救相反也。舍有舍之適莫。用有用之適莫。【文】引義而從已之心。【評】倒說成義外。義從事物見。而其根具於心。說在天下在君子都不得。事物之義。雖具於吾心。而不辨擇則不明。故古人於義上著箇精字。而智附之以見。然必先虚其心。無所執滯。而後能辨擇而至於精。此比義之所以必先說無適莫也。於適莫害義處。尚看得糢糊。故義與吾心賓主先後。亦未見的實地頭。

天下只有一義。適莫者。無見於義而憑心造理。自以爲是者也。

適莫作通套可不可看。却誤。兩字乃人之私心蔽見。不是外邊行止也。

適莫之病。不專在事未至時。過去現在未來都有。

適莫與義正相反。適莫便不是義。義便不是適莫。理固如此。然無適莫而不精於義。却無是處。古人所謂無私心易。當理難也。

其無適莫。正爲義之與比。惟其比義。故無適莫。此兩路原只一路也。然失却一邊。則所謂一路亦不的。

從無適莫出義字。須有界分。時講要一直說做無適莫便比義。直是大謬。

無適莫而無義以主之，必流於佛老之倡狂。此本天本心之分也。

註中引謝氏說，正見此意。無適莫下自當作一波折接落，而近說好言直截，謂不用過文爲妙。吾所不解。無他，猶是中新建之毒也。

昔人言衆人之心無主，以無所主而生；有聖人之心有主，以有所主而還無。乃知唐虞事業三杯酒，湯武征誅一局棋，不是隨緣任運，只是完他箇道理應當耳。人云無適莫便是比義，大是涸話。只有義之與比，方能無適莫；要做義之與比，却須先無適莫，始兩邊混併不得也。

天下事物莫不各有當然之理，我能知明處當便謂之義；我不能知明處當，我自失之耳，事物之理自在也。君子於一事一物，必使我所以處之者，與事物當然之理相合爲一。此之謂比。人因

看義字不真故講比字皆不的

**錢禧文** 明通於無感之初君子與天下偕寂而羣生萬動之原先立其大順應於物感之際君子與天下偕作而堯舜事業之大仍處於虛**評** 比字內具涵養省察工夫兼事前事後道理徹首徹尾淺人不能道著

義是極有界限者君子精義亦正在界限上用工夫義之與比猶云惟義是從耳高其說者要將比字說得無意而自合渾化而無迹却正與聖人之旨悖矣

義須講究乃得故曰精義

義以方爲體以精爲功不可以融化渾釋爲極自晉人清談乃有異解自以爲高而實非也

或云義自爲比不以我比義是隆萬後不通講章亂道不可爲訓

子曰君子懷德章

他章都指云爲處說。此指其用心之微。懷字。有性情。有專力。有夙習。

懷字用力久而深。與別章君子小人論其所爲者不同。

君子小人。其所思向定是如此。思向如此。所以爲君子小人。須得警省變化之意。

懷字與喻字不同。如何喻。是知條下事。懷是意條下事。喻是分曉精深。懷是起心發念在此。

子曰放於利而行章

利字即與義字對。凡計較自私作用皆是。貨財其一爾。放利而行。謂凡事要占便宜損人益己也。

放有自據意。有專務意。

是放於利，不只好利，是多怨，不只有怨。

子曰能以禮讓爲國乎章

禮與讓不是二物，不讓則禮非其禮矣。看爲國以禮，哂其不讓，程子謂達得便是堯舜氣象，其理自見。

何有二字，須從禮讓與爲國關切原頭體認。

子曰不患無位章

試問秀才一生擾擾戚戚，所爲何事？平生願學韓夫子，宰相三書獨不能古人不免受訶矣。

只爲人心皆向外求諸人，故聖人於此等處，皆引向裏求諸己，明下兩不患，所以截斷人心邪竇也。今若云聖人不禁人求位求知，則雖謹言愼行，仍是干祿之學，非在中之理矣。自己胸襟鄙陋，不得將聖賢言語揩低來湊。

所以立之患。不在立位時。天下舉人進士。一旦授官。直是茫然。不得不靠幕師衙役矣。哀哉。

求爲可知。不是一技一能便了。

可字中煞有寔學在。不許庸豎冒濫。

可字著眼。人知固見其可。不知亦不失其可。求爲可知。談何容易。

今之處士冒濫者多。奸黠後生。俱欲向此中作逋逃之藪。令彼清夜自狀。其所爲可者安在耶。竊論先輩於盛世不試講學諸公。負高名於身後。今讀其書。未嘗不以大布終身爲幸耳。

子曰參乎吾道一以貫之章

曾子章主行。子貢章主知。亦本朱子。然朱子分别兩章不同大段如此。曾子質魯。平生於踐履得力多。然其學以格物致知爲始。未嘗不事知也。若子貢章。則明指學識。自當在知處說。與此不

同雖學識亦不離心然又是一話頭所謂節節推去可知是盡
也

**黄淳耀文原批**曾子平日既得力於忠恕便是從心上做起既是
心上做起便是平日已知一貫之理但此日互相提唱爲中下
人說法耳世儒以曾子爲至此始悟豈非說夢**評**聖門傳習誰
不從心上做起心上做起便算已知一貫則得者當不止曾子
矣平日得力於忠恕却信不及即是一貫事得聖人一指示乃
渙然冰釋雖不是别見箇道理却是至此始悟也若謂互相提
唱爲中下人說法此言尤可笑曾子忠恕爲中下人說法猶混
得去夫子一貫亦爲中下說法乎則將以何等爲上乘說乎曰
吾道曰夫子之道聖賢明明對面親切裁成而曰爲中下說法
聖賢無此搗鬼行徑也

忠恕盡頭，便是一貫。本體止是一件，但聖賢用處不同，工夫各別耳。人將一貫看做教外别傳宗旨，將忠恕看做義學知見小乘，自然牽扯不合。於是空拈一心字了之，註中渾然一理泛應曲當，是解一貫，不是一心字可了也。若一心字可了，則一貫忠恕都屬强名，原無分别矣。此正儒釋本天本心分别處，故一貫忠恕看做兩件不得，竟看做一件不得。

道理止是一箇理，到各人身上，便有許多道理，却仍只得一箇道理。所以一貫亦正自不同也。譬之傷寒，寒只是此寒，但受寒之人有虚有寔，有陰有陽，所以證候不同，而方法亦别，到得寒邪散盡，元氣復還，原只是一箇傷寒道理。若執定一法以治傷寒，未有不敗矣。知此方見聖人之言原不曾虧欠下㮣，曾子之言亦不曾瞞過上㮣也。

陳際泰文聖賢相証以一。云云評禪如猜謎。故曰証。聖學不可言証。相字尤不妥。總於儒先所說一貫忠恕之義。一無理會。一無足信。只有幾箇和尚因緣公案。蟠踞胸中。反信得聖賢亦不過如是。但於此處寫出機權作用。自以爲高。一切一貫忠恕。只當箇話頭看。當時極通秀才如大士者。尚且如此。安得不胥天下秀才化爲異類也。

陳子龍文性命之說。聖人所不道。而無如其理之近似。云云評惟聖人乃有性命之學。異端借襲其名而非也。豈得反以性命之說推與二氏哉。

首節

一以貫之。須體會註中聖人之心。渾然一理。而泛應曲當。用各不同數句意理境象如何。

唯字。疏解不得。描畫不得。敷衍不得。空取大意。必作拈花微笑頌子矣。靠定真積力久四字。尋討下落。自然天外舉頭。却又脚踏寔地。

子出節

夫子不出。門人未必不問。適值子出。不得不問曾子。人每將子出穿鑿。公案多墮狐禪家法。

**錢世熹文自記** 子出者。時可出而出也。俗解有謂曾既唯則子可出者謬。又有謂子出使門人可問者尤謬。**評** 凡無可著解者。當以不解解之。此齊后斷連環。巧於解者也。俗子橫生是非。自取敗闕。

只一箇忠恕。天地聖賢學者各不同。

有聖人分上事。有賢人分上事。有常人分上事。分殊理一。

此是本天之學。徹上徹下。故程子指出天地於穆不已變化各正。是忠恕盡頭。其寔却在盡己推己做入。近人全不理會。只以一心字了却忠恕。若云夫子之道心而已矣。不知其流入於禿丁本心之學也。此等處須細辨。

須知曾子此言。爲門人指示。非正頌聖人也。忠恕而已矣。就學者分上指出聖人全體。云不過就是這箇。造到極處。便是聖人之一貫而已矣。三字。語氣可想。程子所謂聖人之忠恕動以天。亦是將忠恕移上一階。就聖人身上說。畢竟忠恕本位名義。須還他平實。故程子亦必先提違道不遠說入。方是徹上徹下。若竟丟開下一截。單說上一截說話。儱儱侗侗。如云夫子之道心而已矣。又如云夫子之心自然而已矣。仍還門人一箇大泥團。豈曾子語意哉。

忠恕一貫，先將分際看得晝然，故其合處說得無間。凡道理到難下語時，聖賢都細細拆開說，義亦如是。

忠恕本是學者分內事，然聖人亦只是無爲之忠恕，到天地亦只是無心之忠恕，學者較推行著力耳，却只此一箇忠恕，但所以爲忠恕不同也。作文意中先看低了忠恕，便似曾子於夫子之言作儈呆把柄，入手改頭换面，接引後學，賊智矣。

從學者心目中指出聖人要妙，作稀奇說不得，作粗淺說不得，而已矣三字，指點親切，而高遠朴實而活變。

朱子云：忠是一，恕是貫，此是分體用說，其實恕也只是一，故又云：忠在心，恕在事物之間，只是一箇一，分著便各有一箇一。恕自忠出，所以貫之也。看所以二字自分明，若竟以忠貼一，以恕貼貫，又生枝節矣。忠是盡處一，恕是推處一，更覺明白無滲漏。

艾南英文自記　此題作者紛紛，皆因輕視忠恕，做學者極淺極易平常道理，故其蔽至於不一而足。有云曾子權對門人說一貫只是平常學者，忠恕便是。以門人不可語一貫也。如此，則以一貫爲精，忠恕爲粗；一貫爲性，忠恕爲勉。將聖人、曾子、門人對面分成數級，不幾與一貫矛盾乎？此一謬也。有云在聖人是一貫，在曾子只憑他平日所得處看成忠恕。如此，則曾子一唯仍舊，故吾聖人時雨之化安在？此又一謬也。有云曾子到悟後信手拈來無非一貫，如云仁義而已皆可。此乃禪家撮土爲金之說，以禪詁經，淺陋鄙倍，莫此爲甚。且吾不知曾子何如人，乃對門人如此誕易也。此又一謬也。予謂程子曰「維天之命，於穆不已」，忠也；「乾道變化，各正性命」，恕也。已盡之矣。然如此，雅不爲近日所喜。蓋近日浮華勝而寔學衰，彼安知性命之書爲何物？宜其不足語此。評不體註意，不依先儒之說，而妄出謬解，轉成邪遁。如東鄉之論詳矣。又有一病，依稀籠統，直寫集註大全語，自謂合題，而究竟無當。只看其寫來虛字襯帖，前後位置，語氣輕重間，便知其無實得矣。

子曰君子喻於義章

君子小人，是指已成者說。程子謂惟其深喻，是以篤好，正指已成之君子小人。

喻只是明白，君子只於是非上明白得盡，小人只於利欲上明白得盡。力行在篤好之後，篤好又在深喻之後。

喻兼性學，不是漫然便曉，只是入門一岐一路，必造其極。

世間只有這兩條路，不喻義即喻利，中間並無隙地可閒歇一班人。而且喻義者必遠利，喻利者必賊義，中間亦更無調停妙法。

可兩不相妨。

常人之心，與義爲何扞格？可知其間有物。君子喻義工夫，却全在知上得力。

須從格致用功來，此是喻之原。

喻義喻字極神明，却極謹嚴。

時文妄欲求高，增出圓融權變、有心無心種種俗解，影響鶻脫，直說到無忌憚去，須一舉而屏除之。

喻是自得處，非能喻諸人，亦非人之得知其喻也。

喻字兼深知篤好而言，然必深知然後篤好。看深字、篤字，皆非恒人之知與好所得而與也。君子喻義之深篤，道理儘著講得進；至喻利，則人但將貪污一流罩煞，不知這裏面正有人物在天下頗有忠信廉潔之行，而其實從喻利來者，蓋其智慧寔曉得如是則利。非然則害。故所行亦復近義。然要其隱微端倪之地。寔不從天理是非上起脚。而從人事利害上得力。此之謂喻利之深篤。若貪汚之人。止知小利而不知大害。知近利而不知其後之大不利。此并不能喻利者。雖均之爲小人。而其等高下懸殊。不能深喻者。其爲小人猶淺。至喻之能深篤者。直與君子疑似。後世不察。每爲所欺。而此種學術。遂流傳於天地之間。如孔孟所指之鄉愿。今人竟望爲君子不可及之人矣。豈不可恨。可痛。明此。方見聖人特立微辨。正不小小。

陸子靜說志習在此則喻在此。是從喻字前說。子靜謂科舉純是喻利。看來確然如此。今日舉業愈趨愈下。即不利亦鶩之。只是妄求耳。并未曾喻。然則求昔日之小人亦不可得矣。

子曰見賢思齊焉章

思字用力處有無數工夫在内省中亦有寔際見賢見不賢尚有定盤星不走

不但見賢見不賢也讀文字至警切處須有箇悚動意便是時文秀才也定有些身分若毫無志氣人裏外麻木便日日對聖賢講習聖賢至論也針劄不入况時文乎

子曰事父母幾諫章

幾字在人子諫法上說言其立言用意之微妙使不覺其爲諫者若竟作知幾審幾之幾則在父母事勢上說似當先幾而諫非幾諫之謂矣

子曰父母在章

太眞絶裾而去彼云王事靡盬耳然尚爲終天之恨今之遊士幕師有無故棄高堂數千里外而且托菽水爲辭者矣彼獨何心

子曰父母之年章

喜即是懼，懼即是喜。喜懼原一時並集，不分先後彼此。一則以是一合急語，非兩開轉語也。

子曰古者言之不出章

俗手定寫做不言矣。古者未嘗不言，不出二字，夫子正從其言看出耳。

子曰以約失之者章

約是收斂近裏著實意。

閱歷世故深透，而無學問以自守，到得悔悟時，做工夫不及，只好走入邪說躲避去。從來才人狙俠、老妓名士下場，未有不以禪終者。蒲團拄杖，一是一團狠熱肺腸，狡黠機械，不妄想因果受用，即貪竊法席名位，此其心與禽獸何异？亦豈以約之道乎。老子清淨不犯手。近乎約矣。而滅理寡情。出爲申韓。其失略同。皆非約也。須將收斂近裏著實意說入聖學矩矱中。纔過高便有弊。

子曰君子欲訥於言章

不是贊君子之言行。亦不是泛論言行之理。是說君子存心如是。則其功夫體象可知。

不訥不敏。其失不在言行。只是心不存也。訥與敏只在言行上見。訥言敏行只在欲字上見。欲如何見也。只在他訥與敏時意象見得耳。故訥言即指日用語默。若說做著書立説。文章聲問。非欲訥之言矣。近人講言行。都犯此病。乃文行之辨。非言行做工夫實地也。訥中正有言在。

是欲訥。不是不言。

子曰德不孤章

不字。必有字。語氣反復決絶。固是自然之理。而所以慰勵人意。盎然言表。

不字必字。正爲脩德者壯膽厲志。

固言自然一定之理。亦所以堅脩德者之志而振其氣。知其必有鄰。雖終無鄰可也。

題意原以勉進德者。使無疑沮。但看德字不眞。多落後代黨人習氣議論。與聖人之所謂不孤有鄰。直分陰陽界矣。

陳際泰文天下之大天下人之衆而謂無一人足相然贊以增長氣勢云云。評此是後世朋黨標榜之習。纔有此意。德字根荄已斬矣。文天下之大。天下人之衆。而謂無一人足相繼起而角爲尊奢云云。評此派起於宗門，而近世門户之徒，奉以爲號召之術。衣鉢相付，目無法軌，此大惡也。世間齷齪猥瑣，一倡萬和，諂訛成羣，晝集暮散，墟市而已，豈曰鄰乎。鄰之爲言，正以不多得，然而必有之爲貴也。註中如居之有鄰，乃解鄰字義，非謂必有鄰句爲譬喻也。

子游曰事君數章

此非戒臣友畏避緘默也，正欲其善於諫諍，使君友得諫諍之益，而倫乃得全耳。因避辱疏而戒言，其罪又浮於數矣。數所以致辱疏處，正有發明，說來似諫諍貴和婉譎巧者，非數字正義也。

呂子評語正編卷七終

呂子評語正編卷八

論語公冶長第五

子謂公冶長章

子謂南容節

此相南容之德器。非相其福澤祿位也。

子貢問曰賜也何如章

子貢兩問煞緊要。不是討贊語。亦是其用工夫處。

只一器字中。褒抑都到。

器有一半天。一半人然。一半人煞重。

或曰雍也仁而不佞章

或人所見仁字甚淺。不知其仁仁字。是夫子意中仁字。

或人看仁字甚淺。看佞字却有作用。夫子不知其仁仁字甚微。看佞字正是不仁。若在或人口中說仁字入微。則不佞二字。或人自下不得矣。若說佞字是不好字。則仁字又下不得矣。妙在或人口中。將兩字都成無知錯謬之論。下面辨折方透。首句焉用佞是泛講。直指以敎或人。禦人二句。乃折其佞字作用之非。不知二句方爲仲弓分辨。不知其仁。正破其所見仁字之淺。末句焉用佞。却見雍之不佞正是好處。

不佞。正可爲仁之基。

子使漆雕開仕章

**楊以任文**仕者。天下之所托命也。聖賢急焉而不可以不愼。**評**謂仕爲天下所托命。使粗淺。不離天下。却不關天下。急與愼合看又妙。

仕原是性分內事。人自看壞耳。

羅萬藻文　仕學之途，惟聖人能一之。評　賢人亦未嘗不一，但有淺深大小不同耳。若不一，則學非其學矣。

使原當可說出意外。

使仕只因其才可仕而仕，並無深意，到開未信一句，直能進取其大，追到聖人向上處，出於夫子意外，故說人要在使仕一句中。將下兩層都罩入，做兩蓋乾坤句看，是探竿影草，又是據地獅子，又是金剛王寶劍，是一喝不作一喝用，只爲熟於禪，便看得聖人也蹺蹊，却不道聖人高於禪處，正無此鉗鎚作用是。

未能信，不是虚言鶻突語，只一斯字，可知漆雕開心目間實有所指，此所謂進取也。

只一信字，可知其自求之切，只未能字，可知其精進之勇，所謂篤志不安於小成也。

曾點漆雕開身分只在當下自不凡。

見之大志之篤進之不已不論已至未至不論究竟如何具此數義方見全理止拈一節便不得聖賢相契之故懸空參解卽墮禪魔著相仕字又落俗眼非眞能體會人必不能使高脫與切實並至。

此題最是得程子見大意三字爲難耳然今日持此論門風太峻矣看此理二字不知何物不是敎外別傳便作宦途秘訣不則索性抛荒吾斯句一味亂道求其依傍篤志意靠實地說已不多得。

**金聲文**聖門之士皆聖人所熟鑑也然亦有非常之想忽出聖人意料之外者其才可知其志不可測**評**只此已解與點亦復如是現在未來初機後箭皆有著落**文**想開所謂仕必非夫子所

謂仕云云評解釋使說相關與漆雕足目分兩及未信境界空濶直道得洞然無疑爭奈一個斯字疑團如栲栳種種皆沒交涉便差排箇仕字爲靠實不道此去倒屙三十年在

人每苦說字難下註脚皆因斯字不確未信處無巴鼻也程子謂見大意朱子謂篤志一是橫處說一是豎處說上蔡不安於小成只是兩箇反面耳饒氏分作三樣看拙矣

徐爲儀艾千子謂說開非說其不仕也乃說其可以仕不負所使耳最得始之使以其可仕也自見不足正精進處益見其可仕故說不然不幾與前使之意相矛盾乎說從記者摹出意不可盡知謂見大意謂不安小成要不如註篤志二字照求信意爲切而兩意自可包又謂吾斯未信此實就政事推行處自反實際非虛講光景也時文槩將其斯逝者如斯等斯字東塗西抹

談空說謊，殊可厭恨。【評】使開是就他材分可使，說開是因他篤志所見者大，不肯小用，又有出於聖意之外者，故說之何妨。矛盾亦原不是矛盾也。若仍要講說其可仕，却小看了未信道理。堯舜事業亦只是一點浮雲過太虛耳，故曰曾點漆雕開已見大意，莫要看大了仕字。朱子篤志正指見大意不安小成，但恐人誤看入過高處，故下篤志二字，便著實，卽所謂進取也。若止就政事推行處講，幷篤志二字亦錯看小樣矣。時文謬指斯字，渠自著魔妄見，豈可因噎而廢食。此卽所謂高者流於空虛，卑者入於功利，其不知此理一也。看千子此論，知其胸中已按捺一箇仕字不下在。

如千子之說，信只信得可仕，說亦只說其可仕，開自信不及。正夫子之信開，都脫却斯字講信字，極其至只爲漢唐以下人物作分疏，毫不涉聖賢分內。

金聲文震世之業，苟有天人時勢以就之，何必其才有餘，亦多有以嘗試獲成者，究其實地，未免小人僥倖也。評漢唐以來，只是這一班人多，故起人妄想，越無人物也。

田方來文自註人苦科目資格限人進取，韓富歐范皆由制科，不聞人才復有踰此。徐晞、況鍾皆自吏員累績才人，如水貯器，盂圓則圓，盂方則方，何有鄙夷散官，立期作相，如陳公甫、吳康齋者。評若謂大小惟所使，無不可者，其惟聖人能之，在聖人亦有度道不可行而止者，未可以是責陳吳也。但欲行伊尹之不顧天下，孟子之不見諸侯，先須有堯舜周孔之道而後可。今讀陳吳之書，溺邪非聖，惑誤後生，所學陋妄，而高自位置，目無君上，直謂之悖罔不道耳。

附此章文

賢者進取其大於聖心更有當矣夫子之使開非於開見小也而開之自見爲更眞則其所見爲更大矣安得不欣然有當於聖心也哉今夫仕也者性分之事也而後世且以爲功名之途故三代以下無治功即無學術也雖一二賢知之士各出其所長非不足以與世相補救而意盡於無餘斯業終於有定君子不謂其功名之有所歉焉性分之中實有其瀰淪而難盡者矣聖人之門無求仕之學無不仕之學或出或處皆俟聖人之論定而授之其仕也量盡於仕者也其未仕也量亦盡於未仕者也有漆雕開者其可仕者與其未可仕者與吾不得而知也而夫子則知之深驗之久施之當其時謂開也可以出而仕矣自子使之而後知開之果可以仕者也而開故欿然退夷然遠也對

曰吾斯之未能信。嗚呼。此豈猶人之見也哉。天地民物之大。謂與吾身無與者。此其人先不能自見其身者也。俯視吾身。與天地民物。尚未得其親切之故。則其本原有疑焉者矣。古之人。以田間處之而不損其所本無。以天子授之而不益其所固有。誰則能大定如是也。亦求信乎本原而已爾。禮樂刑政之微。謂皆吾心可略者。此其人先不能自治其心者也。內省吾心。與禮樂政刑。猶多得其闕失之端。則其細微有蔽焉者矣。古之人。一夫之不獲而具曰予辜。一物之未格而具曰予疚。誰則能精詳如是也。亦求信乎細微而已爾。夫信之分量不同矣。聖人信之而爲聖。賢者信之而爲賢。信之各有其滿志也。而苐得一未信之意。則已爲賢之所不可域。而聖之所不能加。抑未信之境詣不同矣。聖人未信其爲聖。賢者祇未信其爲賢。未信之自有其殊塗也而忽見一斯爲未信之處則已爲賢之所不能公而聖之所不可私以是知其見者大也功業之卑也其力非不足而明囿於其先規模因之以不遠矣開非實見其大其所謂斯者何得也其所謂未信者又何分也夫吾人亦最難得此曠然之識耳此豈較淺深於疇昔者哉以是知其志之篤也治效之虛也其智非不逮而器限於其外氣象因之以不化矣開非所志之篤其所謂斯者何指也其所謂未信者又何據也夫吾人亦最難得此毅然之氣耳此豈計成否於異時者哉是意也夫子嘗以微觀及門而無或喻者也一旦得之於開雖欲不說烏得而不說自開言之而後知開之果未可以仕者也自子說之而後知開之未可以仕而果可以仕者也其使也不病乎其未信也其未信也不病乎其說也其說也不病乎其使也此後世以爲

功名。而聖賢以爲性分之事也。

子曰道不行章

子路原不是大呆子。郤因聖人神化莫測，信之過篤耳。然好勇無取裁處便在此。

孟武伯問子路仁乎章

**韓菼文**吾儒亦豈能以無本之學出而爲用於天下。然而淺深離合之際，則遂爲千古之分途。**評**三代而後，誰復論及此耶。然必不可不論。三子地位儘好，只是仁字難言耳。

仁道之大，只在事物之間，非金溪黑腰子也。

仁却又不在事見得到此，方許汝具一隻眼。

吾斯之未能信，漆雕開所謂見大意也。

仁字無不幷包。然三子之事功而夫子不知其仁，此何說也。可參之。

所以不知者。只是私意未盡。纔著一點私意。則事功皆虛妄矣。

一間未達。雖顏子難之。何況其餘。

此章論三子。與論令尹子文陳文子。不實斷其於仁如何。而曰未知不知者。何也。蓋仁者。乃人欲淨盡天理流行之謂。若於此有纖毫信不及處。則或日月至焉。亦不可知。或人欲欻起天理澌滅。亦不可知。若欲舉其全體而言。當下便要承當此一字。大緊難說。至於治賦爲宰與賓客言。到盡得仁字後。皆可點鐵成金。若其未能。則治賦自治賦。爲宰自爲宰。與賓客言自與賓客言與仁字總沒交涉也。

三子展步。卽在其中。然非此章正旨也。

仁只純是天理無一毫私心之謂。三子未必無一二節近仁處。然謂之無一毫私心，則不能若三子之才能，則自有三子地位在。但不得以此准當仁字。朱子論漢文帝唐太宗功業，不准當三代，亦是此意。顔子三月不違仁，令尹子文却未知焉得仁，正欲做箇題目，使學者入思議始得，乃知此章不是泛論人才，正要令人識得箇仁字。時文毎以仁才並講，或反重才一邊，皆謬也。聖門重求仁，記者意亦主此，用才非本旨也。但聖人言語自是八面旁通，在武伯分上看，未嘗無此義，只可使二字自見。

子謂子貢曰女與回也孰愈章

首節

夫子毎提回賜並説，煞有深意。

看聖人好與賜語上，可知聖道非知得盡，畢竟做不到，故知字最重。

孰愈一問。是探竿影草。不是閒評較。見聖人造就子貢用處心切。

對曰賜也何敢望回節

聖門以聞知爲事。舍此更無教外别傳。時多云。卽以聞論。卽以知論。皆坐不明書理。只要用字圓活之弊。不覺隱然有箇西來大意在吞吐間。此便是禪學沁入人心已久處。

金壑文云云【評】儘伶俐。不死一切句下。然自有喪身失命之地。若問某甲過在某處。曰在無十無二處。在并無一處。在并無知無聞處。

子曰弗如也節

自見不如。與人定不如迥别。夫子所與。正在自見耳。非斷決其弗如也。

弗如也句。不是活。不是奪。不是回機反縱。乃殺句也。此句須殺得盡下句纔有轉身之妙。若但從上文引逗作隨波逐流看，却不見金剛王劍作用。

此二句純是聖人引進子貢妙用。有縱有奪，有殺有活。却須向子貢境界火候中，勘驗弊病分明，方見聖人四路把截逼拶到離鉤三寸處，真是老婆心切。

自知自屈，只在當下勘驗。

聖人進人，只在當下鞭策。如與點，悦開商賜言詩之類，皆是自知自屈。只此是吾與女處，不論從前究竟也。由此可至無弗如，止好言外推一步帶説耳。

附此章文

與方人者方人，就其所自知者進之也。夫子貢喜方人，而令之自方，獨不敢當顔子。斯其自知審矣。知之審，則自治將不暇，故夫子亟進之。且學道而必捐聰明。去知識。此異學之所以爲教。而聖人不然。聖人之道大而實。非聰明知識之至。則其於大也必有所歉。而本原之際無由窺。於其實也必有所遺。而散殊之分無由盡。故聖人甚樂得夫聰明知識之材。而惟恐其聰明知識之不至。則爲之取其已至者以震其所未至。卽其未至者而勉其所必至。正所以教聰明。教知識也。聖門諸賢首稱顔子。其同科而相近者。不乏人。而夫子每與子貢相衡量焉。豈抑回以進賜也哉。蓋實以愈賜者止有一回。而可以如回者止有一賜。而他人所不得而望焉者。其知類也。其知類。而其所以知者不類。所以知者不類。則其所知亦終不類也。何則。知之量無涯。入其中而取少取多。各有其自足之處。知之分有定。明其故而在彼在此。反生其自安之情。此皆足爲知累者也。而莫先於去其所自足子謂子貢曰女與回也孰愈微子言吾固知回之愈賜也微子言賜亦固知夫回之愈賜也子則以爲此非眞回此非眞賜也子貢對曰賜也何敢望回微賜言子固知賜之不敢望也微賜言吾亦固知賜之不敢望也子貢則以爲自有眞回自有眞賜也回有回之聞焉回有回之知焉聞非加深也而體常湛於默識斯出之也若何思何思者思之盡也借聞爲之引其端而知輒竟其委雖得意忘言得言忘象似於一之中無復推詳而已曲盡夫擬議變化之故則聞一以知十矣賜有賜之聞焉賜有賜之知焉聞非加渺也而用素熟於億中斯入之也有獨得獨得者得之少也恃聞爲之開其往而知卽逆其來雖緣感爲應應復爲感似於一之外頗多旁達而終不離乎將迎對待之間則聞一以知二矣若是者回果有眞回矣賜果有眞賜矣

回未必眞回賜已得眞賜矣所謂愈者信不可愈而望者信不敢望矣弗如矣而子則曰未也微賜言吾固知其弗如也分之有定者受之不可不順使回舍其靜悟而從事於推測之途回有所不必而未嘗無得於回使賜舍其思維而從事於自然之域則賜有所不能而先已大失其賜矣賜之能順受其分也吾與其順受者也量之無涯者求之不可不深使回寶其明睿而不必圖格致之功則理不虛集回亦有弗如之賜使賜養其探索而亦不必希神奇之詣則識有漸臻賜亦無終弗如之回矣賜之能深求其故也吾與其深求者也此又夫子所以去其自安之情也

子曰吾未見剛者章

剛者兼質與學說

沈受祺文自註　此章非聖人論剛，亦非或人問剛。若是夫子論剛或或人問剛而夫子荅之，便要講如何爲剛之體，如何爲剛之用。夫子未見剛者之歎，乃人才盛衰之感也。申棖之對，或人絶未夢見，故隨其言而折之。此與管仲之器小章同解。下半截只須實講棖有欲，故不得爲剛。至於剛之如何如何，仍不須説也。

評　慾之不得爲剛，就棖而言，剛中之一義也。夫子所歎之剛，剛之全義也，即無慾未可以盡剛也。此理看得精甚。

夫子突然一慨，必有指歸，而茫然難測，所以來或人之對。或人舉棖，亦必棖之氣象有似乎剛，其所謂慾有難識者，故夫子辨之。若粗淺嗜欲，或人豈盲昧至此。故程子下悻悻自好，此即爲慾，亦此意也。慾之非剛，是就棖而論，未可以盡剛之理，盡夫子未見之意。然要之大義亦不外是，得或人一舉，界限已自分明耳。

棖也慾焉得剛有此病必然敗露自古無能瞞過者

子貢曰我不欲人之加諸我也章

二句之爲仁子貢不知而言之非知其爲仁而故矜之也註中仁者之事不待勉强乃發明所以非爾所及意耳

子貢理本無差但其語氣太自然容易處便是仁者之事惟其不知爲仁便見他不會下手實體來故夫子抑之

本是恕却說入仁字正見子貢不會親切用功來於言語中自然流露

子貢語近自然可見他工夫欠處夫子當下痛棒在此非爾所及是斷詞不是疑詞至朞勉他及又是言外意思

非爾所及本是抑語

仁恕具此章鐵板不易之解但在兩邊口氣中呼唱不得以其理

則如是。而本文原非論仁恕也。或欲并此二字脫離。則又異說毀註之過。

仁恕之義。發於程子。朱子以勿字無字發明。更無遺蘊。

子貢曰夫子之文章章

夫子之文章。是子貢一生家當。到此得聞性與天道之妙。乃爲此言。

文章可聞處。煞有工夫。

可聞正復不易。子貢平生工夫都到。

不可得聞是已聞而知其不可得聞。可知有多少工夫。

不可得聞。正是聞後無盡語。

不可得聞。有不言而不可得聞者。有言之而仍不可得聞者。

聞者方知其難。自以爲聞者必非聞。

文章不是容易聞。然尚可得聞。性天不是全不言。只是不可得聞。可聞非容易。不可得聞非教外別傳。

**陳際泰文**非謂性天不明人無以爲生也。而特於道爲至尊。亦非謂天道不明人無以爲立也。而特於道爲尤尊。**評**性不明。則生有所不盡。天道不明則所以立者猶非其至。二者於人最切。但急不易明耳。豈僅爲其尊耶。若然。則亦可聞可不必聞者耶。

教不躐等。專解不可得聞句。謂聖人非其人非其候不輕與言。故不可得聞耳。非言之而人自不悟。如不聞也。啟禎時文都混入宗門了悟去。

旣曰言性與天道。如何又不可得聞。因有謂至言不作言會眞聞不以聞聞。一派狐禪得而混入矣。說者以教不躐等正之。解者又誤執聖人秘不肯言。又似有所隱者。此又程子所謂扶醉漢也。即如一貫之言。夫子呼參而言。門人未嘗不聞也。及曾子唯而門人問。則曾子得聞。而門人不可言得聞也。聖人豈隱門人而私示曾子哉。第此言夫子原爲曾子而發。此所謂教不躐等也。曾子能唯而門人不能。此教不躐等之故。原在學者自己之得聞與否也。

文章性道本是一串事。但人之火候有淺深。故聖人之教有次第。若將文章看得太粗。性道看得太玄。則兩件都不是也。又說性道自無容言。聖人有顯有隱。則兩件之聞不聞。都是聖人權術所致也。橫豎說來都錯。

有聞有不聞。便是教不躐等。然其可得不可得之故。自在學人。此御是所以教不躐等之故。聖人初無機權作用於其間。只是因物付物。自有陶冶變化之妙。則又教不躐等之神也。須知教不躐等不是聖人有甚印板齋規功課只爲時雨化之者難得然直至不屑教誨而聖人全副精神原在後人看得教不躐等四字呆淺卽之離之都無意味總屬心粗不去理會所以然耳說來止得教不躐等一句不道四字中有多少人頭不齊在有多少火候不同在由文章到性天有多少工夫層級在此所謂等也纔說箇等字便不止是兩種門品兩法接機兩節脩爲矣子貢只提箇上下大關耳又須知等字在文章界上多在性天界上少

文章卽性道固是油口禪若謂文章性道截然不相關又是瞌睡漢子貢得聞性道原從文章得力文章性道可知是一線事只是火候不同耳得聞文章然後可言性道文章之可聞亦是子貢分上如此未必人人得聞也有不知有文章者有[illegible]文章

者有由文章而上之者。有既得聞性道而用功仍在文章者。此中節次等第。正自不一。勘透此理。則夫子之教旨子貢之見處兩邊淺深前後都到。下半節道理。已無所不徹矣。

此章是從學人悟後。見得教者用處老婆心切。

教不躐等是題理。悟得教不躐等處是題神。延平先生謂聖門日用觀感變化人。多自有融釋脱落處。非論說所及也。不然子貢何以言夫子之言性與天道不可得而聞耶。故呆詮不躐等。猶是塔中人語。正須得子貢融釋脱落之妙。

羅文止文末叚謂可聞不可聞。亦據子貢當下見得如此。終不能定聖人之淺深。此意更覺擧頭天外。

看得世間有文章之學。有性天之學。他人偏主。而孔子能全之。此似是而非也。世間之文章。非夫子之文章。其性天亦非夫子之言性與天道。猶之說朱子道問學。象山尊德性。象山之所尊。原非德性。而朱子之道問學。原是尊德性。朱子未嘗闕一邊。象山未嘗有一件是也。

不會聞得文章。性天定落魔外。不到聞性與天道。連文章也不是極至。朱子德性問學之言。是自謙以勉學者。後來竟摘此作公案。横分朱陸宗旨。不知尊德性道問學如何分得。朱子原未嘗離德性而只道問學。若陸子静之所尊。只尊他之所謂德性耳。原未嘗尊得德性也。

**黄子錫文** 勤於效法而失精微之意。高談性命而乏經緯之端。其於文章性道。槩未有聞也。**評** 後世論學。亦只此二弊。惟程朱之教。兩邊不漏耳。

後世講學。只揀無言無隱與點諸章。正是求深得淺。

子路有聞章

此章是記者貌箇活的子路。神氣如對。十二字。只形容得勇行二字耳。

只寫子路勇行耳。不寫其多聞也。

不是子路果有未行。亦不是子路絶無未行。只在聞之後。行未盡之前。此間自然有趕不完來不迭時候。皆是子路視爲未能行時候。

未行正是行時。未能亦正在能中見得。

惟恐有聞。只是未之能行中猛着鞭耳。非眞恐後聞也。

只重行。恐聞所以狀其行之急耳。

只是形容子路勇行到極處。惟恐有聞。正畫出他行前所聞之急耳。

此是記者造出境界。寫生妙法。非子路實事也。

都是記者空中設撰形容。非子路實事也。人但向惟恐二字著想。則未之能行句。先坐煞實事。已死記者句下矣。子路實不曾有未能行時。即在有聞中事勢次第處。便覺得未能行。正見他一聞即行。一種火忙火急之象。如在目前。其妙只在通節活看。

但就一霎間摹畫出全體精神。原說全體。不說一霎也。故必須從前際後際無間際摹畫出來。仍要還他一霎間事。方是十相具足。

此爲子路寫生耳。若寫急勢有一痕未盡。子路精神不活現。便不是記者描畫眞身妙法。然子路弊病亦在此。看聖人答聞斯行章如何。時文只曉得贊。不曉得記者言外微意。

子貢問曰孔文子章

文子實不足以當文。即所稱學問，亦非能君子學問之道。特此二者亦人所難能。故節取以當勤學好問之例耳。

子謂子産章

子産未能盡是君子之道。故曰有四。即子産之恭敬惠義，未即能君子體用全備之恭敬惠義也。

行己事上養民使民，是子産平生行實。恭敬惠義，是君子之道。玩四其字語脉。則上四字直指子産。到恭敬惠義字，纔合君子說。古人謂諸葛孔明有儒者氣象。以其本領好也。今人看孔明，只是一箇大有才具人。而孔明自言，則曰先帝知臣謹愼，又曰南陽有八百桑。此孔明本領也。惟夫子之論子産亦然。恭敬惠義，方是子産眞面目。若徒作學問事功泛論。則春秋列國名卿皆用得著。終是通套禮物耳。

子產之惠義因養使而分。其實精神作用盡在義一邊。而其義行處純是惠。故夫子他日曰惠人也。惠中原有義。義中亦有惠。看透此意。方切子產平生。

子曰晏平仲章

善與人交。稱晏子也。久而敬之。著其善交之道也。顧麟士謂惟善與人交。故久而敬之。則久敬反爲善交贊語矣。其意以善交中有圓通作用。而久敬落宋人理路也。謬說如此。亦可笑矣。余每見人稱楊顧說書合傳註。甚不然之。

**陳子龍文自記** 晏子叔向皆以公室舊臣。立於羣貴之側。而皆能自免。然爲叔向易。爲晏子難。以晉之諸卿。猶有賢者間之。不若齊之甚也。故特表著之。**評** 帖切晏子所交。發論應有此特解。然題云善與人交。文却云善與惡人交矣。要之一箇人字中。君子小人庸衆都在。惟敬則無所不宜。晏子所以處崔慶陳鮑。亦在其中耳。今若專就奸惡說。則其爲敬也。純是機權作用。而君子敬以善交之正義反隱。不可不知其立說之有病也。

**金聲文**君子於朋友。當事勢之變。道亦有時不能不窮。而全始全終。何遂無術。**評**道豈有窮時。道窮而用術。固知其所謂術決非道矣。**文**平仲所居則功利夸詐之國。而卒莫之忤也。所立則奸雄危疑之地。而卒莫之嫌也。**評**善卽指久而敬也。他却以莫忤莫嫌爲善。自然以敬爲術矣。**艾千子**敬字只作淺淺看。色貌俱見。更無餘憾矣。久字再須鏤刻一番。乃佳。**評**敬字兼內外。然其本在內。故曰敬以直內。聖人從無兩箇敬字。今將敬字在作用上看。爲周旋世故之具。此看壞了敬字也。善正善其敬。非善其久交。善其久而敬。非善其因敬而得久。今將善字在籠絡上看。

與敬字分作兩層。反以敬爲善之外飾機宜。此看壞了善字也。久字粘定敬字說。不粘交字。並不粘善字。敬未是難。久而敬乃見其難。所以爲善。敬字須從久字做出。今贊其敬字無餘憾。而惜其久字不著精神。是離久而言敬。敬字固不無餘憾。卽久字另鏤刻一番。亦止添得一層機深堅忍作用耳。此看壞了久字也。論文之難如此。

**郝京山** 魯昭公二十年。晏嬰適魯見孔子。後數年。孔子適齊。景公欲以尼谿田封孔子。晏子阻之。孔子與平仲交已十餘年。而分誼落落如此。在他人責望當若何。夫子顧稱其善交。其寬於處友如此。而平仲所短自見。**評** 京山云云。徒見其胸中一團私心。故議論乖鄙。直不足置辨。張爾公辨其論未確。遂並欲洗釋晏子無沮封事。此又可笑。然則謂孔文子敏學好問。將不信有孔姑瀆倫之事耶。

子曰臧文仲居蔡章

因文仲有知名夫子卽此事以辨其知。非以不知譏此事也。故不云不知。而云何如其知。猶曰人之稱其知也。其謂之何爾。越委婉。越森嚴。俗筆竟斷其不知。失其意矣。

子張問曰令尹子文章

首節

三仕爲令尹四句。是文子盡自己分上。見其忘私忘家。舊令尹二句。是他爲君民分上。見其公爾國爾。合來完成箇忠字。

季文子三思而後行章

曰子聞之。則嘗人之稱頌以爲美談可知。然足以誤人之思。故夫子正之。

再斯可矣。只說思之道。不是議論文子。是論思。不是論文子。而文子之得失亦在其中。與前後各章論人答問之例自別。

艾千子只說斯可。不甚貶駁三思。評只論思之理。不甚貶駁文子。可也。以其意不重文子也。說再斯可。即是說三思之不可。而謂不貶駁三思。則其謬也直誣畔聖人矣。而可乎。

曰再斯可。則三之不可可知。私意起而反惑。正發明夫子再斯可之意。非朱子補義也。評家乃併謂夫子未嘗明譏三思之不可。則將文子之三思。夫子之再思。可以並行而兩是耶。此種議論。最誤後學。不可不辨。

子曰甯武子章

只論心迹。不及事功。方是武子之愚。

愚字只與乖巧字對。從來萬死一生之事。世之打乖者便不肯爲。二氏之學。講到極精處。亦只是此理。此武子所以不可及也。成公之終復。特幸而濟耳。至於成敗利鈍。非臣之所能逆睹也。亦武侯之愚也。故小人喻於利。皆智也。君子喻於義。皆愚也。以此思愚。愚可知矣。

愚字只是乖巧人所不爲者。非大智若愚之愚也。卽其不避艱險處。便是不可及。非必謂其能成功而後爲不可及也。卽使當日功不能成。也須還他愚不可及。惟其措置得宜。不失其正。而又能濟君免患。所以尤不可及耳。人錯看愚字。都作其知不可及矣。

錯看愚字。不中題解。猶小事。使人遂看得武子是吳閶人所云詐呆子。將謂權術作用之妙。又在忠貞之上。則大亂道矣。

愚字從旁人比較而見武子固不自命爲愚亦非武子正面全身斷語也只在智巧者一對照便見其愚即其愚處便是不可及若以其免難成功見愚之不可及即是功利作用此吳下人之所謂詐呆非武子之愚也要使衞侯終不復國武子卒及於難其愚豈可及耶

徐敬業之死綱目予討賊之義不得以螳臂當車爲誚也

人多於愚中講作用狡獪乃深也黠也非愚也然武子之愚却不是冥頑懦闇之愚亦不是迂疏窒滯之愚須知其用自在

註云知巧之士所不肯爲武子不可及只在這肯字

甲乙間失足諸公只被一箇乖字害事

論到極處豈惟避難降臣自以爲知巧而不知其身爲狗彘即死難中亦有知愚之不同亦惟愚者爲不可及也

子在陳曰歸與歸與章

唐順之文蓋道非有志者不能進也云云評今不是無人只是無志不是無志只不見大意志不篤耳

狂士之成章兼內外說方見斐然全相

斐然成章煞曾用工夫來

裁之是就狂簡之章以爲裁

子曰伯夷叔齊章

陳際泰文夷齊以體絕物而纖芥攖焉乃所以形自性之本夷齊以化齊性而舊惡忘焉亦所以居物情之安評如此則有兩般矣體用分矣須知清之中本如此所以爲聖之清

畸人之清便有絕物自爲之私看得天下人無一是看得天下人之不是無一可容而其爲不是者亘古不可化要之此便不是

聖人胸次。追問聖之清。若說聖人本性介刻。而於處人情處獨寛和。這又成兩截作用。聖人本體原和平正大。特夷齊於是非較分明不可犯滓。此爲聖之清耳。當下一清字時。不念舊惡已具。非於清之外。又有此酌劑之妙也。

**金聲文** 以商受之貫盈也。亦既避之矣。及其濱於危亡。又爲之叩馬焉。斯之爲不念也。**評** 不念舊惡者。指一人之私。受之惡。天下之公。非夷齊之所得而不念也。叩馬亦不爲受。爲天下古今君臣之義耳。

子曰孰謂微生高直章

斷在前。案在後。案後著斷語不得。

此辨直。非誅微生也。

顔淵季路侍章

朱子云當時只因子路偶然如此說出故顔子孔子各就上面說去使子路若别說出一般事則顔孔又就他那一般事上說然意思却只如此此條最講得高而盡雖程子皆歸之仁然在仁字中也只說得一宗就一宗上一路說去有多少層級在各人工夫見地到邃裏火候氣象自不可强到得盡處原無别事聖賢所志不離一箇仁字但其分量不同故其氣象自别子路較粗淺顔子較有痕迹故朱子謂子路收斂細密可到顔子地位顔子純熟展拓可到孔子地位此中分寸鑿然不是輕易掂斤播兩

子路曰願車馬二節

看圈外程子總論三條則三段規模有小大要皆在與人及物之仁上看謂子路亞於浴沂顔子大而有意須與體會著他是甚

樣氣象。若將子路止說做貧俠意氣，顔子止得箇謙虚長厚胸襟，眞覿面千里矣。要識二賢氣象，先須識得仁字。

一部史記，沾沾於任俠貨殖，講好義作用，而不知其皆私欲也。一本老子，沾沾於仁義道德，講無爲不犯手，而不知其皆自私自利之極也。明此，方於聖賢用處不錯會。

若只在貧富上評品，看得子路僅僅賢於富而輕財者，則凡貧而慷慨者皆可與子路分座矣。

伐施看得粗淺，便不是顔子景致，善勞說得空虚，更不是顔子工夫。於兩無字看出顔子克己之功，作用力字，不作自然字，正見求善求勞，其志甚深。較老安友信少懷，但略小樣耳。體會親切，方是亞聖分上事，學者心上事。

顔子所願無者伐與施耳。若云不存善勞，即二氏之秘藏耳。或曰：

此正巧於講無伐施意，曰正爲巧處有病在。

子路曰願聞子之志節

天地缺陷，正賴聖人補救。三句是聖人痛切心事。

歸有光文聖人者無爲者也。有心焉而已。評聖人在位而神化行，曰無爲。若夫子言志，正自有爲，不僅有心已也。

安信懷中體用畢具。

看聖人三語，渾純一箇仁字。當時只說得切至平實，未嘗有自然付物意思，而由其言窺之，則天地堯舜功用氣象如是。此所謂聖人之言也。若硬裝大冒子，便失之千里。

三句要道理大，不要言語大。卽道理亦要隱然想其大，不要侈然表襮其大。纔有一點恢張妝扮要他大之意，其道理已不大矣。須知是夫子家常語句，不覺流露天地氣象。

崇禎間墨卷，下者墮坑落塹，上者不過張大出王者經濟來。此似高而實卑也。聖人所爲，如化工付物，豈待設施哉。與點一節，便是堯舜氣象，但用處有盡與不盡，要其本分不損毫末也。

聖人不得志，堯舜氣象自在。

盡天下之老友少而安信懷之，此其盡也。然必老吾老以及人之老，幼吾幼以及人之幼，其中親疎貴賤，有多少等級，便有多少安信懷法。施在無此也，安信懷不成，這便是一篇西銘道理。

子曰十室之邑章

不如語氣，純是一片誘掖勉勵深情。一經俗手臨摹，便似聖人絶世自贊矣。

呂子評語正編卷八終

論語雍也第六

子曰雍也可使南面章

仲弓問子桑伯子節

陳際泰文　夫雍可使居南面者。以其簡耳。而顧以伯子當之。評　首節中安得便有簡字意。仲弓安得便有他心通法。知夫子之許可因簡。而以伯子當之哉。此正秀才粘皮帶骨不通處。首節先主簡字不妥。看可也簡三字。夫子就其問而節取之詞。未嘗以簡而取伯子也。使仲弓别問一人。夫子亦以簡論耶。

仲弓曰居敬而行簡節

仲弓一問。夫子一答。仲弓又一辨。此間煞有意理。此辨簡之源流。以防滲漏。非舉敬與簡對論也。

敬爲學術事功之本。

居敬之簡。不是省事。得其大小輕重先後之序耳。

居敬有居敬之義。行簡有行簡之義。

程子居敬則其行自簡。理本一串。雖然如是語太高太直捷。恐學者依之有病。故朱子列之圈外。而本節註中。用如是而行簡。頓出而字一折。謂天下原有能敬而未能行簡一流人也。此處人多混過。

居敬則所行自簡。程子之説最高。然語太直截。故朱子註中補完而字一轉。始無墮義。

須知居敬之行簡。與居簡之行簡。兩行簡字同。而事理景象自别。

人只説得所居不同。便是顢頇過去。

金聲文方其穆然不動之地。一念萬幾。真若有紛賾不遑者焉。故紛賾定也。評居敬說來不的。他看得敬字憑勞擾危苦。所以要打破敬字。文結繩亦日遠矣。孰能勉而效之哉。評畢竟看得他是第一位。文盛王攬御世之權。則臨淵集木之懷。但隱隱可以自知。而決不示諸形迹。使萬物遂得以觀其淺深。評敬不可見耳。豈不示以愚天下哉。也只是看敬不濟。此種見解。都是二氏之害。文惟敬以運其先云云。評敬不僅先。終始皆是。〇不但居敬居簡不同。即居敬之行簡與居簡之行簡。亦大別。居敬之行簡精明有條理。居簡之行簡。則一切苟省任率而已。此於敬字不的。連行簡都說不著。緣他於敬字一向厭薄。不曾見眞面目來。

子曰雍之言然節

然字與上可字相照。然字中有兩重公案。要見仲弓未喻可字一層。所言之理默契一層。一以印證仲弓。一以完語句滲漏。

第二節註云。以許己南面。故問伯子如何。是辨伯子之簡。正勘驗自己。則然其言。仍是證明其可使也。故朱子謂亦見可使南面之基。須見聖人語意前後交通處。

要見得此句是夫子意思。不涉仲弓事。

子華使於齊章

**楊以任文**請粟辭粟。爲友艮也。爲吏廉也。聖人豈傷其意云云。**評**聖人明斥其非。此却做就他推廣意。豈不誣聖言乎。滿肚皮奈何不下這一部史記憤懣肝腸。看得一班俠客畸人。爲世間絶頂人物。不難將孔夫子說話。當假道學常談。看此種趣識。誤學人不小。

須見聖人看道理之活處。事體之精。使二子不覺爽然自失之意。

王世顯文 自世之衰也。天下爭以粟爲重輕矣。以粟爲重輕。知有粟而已。遑恤其他。評 士人取與之義。廉恥之心。被司馬子長教壞盡。今日幕賓遊客。誰不以遊俠自命。貧士責望於友朋。蔡客干求於津要。得志則侯門之鷹。失意即喪家之狗。讀知有粟而已。遑恤其他。亦當怛然汗下乎。

首節

金聲文 冉子必周於此。此世俗之善事。而非仁人君子之所難行也。評 不論難不難。止論當不當耳。若以難行爲事。將可不行者而亦行之耶。文 子華非不敢自請者也。冉子胡不思焉。評 子華雖欲請。不敢自言。亦禮也。況只論夫子用財之義。不重子華。

子曰毋節

只一毋字。已說盡不當辭祿之義。下句又曲爲廉者設法也。本句意重。下句意輕。本句直。下句曲。本句是身。下句是尾。本句是正論。下句是轉語。一字爲句。須畫斷看。

子謂仲弓曰犁牛之子章

俗講謂聖人必無稱其子而罵其父之理。故宜以混略之。此皆村俗世情鄙見。聖人引喻論人。有何忌諱周旋。以牛爲罵。亦後世習俗。當時用牛爲名號者多。如唐宋人稱龜字。直至近年爲惡名耳。騂角與犁。毛色之美惡。豈卽罵耶。喻其寔耳。

子曰回也其心三月不違仁章

違字只略斷一斷。

顔子亦正有違。故云三月。三月雖違。亦只少斷耳。

顔子未達一間處在此。

心齋坐忘。故是老莊家言。今人多引爲實証矣。

**艾南英文** 夫三月不違與日月至焉者，豈以久暫較哉。**評** 不較久暫，何用下三月日月字。**文** 計回之於仁，已得之天機坐忘之表，則豈必其時之久而後足以見回。**評** 只二氏有此契勘。聖賢實從離合久暫處體驗來。不違與至便有别。三月與日月正有别。不特三月與日月久暫不同，即不違與至，其爲主客亦不同。不違與至，皆有工夫，只是下工夫處不同。其中有同原處，有天懸地隔處。

附此章文

有大賢之仁，有羣賢之仁，異之於其心也。夫仁一而已，而心之不違與至則有異，三月與日月則有異。夫子分論之，正所以深勵之歟。且自人有心，而仁之理已存乎其中矣。顧仁存乎心之中，而心時出於仁之外；仁已立乎心之外，而心反求入乎仁之中。

於是乎離合之端見，而往來之勢分，主客之形成，而久暫之分定。仁之爲仁，亦爲之去留深淺於其間。夫仁則豈可有去留深淺於其間者哉。吾嘗以此靜驗及門而各見其故，殆無以過回。人心未有不與仁爲一者，私入而爲之二也。私烏能遽入哉，此必有授之以隙者，而後彼得而乘其間。方其隙也，我能覺焉，卽合爾。及間焉則反與私爲一矣。雖欲力返其故，而終以私爲歸藏之地，故不患夫私之必入，而患心之與仁無親切之意也。人心未有不以仁爲主者，已勝而爲之敵也。已烏能遽勝哉，此必有示之以離者，而後彼得而攻其弱。方其離也，我能操焉，卽存爾。及弱焉則反以已爲主矣。雖欲自還其初，而終與已有憑依之勢，故不慮夫已之能勝，而慮心之於仁無純固之守也。回也何如乎？回無異仁也，而其心異；回亦無異心也，而其心之於仁異夫人事深者天機日淺囘又非離人事以爲治也日用飲食之故無一之不安於心者卽無一心之不安於仁積之至於三月蓋未能臻乎不息也然不息亦已久矣嗜欲去者清虚自來囘又非守清虚以爲養也見聞言動之微無一之不體於心者遂無一心之不體於仁循之及於三月殆未能泯乎不遠也然不遠則已復矣若夫其餘固無異心也則亦當無異仁也然心處既失之餘其視仁也甚尊以爲甚尊而跂及之境生以爲甚尊而危疑之情變以危疑之情當跂及之境吾見其飄搖而靡定矣又況有甚親者引之於後也心在既分之時其視仁也過難惟其過難而游移之見出惟其過難而惕厲之功頻以惕厲之功挾游移之見吾知其艱苦而難居矣又況有甚適者狎之於其先也則日月至焉而已矣蓋理欲不並域而藏各視夫心

之所嚮以爲向，所嚮在理，所向在欲。其偶也，所嚮在欲，所向在理，亦偶矣。此貴乎致知也。危微不中道而立，各從夫心之所習以爲歸。習於微，雖危而即歸於微，可必也。習於危，雖微而即歸於危，亦可必矣。此貴乎積誠也。誠由日月之至，以求三月之不違，以馴至於無可違，而後知仁之眞無異也。

季康子問仲由可使從政也與章

此與武伯章迥別。武伯章原是論仁，闖入會事，便顧賓失主。此對康子說，因才用人，却正合旨。

康子看得政大於才，夫子看得才餘於政，何有不是大言聲價，亦不是蔑視事功，實見得三子恢恢游刃處。

知人任使，用當其才，以責望康子，時文所必至。若從政之必取乎果達藝，果達藝之關切乎從政，正教康子以識政要，不獨稱論三子。此義未有發明者。

冉求曰非不說子之道章

今日學者只是被箇畫字不好。有開步時便畫住者。亦有進得一步上一步。却又畫住者。自已便道我何必若彼。只消如此。將第一等人讓與人做。這便是畫。然究而言之。只是不曾說耳。冉求欲將說字藏身。夫子正要點破他這字。

子謂子夏曰女爲君子儒章

君子儒小人儒兩儒字。粘定不可拆。蓋指儒中有此兩樣。非謂以君子小人而又爲儒也。

君子小人尚是籠統之名。自程子下爲己爲人註脚。而聖人之旨愈見分明。然非程子於中自建綱宗也。此君子小人原非籠統名目。緊就儒字說。是辨儒非泛論君子小人也。道箇儒便自有形狀有術業而眞僞出焉爲己則眞爲人則僞自是不易之義爲己是正解圈外遠大意已隔一層然謝氏所謂遠大亦指義利公私說非指勳業功效言也爲儒而從勳業功效起脚即犯爲人功利之病正不免於小人儒之歸矣讀書人心粗見說君民家國天下便說是遠大便說是合註不知其墮入旁門小家正背註意者也即無爲小人儒亦止在君子自己身上勘驗自己意中分决若從勝小人慰君子立說亦正犯爲人功利之私矣此等處文人求文章好聽全不體會然正係學術是非之關不可不詳析也

**陳際泰文**　有人焉衣冠儒也笑貌儒也而叩其中雖儒而不同者也若是者分於大與小之間者也**評**亦有心無愧怍而見道不弘者然畢竟儒之大小亦只分於義利公私**文**君子小人分邪

與正辨之在心術，君子小人分大與小，辨之在學術。評安得有兩樣？君子小人學術即心術也。講功利便不是君子，只是成敗利害上熟，便是小人，可不畏哉。

子游爲武城宰章

看聖人一片大道爲公，選賢與能心量，真無時無地不是三代。看子游留心人物，識高鑒精，真宰相功用。時文一派妝點大話，直是膠粘不上。

雖二小事，正深信其生平。

觀大略意，從楊氏說得之。然楊氏之意，言子游精於知人，雖二事之小，而見正大之情，則其平生之無不正大可知，非謂節取其善，而不求其終身之全也。

未嘗是從前至後驗過，語不是一番事，正是又悟其如此。

非公事不至。則其有公事多至可知。既因公多至。即有數次非公不至。亦以爲偶然置之矣。必久而怪之。乃始明其意。久而驗之。乃始信其行。亦必賢宰留心人物。乃能察其微而歎其賢。從爲宰之始至今日。從其至想到未嘗至。方得情事之眞。盡義理之至。

近世人品文章。士風吏治。都被幾箇幕賓游客葷飯秀才敗壞。殆盡。須從大處看出二事關係。方是子游舉此以槩子羽之意。

做秀才。即當以天下爲已任。此時靡所不爲。安望其後耶。今日奔競秀才。異日豈可居民上乎。

陳際泰文以貌取人。雖神明尚或失之。其人雖褻蓋在儒俠之間。評毫無俠意。俠者七國盜賊之雄。不可以論士君子也。

子曰孟之反不伐章

**黄淳耀文**聖人嘉曾大夫所以罪主兵者也夫誰敗曾師而使之反以殿見乎云云**評**凡論語所載皆關切學者若論人論事而別有言外之旨除非答人之問則見聖人語默徵顯之妙亦所以爲教也若特舉其人而稱説之則聖人之言平易正直必無許多隱謎蹺蹊此章只是美之反之不伐見居功去矜之難可以爲法聖人提起與人看使人知所自克此意儘有發明未暇旁敷史案也看程門呂楊謝蔡侯尹諸子亦只在本文議論然龜山推稱其功朱子即以爲失本旨獨取上蔡説謂於學者事甚緊切猶嫌其太講得道理高於本文未密故列之圈外而總論以爲本無異説諸家横出他意以汩之夫於本文議論過當尚以爲他意横汩況閑人閑議論耶閑議論尚可其害必輕略本義如篇中説不伐之美只一筆帶過他不是怪此意也是要

寫那邊意。勢不可在這邊逗遛。使其主意不顯也。入門策馬。辭未出口。非爲之反敘功紀事也。此正是伐與不伐毫釐千里分界頭。

子曰誰能出不由戶章

出由戶。亦是道中事。

此與人莫不飲食節同。出必由戶。亦卽是道。但小事粗節耳。舉以警人。最親切有味。若作譬喻說。則由戶在道外矣。人卽不由道。無時不在道中。天下事物。總無一件不在道中。隨處提起便見。今講學者。都將事物放在道外。

道故不曾離人。人自不由也。

因由而有道名。道卽在由處見。故訓道曰路。

誰能何莫。相呼甚緊。

子曰質勝文則野章

文質彬彬。對質勝文文勝質說。君子對野史說。然後對則說。白文如此體貼。

人謂君子二字不可作贊語。玩然後語意。是上四字正有損有餘補不足工夫。不指現成說。註中學者云云。正解文質彬彬。成德云云。正解君子。然則君子何嘗不可作贊語。但不可以文質彬彬四字作君子贊語看耳。

門人問註中損有餘補不足。似文可補。質不可損。忠信可學禮忠信豈可損耶。曰。此文質在人氣象體段上說。過於朴塞。與過於修飾。其不能彬彬一也。與忠信學禮意又別。故楊氏之說列之圈外。若謂忠信不可損。則忠信勝禮。豈可謂之野乎。又問向者先生有批。謂彬彬句不指現成說。然後君子乃是成德贊語。正爲彬彬中有損補工夫也。今批荆川文，又謂此意找在後好，却如何曰，在聖人當下道箇彬彬，已是箇成德氣體，只是如何會彬彬。況云然後君子，則未及彬彬時，固學者事也。故朱子加入學者當損補以成其彬彬，則彬彬方有下落，而然後句亦分明。但作文必於彬彬句提唱學者損補云云，似又添出君子學者兩件説，不若暗藏於前，明指於後，尤爲渾然。此論文體，非有别義也。

子曰人之生也直章

人字合下句説，兩生字微有不同。

是生也直，直即在生内。

先有此直，而後有生，纔有此生，便付此直，人必還其爲直，方完得所以生之理。

終古有是直。故有是生。聖人之道萬世不易者此也。

此直字。與毀譽章直道不相干。

直爲性情學問之主。程子所謂天理二字。自家體貼出來。

直字謂寔也。順也。即中庸之誠。孟子之利意。非蕩直之義。能寔而順。則經權動靜。無非直也。

忠孝至性中曲折。正是直。

生字指有生終始全理。自穉至老。爲彭爲殤。無非生也。只現在此刻。直則是生。罔即幸免。蓋生之道理本合如是耳。此程子所謂生理本直也。讀者錯認本字。遂將生字看作生初之生。要追原反始。以直字當父母未生前本來面目看。害道不小矣。其病總坐不與下句相照應。若將直字對罔字。人之生對幸而免。反覆思議。自無此病。震川先生第二作。較首篇講生字更切實。第後幅直字。又攙和良知家言。學者於此理有絲粟不徹。便夾帶鶻突。況彼家之說。惑亂最深。錮士大夫中其毒者。如油入麵。不可洗滌。雖震川不免。何況庸輩。

人之生也直。此句當緊照下句講。有此直。乃有此生。人之所以爲人者此也。罔則生之理已絶。雖生亦幸免爾。後人誤解程子生理本直句。將本字作自然無爲看。於是講章遂有卽生是直之說。是重生字。不重直字。下句如何振合。其病亦從生之謂性與良知之說來。

人之生也直。此句須緊照下句說。惟生理本直。不直卽失所以生之理。非任眞自然之謂。帝王之政教。聖賢之學問。皆所以完此生理也。有謂任眞自然是直。而無待政教學問。且反爲直之害。其說甚謬。如謂任眞自然卽直也。則安有罔之生乎。將罔之生也亦直乎。抑政教學問反所以爲罔乎。吾不知之矣。

歸有光文事有因襲而教學者，或非此理之由中。孩提知愛，稍長知敬，此非有所因而學之也，直故也。評教學亦是直，與襲取不同，如何説壞學字。此亦中良知之毒。

羅萬藻文人有其朴，以盡天年，而豈煩聖人之憂乎。無聖人而人心不三代乎。評畢竟無聖人，人心便不三代，皆幸免耳。文受中以生，而養以致福，而豈維挽之與乎。況維挽之，而人心終不古乎。評後世維挽，非刑名功利，即二氏禍福之説，便是幸免之法，非聖人本直之維挽，故人心不古耳。

人之生也直，亂賊之幸而免者，與之講名節，説倫理，説法律，總不足以治之，直以不是人爲例，則人類之慣澳矣。

子曰知之者章

兩不如。只爲學者指箇階級作鞭策。大賢以上。自不消如此說。

不如二字。或奪人。或奪境。用處無方。

者字中有多少貧學不齊在。

上二者。亦自成一地位。

聖學工夫。只有知行兩端。知字中工夫最多。到得箇知之者。火候已是一半。好與樂。總是行中火候。若不曾知得。也無從好樂。即有所好樂。如金溪姚江之學。亦能使人鼓舞顛狂。却只是差異不可謂之好樂。總只謂之不曾知也。

下二層。原都在知字中做工夫。

爲學於知好。煞好用工。到樂底地位。程子所謂功夫尤難。直是峻絕。又大段著力不得者。濂溪之尋孔顏樂處。延平之融釋脫落。皆此意也。

朱子謂當求所知好樂爲何物。外道便只說得心耳。

【金聲文】學問者。精神之所居也。【評】佛學只是弄精神。從莊子精神聖人之心得宗。子靜伯安又從佛得宗。正希好言精神。是其源流把柄。【文】盡若人也。雖索其厭苦之意。而或無從也。又況其進焉者哉。【評】道得好。厭苦也。曾從事來。今人直是無干。然正希於聖學但有厭苦。遂覺異學之可好可樂也。只從知上錯起。【文】一知則一息百年。可不更求知也。【評】禪家有大事了畢。聖門無此知法。【文】學有所好。曷若無所好者之落落。竟無一事也。【評】渠乃以無無無亦無爲極樂世界。

【艾千子】聖人之言。不附禮樂。不附政刑。不附理數。而空微於性與學者。惟吾夫子有之。中庸曰。夫焉所倚。作此等題。將何所倚。倚學耶。倚才耶。【評】三之字。明指聖人之道。原不可指禮樂刑政理數。亦何嘗空微無倚耶。若離却道字。即貪財好色。亦何所不可附此四句耶。惟之字不的。故知好樂三字說來皆詫異。蓋知好樂眞境原倚之字爲旋轉。如之字指財。則知好樂皆財上情事。之字指色。則知好樂皆色上情事。此文之字。却是西來大意。故知好樂皆宗門境界。非聖道之知好樂也。千子嘗闢禪。此評却正是禪家機用。千子落其圈繢而不知耳。

子曰中人以上章

此章只在材質上論。語當其時。即中人以上。亦有機候因緣。中人亦有用困勉之功。造到可語者。却又別是一話。非此章本義也。

樊遲問知子曰務民之義章

民義鬼神分別處。便是知。先難後獲主一處。便見仁。

民義鬼神。只合兩分說。側遞說。纔作交互。或總講。定專重鬼神一邊發論矣。況今所講之鬼神，乃漢唐後二氏所言之鬼神，并非夫子之所謂鬼神乎。

**金聲文** 既敬鬼神而又遠之。**評** 遠與敬是一義，加又字便兩背。敬與遠固是一串道理，又須分別能敬者必遠，遠者必敬，亦有敬而不遠、遠而不必敬者。然觀作虛器祀爰居，仲尼譏其不智，則知此句專爲不能遠者發。

知鬼神之當敬當遠，只合如此，必通於死生晝夜之故矣。知其說者之於天下，其如示諸斯乎。彼諂事鬼與變作無鬼論者，其愚則一，皆不免於爲鬼所揶揄者也。

聖人所謂鬼神，指天神地示人鬼也。所謂人鬼，只祖宗與百辟卿士之在祭典者耳。若佛爲遠裔邪鬼，及鄉俗誕妄之淫祠左道亂政生心害事，聖人所必誅，但當遠而不當敬，又不在鬼神之例者也。騃豎每援此句以爲倿佛事魔之助。造中立不闢之説其惑誤更酷矣。學者不可不知。

敬而不遠。卽祖父亦黷祀。

智無定體。附義禮以見。此中庸知人知天兩知字卽智也。

仁者就現成指點。

先難後獲。自是兩層意。却只是一層意。

先後是心。難獲便有事在。

後獲不是終於無獲。

【陳際泰文】無功之獲。仁者所不恃也。【評】總無是理。何止不恃。【文】日用之經。世共目爲尋常。而賢智何以費其參証。【評】難只在日用尋常處耳。【文】蓋理在奧窔幽阻之地。而重累以求。庶有遇焉。卽萬無所得。而意可以自謝矣。【評】是差做工夫。非先難也。如其説。

將索隱行怪，亦仁者之先難耶。文理雖本無異量，仁者終不以爲已獲也，而必欲致其難，迨難之而卒無加於先至之物，仁者甘焉。評亦無是理，畢竟不同，只宗門不離故處耳。說來說去，只成一箇求獲之心，而故迂其作爲以取之，可以卽獲而不受，終無所獲而故難，天下安得有此拗彆仁者。蓋天下本無不難而獲之事，亦無先難而究無所獲之理，但仁者之心只專於所難，而無欲速見小之私，卽此心便是仁者渾然一理無私之本體矣。文只求先後二字說得纖巧，不覺正墮功利窟中。

先難要說得精切，是仁之難，不可只泛言難。

顧麟士難字不卽粘爲仁上說。評先難後獲，固是狀仁者之心，大段如此，然謂難不卽粘爲仁說，不知所難箇甚，天下豈有仁外之事理日用乎。此等評論，誤人最不小。

是說仁者之心如此。猶云有事勿正。仁者地步愈高，其心亦只如此。若謂得道必於遲暮，即是痴人圓夢。若謂此事原無可得，又落魔外邪淫矣。

是指出現成仁者之心如此，爲樊遲下手著力處。非此即是仁，謂從此思之，仁可知耳。

知者之事，仁者之心，兩者字是從現成指示，與其言也訒、不憂不懼一例。惟其是知仁，故事與心如此。不說如此去做知仁也。

陳際泰文論仁知之心評註中分事字心字極精，併作心字不得。

文務義而敬遠鬼神，此不務利於外，而乃得以身世自利者也；先難而後獲，此不務利於後，而乃得以性命自利者也。評爲甚通篇只說利。顧麟士謂縣粗鄙近利四字立論，不覺爲之失笑。豎儒眼中眞著不得墨瀋一點。粗鄙近利乃舞雩章註粗貼辨惑之答。鄙貼修慝之答。近利貼崇德之答在彼章各有比屬。不得混拈。況此章並無此意乎。即移彼章之註以詮此。亦須兼有粗鄙二字。如何只説利。

只務遠處便是知。只先後處便是仁。指點直捷者字方見分曉。

務義兩事。若不足爲智。正是智處由事而指智。故不先下智者字。事可指而心難形。故就現成仁者指出他處心積慮樣子。與仁者其言也訒相似。先下仁者字。正有意在。

此言未足以盡知仁。是指點樊子做知仁工夫處。而知仁之理體原未嘗不備。註中因遲之失而告之。正爲此也。

從此至知仁之全體。正有次第在。

子曰知者樂水章

知者仁者。是就兩種人説。不論其理。

此節知仁雖指兩種人。是就其資禀現成處說。不論工夫，亦不論全體也。三截節節自爲形容。無淺深之義。亦無聯貫之情。

就兩種人資性大段而言。故有此分別。與好仁惡不仁章相似。若說知仁道理工夫。兩者原分不得。追論過深。推舉過高。便失此理。

三股隨意舉似。說箇大段意理。固無貫串之義。亦無重動靜。而以上下發明中段之說。予論此題。正不喜如是。

樂水樂山。只爲他便是我。所以分内外不得。

知仁本領。與樂壽相關。最難著解。但將非知仁與僞知仁與知仁之淺者。勘驗所以不樂壽之故。知仁本領自出。

子曰齊一變章

齊魯都從周分。都從道分。若特作。則但魯近道。而齊原悖道矣。

兩國之治原都是周道，因祖宗功德有偏重，其流弊漸遠耳。

同自周道來，却有不同，亦是起先有弊病。

史記伯禽三年報政，太公三月報政云云。先儒亦多不信其說，朱子謂略有此意，但傳者過耳。程子謂齊由桓公之霸，太公之遺法變易盡矣，則齊之難即至道壞于管仲，不壞于太公也。陶菴文謂齊初亦本周道，正與程子言合。第朱子云太公治齊時便有些小功利氣象，尚未見得，被管仲以功利駁雜其心，大段壞了。然則管仲之變，亦太公原頭有以致之。

所以爲變，及至魯至道處，須有著落。

魯只要修舉振作。

道字明，然後可以言變。

王半山、蘇東坡皆不識道字，而好講變法，其足以禍世一也。半山

用而東坡黜乃轉言新法之不便耳使東坡得志其作聰明以爲更張豈在半山下乎讀蘓氏父子全書自見也故儒者須先識道字

宰我問曰仁者雖告之曰章

宰我只緣看得仁者太愚所以撰出從井救人之説來此雖字根橃也雖字之前意曲雖字之後語直

宰我只緣看得仁者大呆便説難道如是耳此雖字神理也

孟子乍見惻隱未嘗非仁之端誤只在從之耳

仁者當此自有恰好應付大用

**黄淳耀文**聖賢以道殉身苟不係乎君臣父子之大者終無死地焉**評**兄弟夫婦朋友當死處也須死**文**死而無益者聖賢不輕以責人夫亦存其身以厚天下也**評**只論當不當不論有益無

益。不論存以爲天下。**文**所哀者井中之人也。所可哀者不必皆井中之人也。**評**不是不救此一人。只無此救理耳。道理止論當下。從井必不能救人。當下便無此理。不是惜此身爲天下。不爲一人也。從井之不可。只是救法差。不是不當救。亦不講仁者所救有多寡小大也。

堯舜猶病。正無損。能近取譬。即施濟理只如是。

惟智乃足以成仁。故君子不可陷罔。救人必先愛身。便落隔壁話矣。

**陳際泰文**憂仁之難行者。未知仁之有妙用也。**評**不是另有妙用。只是理明不如此愚耳。

可逝不可陷。就當下說。可欺不可罔。從平素說。平素明於理。當時審於勢。惟智乃所以成仁也。

義不當。不可以成仁。智不明。亦不可以取義。宜死而死爲仁。不宜死而死爲不仁。毫釐千里。錯看不得。喪元或怙終。倒戈乃從義。不明此理。有自以爲盡節。而適足以害仁者矣。精於智義者自能會之。

【金聲文】情迫則不暇審利害。勢急則不暇計成敗。正仁人之心。【評】過處却在此。仁者不到情迫勢急。早已審計。到此却不見其迫急。【文】不自卹其死。又烏能卹萬物之死。不自愛其生。又烏能愛萬物之生。【評】予每見任俠者流。即不敢與近。彼不自愛其身。何有於他人哉。【文】仁人之道德。皆人情耳。【評】却是釋家見處。【自記】直捷明爽。不用一毫擬議商量。才是我輩本性。若從仁不仁上商量出箇救不救來。紛然失心矣。學道人細參。【評】聖門論仁。正要從仁不仁救不救處商量出道理耳。若謂不用擬議商量。才是本性不知蹉過多少了也有人舉禪家問路曰驀直去予謂只爲拽開步多不是路他道與麽則不去也却與聖門之仁不相涉看正希先生致命時許多周折不但從之直是推人落水此正是不用擬議商量曰撰出箇救不救來不覺紛然耳可知大病只在少商量也

子曰君子博學於文章

博文約禮功有兩層事只一件之字即指上句

陳子龍文道之不明於天下久矣異端之説既明樹其敵而曲學之士復小成其間至於紛紛而無已評今日學者無成而卒至畔道不出此二患至艮知家則併此二者故尤難救正文儒術分而大道隱天下各得性之所近有同本而至於異末者評如陸王乃本異非末不同也

子貢曰如有博施於民章

先儒謂仁字最難訓，以其不著事爲，不論地位也。如博施濟衆，豈不是仁者之事，然夫子却以爲聖而不止於仁。仁譬之水，聖譬之海，謂海非水固不可，然非必海而後水也，則水自另有件物在。惟欲立立人欲達達人，乃仁之體，能近取譬，乃爲仁之方，只此便是夫子善訓仁字。

首節

在子貢說來，不見博施濟衆之難。

金聲文若斯之難也，則事於仁之過也。賜行勉之矣，彼三月不違者，固瞿瞿然在陋巷中，而一匡者器小也。評不違不在陋巷，器小不關一匡，莫將事字一例看壞。何事於仁，猶言何爲止於仁，乃語助，非實指事功之事也。然以虛字爲實字，其失在名義文法。其過猶小。即作實字看。亦應作此事何止於仁。不應作何至事於仁也。即以博施濟衆爲事。事字未嘗不好。只是高遠難成耳。若說事字不好。何以云必也聖乎。又云堯舜猶病也。聖門之仁。未有離事物而直指心性者。即下文立達近取之方。甯詎非事耶。只抹壞事字。直與聖學離叛。不僅名義文法之失。其過甚大。不得不辨。

聖乎不是住語。

施濟是仁之事。却不是仁。

夫仁者節

夫仁者三字。是上文轉語。是立達二句元神。嘗置不得。

欲立二句。就仁者指出其心如是。非謂凡人之心體皆如是。亦非謂但存此心而已爲仁者也。故夫仁者三字。脫略不得。混渡不得。

欲立二句，直指仁者之心，而於此即可以觀仁之體，有兩義在，人都混過。

陳際泰文　論仁者，論其心而已矣，而不必論其事。評　豈得不論事，但事不若是之難耳。文　事可詭而出之者也。評　不說到此，只真心博施濟衆也做不來。文　此子貢博濟之說，夫子黜焉，而獨取足於心也。評　原不曾獨取足於心，有心便有事，不論事只論心，則心亦易詭而遁矣。夫子之意，非謂博施濟衆專求諸事而不是心，亦非謂立人達人專求諸心而更無事也，但心從近推，事即從近做，不如博施濟衆之求諸遠且難耳。論其事，則堯舜猶病，而立達則正堯舜之心，非堯舜不可學，而别尋仁者也。

須知而立人而達人。却實有事在。

【歸有光文】天下無心外之仁。【評】混語似是而非。此中有良知家當在。【文】亦無仁外之心。【評】甚有仁外之心。所以有求仁之方。【文】論仁之體者。不外乎心。而求仁之功。亦不外乎心。子貢乃欲擬之於堯舜之所病者。多見其空虛曠蕩。而愈不得其原矣。【評】子貢病爲泛濫駁雜耳。空虛曠蕩。則徒求之心之病也。夫仁者二字。就仁者之心指示仁之體。不是空空言理。亦不是凡爲人心能如是也。凡爲人心固應如是。天命本來。誰曾缺少。然氣拘物蔽。誰易完全。所以夫子又說能近取譬可爲仁之方。故立達節須從仁者二字體會。不得單提心字。

夫仁者節。指仁體如此。凡人之心。無不同具此體。然而氣拘欲蔽。不可得而見也。故下仁者二字。是現成仁者之心。不是凡人之心皆然也。故末節示以求仁之方。正是下手處。正有實事在。混過不得。輕略不得。時作動云取之一心而已。是是八荒吾闥。佛性遍滿法界也。

夫仁者三字。言仁之體如此。作人看固非。欲立欲達兩句。是囫圇語。總見仁之周流無間也。分析亦非。天地聖人。亦必先自盡而後能盡物。自盡者。天地之心。聖人之情也。至於盡物。則普萬物而無心。順萬事而無情矣。立達二字。各兼內外。時文都說得一偏。

人已有次序。有渾合。理一分殊。總在而字裏許。

而字是兩層。不是兩層。

而字是通貫樞紐。

此節是已到底。下節是未到而求到底。此節正對如有博施於民而能濟衆，可謂仁乎。時文俱混說。

能近取譬節

與上節分界的骨。註中强恕意，正從之方二字體認出來。評歸有光文物我之未一，知其必有以間之者，而務爲强恕之功。此與上節一滾不分者固非，强別安勉者亦未是。仁者節是說仁體，末節是求仁工夫，所謂近取推己所欲以及人，即上節立達中用工夫耳。

不要只講近字，須講取譬及方字。推行交接處煞有寔際工夫，非反照即得也。反照即得，仍秖是上節耳。

能近取譬，雖博施濟衆亦由此進。

附此章文

觀聖賢之論仁，善推其心而用無不全矣。夫博施濟衆，未嘗非仁而以此求仁已先失其本矣誠取譬於立達閒仁亦求其至近者耳今夫天地萬物皆吾一體事也而以爲有内外之殊焉是岐而二之矣主内者曰八荒洞然皆在吾闥此其說虛而無功於是乎學者欲以實驗之凡天地萬物有一不得其所非仁也此其說較實矣而吾謂其虛而無功也等何也一體之全夫天地萬物者其理也一體之不卽全夫天地萬物者其勢也理本然而不能卽然勢不及而有以相及則一體之與天地萬物自有其親切之處求仁者之所以實致而可爲昔者子貢思仁者之治不見於天下也慨然欲得夫博施而能濟衆者焉而猶幾幾乎未敢信其爲仁嗚呼何仁之難也夫仁之爲仁下學與聖人同其責者也帝王與匹夫共其任者也必博施濟衆而爲仁則必有聖人之仁無下學之仁然後可有帝王之仁無匹夫之

仁。然後可有聖人爲帝王之仁。無匹夫而下學之仁。然後可不寧唯是。必博施濟衆而爲仁。則聖人不能不如下學。帝王不能不如匹夫。聖人爲帝王者不能。不如匹夫而下學。彼水土未平。頑讒未革。誅殛未措。鳥獸草木未時。而君咨於上。臣儆於下者。所謂帝王而聖人者非耶。然且不得爲仁。又何遽爲聖哉。嗚呼。何其難也。夫仁者非難也。仁者之心何如乎。己欲立而立人矣。己欲達而達人矣。非有所擬議而然也。非有所準量而出也。吾正吾性。即與天下正其性。吾遂吾情。即與天下遂其情。仁者之心體。大都如是。仁之爲仁。豈有歉乎哉。而抑有歉焉者。則反之不能得其通。而推之不能實其力。亦未知夫爲仁之有方也。仁之爲道也。極乎自然。而求仁者則必出之以强。天地萬物皆與一體。有强合之迹。我自盡其所强。而自然者即得乎其中。仁之爲道也。本乎大公。而求仁者則必驗之以私。天地萬物。皆與一體有自私之意。我克擴其所私。而大公者卽全乎其內。故井田封建。靜悟於生人之初。禮樂兵刑。熟悉夫飲食之故。生殺者。志氣之舒慘也。厚薄者。手足之親疎也。澤必遍乎百昌。固精微之自周。治不過乎九州。亦等殺之所及。帝王之仁以此。匹夫之仁亦以此。聖人之仁以此。下學之仁亦以此。帝王非有餘。匹夫非不足。聖人非無憾。下學非難幾。能近取譬。此可謂仁之方也已。如必博施濟衆而爲仁。何以處夫匹夫而下學者也。并何以處夫帝王而聖人者也。

呂子評語正編卷九終

# 呂子評語正編卷十

## 論語述而第七

### 子曰述而不作章

述作本無低昂。述而不作。正爲理不當作耳。

信好二義相須。却是一齊都到。

信而好古。正是述字中實際。不分兩層。不作實見得道理。如是不止是謙詞。如後人妄立宗旨。皆是無忌憚敢作。其病只是不好古。不好由於不信。不信由於不知。故曰述者之謂明。又曰蓋有不知而作之者。

人多輕看了述字。便似聖人虛爲退遜之語。不知述字正難承當在。惟孔子能述堯舜禹湯文武周公。惟孟子能述孔子。惟程朱能述孔孟。其道同也。後人不能述程朱。便敢紛紛亂道。其病總

呂子評語卷十

先從不信起

**趙衍文**鑿卯自私之士，其患在於無傳，而其端始於不信。**評**病根只是一件。**文**一則信其所信，非吾所謂信。**評**今人聞舉陽明之失，如聞父母之名，而於程朱則短之不遺餘力，何也。**文**一則信猶不信，不可以爲信。**評**今日風尚又一變，篤信紫陽者，某却不敢輕許。**自記**信好爲述之本，信又爲好之本，理自不易。**評**道釋者流，得一經一法，便實信仙佛可成；秀才讀聖賢書，却只爲胡亂做文字騙科名計，毫不信聖賢可做，聖賢之言切已不謬也。不信如何得好，不好如何能述。秀才中無人物，其病正坐自不信聖人耳。信字又要從天理出來，但憑心說信，便入邪異。傳習錄云：學貴得之心，求之於心而非也，雖其言之出孔子，不敢以爲是。然則陽明心中之是非，又在孔子心中是非上矣，其無忌憚敢亂道至此。孔子且不信，況其他乎。然近日亦有說程說朱者，又多是依傍時尚，爲標榜結納號召謀耳。敢道他原不曾信得及在。

今人好談經學，著作紛紛，斷駕勝於傳註，其實於四書白文全然不懂，徒欲以欺世之無目者共相稱歎，使聖人見之，其爲兩觀之誅何逃也。

六經大旨，今已無晦，而爲經說者，必欲起而晦亂之，眞可恨也。

有友人遊返，以遐方講學所著圖書曆數之辨見示，其說最淺陋可笑，而讕詆古昔，狎侮聖言，蠻村騃鄙，敢於無知妄作如此，皆世道人心之憂。無論其粗疏謬劣，即一開口落筆，已知其不曾讀過此節書來，可歎可哀。

子曰默而識之章

三者原非聖人之極至觀不厭倦二句夫子嘗以自謂可知此所謂謙而又謙也時解定將三者說向高玄乃求深反淺耳

**艾南英文** 開天明道之事古聖人創之而卒未聞聖人之有所緣而起也意者其有在語言文字之先者乎**評**默識不是生知神悟如此說不覺皈依棒喝默識註云不言而存諸心祇是沉潛體會服膺勿失意非不學而知之謂故不言心解一說朱子已明削之至謂語言文字之先有見則直墮異學窠窟矣總因要說得三者過高便有此病或云學不厭卽智敎不倦卽仁仁智卽聖不必泥註中非聖人極至之說曰不厭倦之爲智仁是子貢因夫子自謙中推進一步語看若聖與仁章自分明若此二句是智仁極至夫子豈遽自任乎則可謂云爾已矣其非聖人之極至可知越平實越自歉然若不及越見得聖人意思好聖

人分量。不賴此處擡高要擡高。正是自己見識低。不會聖意耳。

請拈出則事公卿一節。如何擡高作聖人之極至耶。

以默識作冒。統下兩句。末爲不可。固不必定以三平爲不可移易也。但講默識。多混入拈花微笑别傳。斯則大謬不然耳。

默識便是知止境界。

三句看來默識似知止至善。學不厭似明明德。教不倦似新民。只默與不厭倦。見聖人渾然本分如此。看三句氣象如何。問註云三者已非聖人之極至。恐不須如此恢張。曰固是然。於此亦須見箇聖人意中所見底模樣。定不小小。

上三句總要逼起末句。須不是夫子自狀。亦不是泛論。其理意中實有箇現成人在。

子之燕居章

寫得閒曠神奇。是誤贊聃曇法相。若收歸實地。又止得大賢以下甲裏事。與聖人分上懸隔。黄涪翁能道光風霽月四字。故朱子稱其見處甚高。

凡形容氣象語最難。如所謂容舒色愉。自大賢以下。凡爲天姿和緩之人。未嘗無此光景。然非聖人之申申夭夭也。其閒高下等級正多。所謂各家門前自有景致。憑各人舉看。只說得自家說話耳。須胸眼中實見一箇聖人全影始得。

摹擬出箇活的聖人固是難。摹擬他摹擬之詞又是難。

形容平人。尚多不相肖。況形容聖人。而欲得其容色之微、乎。申申夭夭。記者已屬擬似。千載下如何著筆。

都在向上一步尋討。方見聖人分上事。張子三十年做不到也。須到此方知也。

子曰志於道章

道德仁藝公共名目工夫全在上半截。四句總看見兼該交養涵泳無間之妙遞看見先後輕重之義各看見用功得力親切不同處。

金聲文豎儒或挾其一以藏身以爲不可多取於名理或統其一於混沌以爲不必分騖於殊途嗚呼是烏知學問自然之理哉評學者之病不出此二者而下一種尤害道末語所見甚高志據依游云云須不是聖人强差排名色。

首節

志字內有知止義在。

志於道即大學所謂知止也知之則志有定向。

依於仁節

日月至亦是依中事，但分久暫淺深耳。

**艾南英文自記** 此依張子韶也。子韶咏此句云：試看迷途一瞽矇，若還無相豈能通。力行未到安身處，且可依他入箇中。然畢竟不合，爲其看依字淺也。莫若從註爲是。唐宋諸儒説經，未經朱子採取者，猶夏商周之書，爲夫子删去者，終不可傳耳。**評** 自記已分明。然謂子韶看依字淺，却不當其罪。他看得仁字不好耳。故云無相豈能通。他只將仁當箇瞽者之相，則所謂安身處者非仁矣。湛若水教人隨處體認天理，亦近似好話。然其所指之天理，乃子靜之黑腰子也。今欲破諸邪説，須先認取仁字端的。

游於藝節

游藝是徹上徹下事，所以終道德仁之後。

**陳際泰文** 一事不能，爲儒者之所耻云云。**評** 便看得藝淺甚矣。如此只成玩物喪志耳。

道德仁次第秩然定理。至於藝。輕視之。則初學之末節。若序在道德仁之後。則似反重矣。不知藝與道德仁較。則本末輕重固然。然本末自不相離。志據依之時。原脱藝不得。故藝與道德仁相爲終始。在初學肄習。則藝自粗淺。非藝粗淺。爲藝工夫粗淺也。至大成游養之藝。則又爲精微。非藝精微。爲藝工夫精微也。假如灑掃應對進退。子游以爲小子之末。然到聖人動容周旋中禮。不過原是此末事。豈可以聖人之末。同於子夏門人之末乎。工夫到聖處。本原大段已定。這上面神妙。却正在末處。中庸所謂聖人有所不知不能者。不知不能。不礙其爲聖人。更知更能。不又加神妙乎。故游藝序在道德仁後。正自不輕。惟邪學一切以爲支離務外。故將藝看壞。他正不曉得游字境界儘高也。

游藝自初學至成德皆然。不可說依仁後方可及此。但至成德後游處自不同耳。

游藝不坐煞在依仁後，志道據德時皆離藝不得。

朱子云：藝是小學工夫，論先後則藝爲先，三者爲後；論本末則三者爲本，藝爲末。習藝之功固在先，而游者從容潛玩之意又當在後。文中子謂志道據德依仁而後藝可游也，此說自好。玩此一條，則游藝輕重先後之理盡矣。故上三句可次第遞說，而游藝句不可坐煞在依仁後，與依仁相比屬，亦不可將此句另側重，似反精妙於上三句也。

**歸有光文**　凡六藝之訓，先王之所以爲教，與之出入進退俯仰左右，而優游於理趣之博，使之接於耳目，動於四體，而從容於日用之際，則有以見夫道德性命之非內，而事物形器之非外，蓋交養之功。如此其密也。評自金溪以來。總不會明得此義。講章看得末句輕淺。亦坐此弊。

子曰自行束脩以上章

自行束脩以上。極言有來學者無不教之耳。非謂必待束脩也。沾沾於束脩著論。可笑矣。

陳際泰文吾以驗其誠焉。評此意便是。

子曰不憤不啓章

舉字中殺活縱奪作用具在。

是四隅中隨取一隅。故一即是三。若坐煞一隅。則三在一外矣。

子謂顔淵曰用之則行章

郭溶文功名之故。取束於道德。則已素。兵武之略。歸原於學問。則已優。居是世也。爲是事也。不問何途之操。聖賢處此。必有道耳。

評到聖賢真無不可處之時地亦。不分大小事理。如是如是。

首節之要。在兩則字。行藏非聖賢所重。重所以行藏者。子路病處。行藏皆有。非能行而不能藏也。

首節

用之則行兩句須。連讀合看。乃見聖人所謂有是之理。若謂聖賢總以濟世爲心意重行一邊。不見聖賢全身。要大翻成小樣矣。

惟我與爾句。語脉最難襯貼。著一點矜詡傲負之氣。便失聖人當下篤信實證。與指示行藏本領大意矣。

曾點暮春數句。亦是用則行舍則藏。但點只猝乍見得。不如顏子實有諸已耳。

子曰暴虎馮河節

雖說行軍所與。然必也二句。指平生大段言。不粘煞兵事。

必也者也四字最活。如此人方可行軍。能懼能謀。見大本領。不泥定行軍說。

子行誰與。却不於行三軍時擇取也。說至此。仲氏之氣不得不奪。

臨事二字。包舉甚大。聖賢豪傑。王佐儒將。都在此間安身立命。

常人之懼。多在事中事後。須臨事早爲懼。

懼字精神。正與血氣之勇相反。是子路對針。

單講箇懼字。是聖賢主敬本領。此懼字却大。不是此處本分。此處懼字。貼定臨事說。單講不得。要之源頭固自大。懼字生來見得此意本分道理又高一格耳。

**黃淳耀文**士大夫之器之識。必有以超於一將之外。而後可退而爲將。**評**卓論。須知用之則行本領自如是。**文**跳盪之姿。夷大難有餘。安一身不足。**評**夷大難亦未必有餘。**文**內力堅定者。恒先天下而有周身之防。智略恢宏者。雖卽小事而有什全之慮。【評】孔明謹慎。在苟全二句便可見。後世以粗疎不事細行爲豪傑大誤。【文】若斯人者。當其入爲周召。出爲方虎。則從容而兼文武之寄。至於弛兵解職。而奸雄無賊亂之謀。【評】曹操解兵就國不得。可知是賊。【文】不幸萬方糾怒。九宇囂騰。則談笑以折敵人之衝。至於事定功成。而寬然有未施之智。【評】最善形容。學者胸中須常思此種氣象。【文】謀而後能成也。懼而後能謀也。【評】重在成此云謀而後能成。却倒了。蓋臨事而懼。則無喜功輕事之心。好謀而成。則無粗疎潰裂之患。兩句本平說。都是子路對症之劑。懼字對成字。不對謀字。兩而字語勢注重分明。懼在幾先。成周事後。缺一不可。懼爲成謀之本。此又推論之說。非本題正面也。然於理却甚有發明。

成字兼決斷果遂之意，乃見全理。

謀時能審斷決中，固是成，謀後果毅周到，至事成萬全，正是成。陶菴先生文，只見得謀時一半。

人云兵行詭道，純乎功利權詐，用得效時便是道，故當以逆億術數爲主，此不知兵之言也。逆億術數中處少，不中害事處多也。只是先覺無不勝，道德無不服耳。懼而好謀，原是先覺道德中事，非功利權詐之術也。

子曰富而可求也章

富而可求也三句，是反跌語，激出下文甚言不可求耳。

而字及如字，不是游移兩可之辭，大注蘇氏謂爲此語者，特以明其決不可求耳，是點醒語，不是婉商語。

如不可求，主命說爲是，若謂義不可求，如字口氣欠的，聖人言語每下一步以就人。正是決其不可意。

爲下等人。不得不如此說。

不可求。是受多少折磨後。方肯死心塌地。若尚留餘。猶不足使庸子轉省也。

如字神情見。心勞日拙。小人枉自做小人耳。然中道而廻車。及行迷之未遠。從一點醒後。即能猛省勇改。便是聖賢豪傑矣。諸公得無意乎。

從字兼得失說。身分乃高。要之得亦是不可中事。

策蹇而應不求聞達。陳狀而試高蹈[illegible][illegible]。其醜態更甚於馬頭離下。

子在齊聞韶章

季札聞韶曰觀止矣。夫子聞韶曰不圖爲樂之至於斯也。兩者贊歎雖同而境界自別。蓋季札是驟見崖岸驚喜之語。夫子是學習旣久深歎之詞。固不可同日語也。

冉有曰夫子爲衛君乎章

助輒之誤。賢者不免。當時亦皆看錯國君社稷之重。此義之似是而非者。故子貢須問。初問問其義。再問問其心。正子貢善問處。若止是爭讓相較。子貢何須問。得唐之靈武。宋之臨安。何嘗非國君社稷爲重之義耶。怨乎一問。直將從來借義名而助弑逆議論心事都誅盡。

陳子龍文說者謂衛輒爲君。而迎蒯聵以奉之。此似是而不達於勢也。夫國人悅輒而惡聵久矣。假令讓以位而國人弗悅。徒以虛名奉之。則父之圖子也不旋踵。而徒爲天下笑。評此說有病。輒不肎耳。輒果求仁。豈計讓後成敗利鈍哉。

後世俗儒胸中只奈何這得失利害成敗不下。只在這上面計較裝扮。故聖人之道終不可行。看聖人此章直提出箇仁字。則要知於極難處置處。定有箇處置之道。只在求仁上體會自得。那得失利害成敗之計較裝扮。自無由發端也。

論語載此章。微旨正在下一節問答。義理精妙。其所關已不止衛國一事。父子一倫也。而所以定衛案者。已自明盡。

入曰伯夷叔齊何人也節

怨字正要從興盡氣平後看出。

怨乎。是直究隱微。乃子貢善問處。蓋於此際不能無少遺憾。則天理尚未得其正。人心尚未得其安。而當日衛事。猶未可援以爲斷例也。

夷齊當下只是自盡。使得乎天理之正。人心之安而已。若夷去管

齊齊又管夷夷齊又管中子則粘帶回顧私意起而怨從此生矣

**陳際泰文**心之仁可必得者也關於事勢之仁不可必得者也仁在全天倫與仁在全父命與仁在全宗社將擇一而處焉而二子知所去取矣故二子而無中子有中子而不必賢有中子之賢而不必立則伯夷窮而叔齊尤窮即得仁且怨以非得其所求之仁故怨也**評**果別有去取出於天理之正是亦求仁得仁耳夫何窮且夷齊所行之外別有仁可得則夷齊之所求者非仁矣惟其心止在天倫而毫不繫乎國故曰求仁而得仁如此文計較仍是從國起見矣得仁者得其天倫心理之安非得國家事勢之全也總之論理從事勢利害言便與仁字相違背也

不爲子貢本不待問而決所以問者欲求此理之極處至幾微無

憾耳。至印證明徹。更釋然無疑。

上文之問。子貢自質疑端。此句直斷夫子之意。所問非所斷。所斷非所問。正見子貢善問善斷處。

子曰飯疏食飲水章

**歸有光文**云云。**評**此節須先領會箇樂字。朱子云。此樂與貧富自不相干。故謂樂貧者直頭不是。其次云樂道近似矣。然程子云。使顏子以道爲樂。則非顏子矣。朱子解之謂道與我非二物。但熟後便自樂也。其次又以貧窶不累其心爲樂者。此却是倒說。朱子云。胸中自有樂。故貧窶不累其心。不是將那不累其心底做樂。玩此數條。則樂字可會。震川見處未的。於諸病雜犯不少。嘗云。王濟之官至一品。富擬王侯。乃自稱家徒壁立。吾無隔日儲。文字中着一貧字不得。殆不可曉。其沾沾得意。亦止蘄勝於王濟之巳耶。

又歸文聖人者。樂天而忘物者也。評樂天也隔在有其樂而樂天貧富只一般。中間無不如意。若謂聖人處貧而樂。以富貴不如貧賤。故無所慕乎外。則聖門如原憲。亦可以共有此樂矣。何必孔顏哉。只爲後世談道者。自己胸次俗下。不知至道只與世間貪穢垢濁一流。比較高低。稍勝於彼。便自謂迥越。又將聖人放低來看自己。謂聖人不過如是。不知聖人分際。煞是不可窺躋。孔顏所樂。千古少人到手。故欲反照此章之義。須從原憲之介。巢許之逸。老莊之放。都不是此樂。襯出正面。又從不改其樂與樂亦在其中。同是此樂。襯出聖人更上一層。方得真實了義。若將富貴貧賤較量彼此。以一班流俗腥膻肺肝。與聖人比並是非高下。直是不識好惡也。

程子謂不是樂道。又云所以樂者仁而已。或疑道與仁何辨。答子曰。不是樂仁。惟仁故能樂爾。明此意。可知樂道樂仁。未嘗害理却是樂在道與仁外。惟道與我一。故樂。心與仁一。故樂。到得自有其樂時。已不知其爲道爲仁也。故樂字註脚。莫如孟子所性二節極分明。到根心生色不言而喻處。是何胸次。學者試嘗思此氣象來。

亦在其中。與不改其樂。境界自殊。所樂則一。曰不改則非樂陋巷簞瓢也。曰亦在。則非樂疏水曲肱也。亦在得解。横說豎說都是

翫如浮雲三字。不是夷然處之而不驚。亦不是介然逃避而力拒須想聖人當此時處置當如何。纔見得箇如浮雲眞相。

聖人未嘗惡富貴而樂貧。所浮雲者不義之富貴耳。

子曰加我數年章

章世純文明於天之道而於人有餘察矣此可易言也哉評不是天道便難人事便易人事即天道也文易以道陰陽而道貴其中用處其正以中責陰陽而陰陽已不能齊也三畫之卦中一而過與不及居其二六畫之卦中二而過與不及居其四如是而天下之爲中者亦已難矣以正律陰陽而陰陽時相詭也當位者有矣而已有重剛重柔之患不當位固矣而又有所應所乘之差如是而天下之爲正者亦又難矣評提出中正二義可見一部易象都從過處生來觀象玩占而知過所以然之理即可以無大過之道也亦惟聖人能深明其故耳文在易得失之說皆繫以吉凶人即輕於是非之際而莫不懼於吉凶之間以吉凶深明乎得失是非故其道可以愉於愚民而本之陰陽以爲端者在神聖又可深求而不盡也評易中得失是非自見但

易主卜筮。故以吉凶言多耳。非以此動愚民也。若將易只在吉凶禍福上看。只此一點意旨便與易理。與聖人學易之理。千里萬里。

子所雅言章

此言聖人尋常言語之間。引据辨說。大約不出此耳。不是日提此三經爲課程也。

是記者久而見得。指出示人。非夫子懸經立教也。

不是聖人以此立教。亦不是偶然道及。須看記者熟之平日。參之同人。悟得聖言大都不離近是。雅字情景義旨乃得。

此題寫聖人意思不得。聖人原未嘗立定齋課。須列經義。如近日講堂規式也。全是記者親炙習傳日久。覺得聖言不離乎此。看首末二句。記者指數神理唱歎不盡。皆在所字皆字得之。

聖人初不曾立箇綱宗，謂言必軌於此。在聞言者亦隨人隨時各受教而退，未嘗總聚同參。如後來語録公案也。記者日久熟會得如此，筆之於書，令後人領會聖人教人全身，其意無窮。是記者留心總記語，亦是記者悟出聖人用處皆雅言句，記者亦無限意思。

首喝一句，末又復繳一句，中間列數一句，純是記者會通從前語言，從中指點綱宗出來，與學者做思議。

子曰我非生而知之者章

我字句讀斷，兩者字自相照應，非字與也字相照應。

此章我字與多學而識章予字同例，最重要。先將此字懸起一箇現成孔子在前，而後分别出我之爲我，不是那樣，是這樣，做成底。故兩者字緊與我字相應，也字緊與非字相應，若呆寫好古斂求。神理失矣。

人因兩者字。遂將兩句作兩項人。然細思生而知之。固有此一等名號。若好古敏以求之。乃夫子自述其平生。與學而知之等不同。不可作大家名號看。

此是夫子自辨其向來得力。從見成地位說。不講以後工夫。

或謂下句不宜說做求知。亦不須如此說。看註首句云不待學而知。則下句爲學而知。於理亦無害。我字兩之字自相應。大段與子貢一貫章予字之字相似。都在聖人所得學問言。原主知一邊耳。

謂求之不當竟作求知。恐添礙語氣。是也。然所謂求之。正云我之所以知者。乃好古敏求而得之者耳。知有生知有學知困知。聖人辭生字而居好敏耳。未嘗辭知而居求也。爲避求知而反添出不居知。同爲添礙。然求知之礙在語句。不居知之礙在道理矣。聖門功夫最重知。如何不居。

**陳際泰文** 生而知之。其知幾何。故必學以廣之。**評** 生知神明不測。豈無幾何之知耶。但是生知聖人也。廢不得好古敏求。此是孔子實狀。却在自已口中難下。孔子說生知。是極尊崇不可思議之人。故曰我非。今將生知自已說。輕便失其理。且如其言。乃良知。非生知也。

謂夫子自已放低一步引人。是聖人打誑語也。謂夫子實止好古敏求。又是矮漢觀劇之論。如夫子之好古敏求。乃其所以爲生知。猶爲誨不厭倦之正。唯聖仁也。

實是生知。實是好古敏求。此聖人全體也。只恐人推委生知。不肯去好古敏求。此聖人至教也。須體會此兩重。

聖人實是生知。實是好古敏求。實不自以爲生知。實不自知其好古敏求之出於生知也。既自言其得力。亦即以此誘人。一片深情難畫。

論正面。原是聖人自明以勉人。尹氏又從勉人推轉聖人本分說。故列在圈外。

夫子實自不以爲生知。若異端論學。多不知不覺說入生知去。大約喜直捷簡易。畏義理之艱。便致如此。如朱子謂陸子靜學知以下一切都廢。是也。

子曰三人行章

三人行。人字中有我在。

人是極微。三人是極少。三人行是極暫。愈說得人字微。下師字便透。愈說得三人少。下兩其字便透。愈說得三人行是暫。下擇字從字改字便透。

此師字正要看得極活。一必字觸處遇之。

聖賢學問，仰有掇，俯有拾，隨處皆有所取益。今世謹愿之士，深居支戶，不肯見一箇不好人，不知接遇不善，亦儘有鍜鍊處。講聖賢道理，尚有掩却一半，必不肯看一部不好書，不知辨析羣言亦儘有受益處。凡此只緣有箇我在，正要兩邊辨别完全耳。

此言無地無取益之處。其善者，即就三人中彼兩人分别。必有彼善於此者，故善字極活，非全體至善之謂也。

子曰天生德於予章

天生此德於予，自無死桓魋之理。只在生德上看，非謂天生德後又必保護此德也。既生後，天更無保護處，但雖不保護，必無此死法，夫子亦只在德上信得眞耳。

子曰二三子以我爲隱乎章

二三子疑團。從過求高遠來。過求高遠。從實地少工夫來。

子以四教章

此與雅言章。皆門人習久共悟。而舉其大要如此。亦門人身心所得。耳目所有。聖人固未嘗立此條規課程也。

此與雅言章。皆要放下一步看。聖人越見得聖人無行不與下學上達之妙。

四者只是孔門學規。聖人造就之妙。有不盡此者。然亦不離此也。

四者於衆人看。則有材質科分之不同。於一人看。則有時候次第之不一。

**王庭文**忠其所自盡也。內以盡己。故無所私於己。外以盡物。故無所蘄於物。信其所不欺也。內不以欺心。故無二三於心。外不以欺人故無巧詐於人。**評**忠信二字最易混看他分别處各兼內外說更好。

四教直達至處徹上徹下。

戴曾伯講義云著書滿家發言成霆談於僚友者難以質於臧獲號於鄉閭者難以合於閨門古人沿其一而可通其四今人一不成而四有餘喪以視近之俗學僞學不更可憫痛乎。

子曰聖人吾不得而見之矣章

首二節

斯可矣三字原不是慰幸亦不是絶望。

**錢禧文**善人懿行也天既善矣尤以人而成其天焉質既善矣又以行而佐其質焉**評**分疏善人確若但言質美何至不得而見

亡而爲有節

之良知。非孟子之良知也

子曰仁遠乎哉章

此節爲放而不求反以爲遠者言。當下指點他轉來反求耳。不是求仁無工夫。未說到工夫處也。

遠字。原爲陷溺後一種人謂之。

【金聲文】討一日之間。盡爲夜息。居處與人。精神之徵逐而莫能以自淡者。何限也。【評】聖學之仁。却不離此上說。【文】我誠解一念之縛。達觀乎天地。無有如吾仁之大也。【評】我欲仁不是此境界。【文】誠欲之我。此時即不敢謂宿習俱捐。浮氣俱盡。而我之耳目聞見。已别有天地矣。【評】此是說動處。不是說盡處。幹補得好。然他所下語却純是禪。須辨取似是而非。【文】誠欲之我。此時即不敢謂聖賢無功。任道無程。而我之俯仰出入。已杳無身世矣。【評】亦不論工夫幹補得更好。在禪家便是更須保任。文仁之爲學也來不知其所自往不知其所歸。雖志仁之堅。非必能專其力以守吾仁也。評可知正有工夫在。雪嶠亦云。悟道易得道難。似此語句。眞令人莫辨。文等而上之。有依焉而弗去。則欲之極而無欲者也。無仁可至也。評上等不復見欲至則是。却不可謂無欲無仁可至。此語病不小。文遠不遠。吾亦不能解其所以然也。欲仁者自驗之矣。評徼轉乎哉。指點意好。在慧能亦云。密在汝邊。

〇通節大旨。爲遠字辨論。只在反求當下指示。不論前後際。不論工夫。不論火候。到不到。查滓淨不淨。覷透此意。眞說得精靈警動。然他所言只是禪。與聖學迥別。蓋指示反求機法相同。而其所反求之本領則異。此所謂彌近理而愈失眞者也。不近不足以惑賢智。試從吾細批抹處思之自見。

若謂此心纔提即在此，只說得心，未可言仁也。上蔡以知覺訓仁，病亦坐此。後來學術毫釐之差，皆始於此。仁者心之德，心只是虚靈不昧，故能藏仁，非虚靈不昧即仁也。惟其虚靈不昧，爲最活之物，故有人心道心之分。仁者道心也，欲仁即道心之動處，故曰欲仁仁至。

此欲字是虚字，只訓要字耳。人每混入理欲欲字看實做，不特理謬，直文不通矣。

陳司敗問昭公知禮乎章

首節

昭公原有知禮之名，故司敗疑問。

孔子退節

揖巫馬期以下神情，俱從上退字接出。孔子不多一言，亦不許司

敗多一言默然而退司敗一肚皮不合時宜無處發泄逢人便如孔子急欲發泄出來不必定是巫馬期也實有此一段迫不能待神情

黨只在言論上說指議論扶同徇私而言

吳孟子三字中有昭公之謂有國人之謂孟子二字昭公以愚人者國人因其愚而愚之上加一吳字昭公固不得而罪之而聞者絕倒矣此一時情事想當然

昭公只以孟子二字諱人耳如經傳中孟子聲子之類未有書國者昭公豈反自加吳字作此處無銀計耶

玩君而知禮而字司敗意僅以不知禮目昭公爲猶輕也

**章世純文**云云**艾千子**國語一段司空季子逢君之惡附會其說以娶懷嬴耳大力奈何信之據以入文雖百世不通自周人始

然黄帝爲姬，炎帝爲姜，是同胞兄弟可通婚姻也。四母之子，别爲十二姓，是同父異母兄弟可通婚姻也。無稽之談，聖門所不道。評古書中説數害道者甚多，不可憑以立論，使瀆倫内亂而曰亦猶行古之道也。非其説之罪乎？艾評甚有裨於世道。

子與人歌而善章

此章須從聖人全體想像其妙。古人謂鄉黨一篇正是聖人樣子，亦是此意。若坐煞歌上，與鏤氷畫脂等矣。

因小見大，看聖人於一細事，全體皆現，故此題不妨推演盡量。只患不肖聖人模樣耳。

只此一細事，而聖人成己成物、德性問學之美，有不可勝求者。會得此意，即在歌中已見全體大用。不會時，儘他鋪張攀擠，轉寫得記者沒意思，聖人小家數也。

而善而字自活相不曾有所專指因其善故使再歌欲得其詳耳非謂反之而歌乃善也

附此章文

天高地下萬物散殊善流行於其間無所往而不與人遇也顧遇恒人則善日見少而遇聖人則善日見多何則聖人之心精斯其入之也深故一善而衆善出焉聖人之心虚斯其感之也全故小善而大善備焉聖人之心誠斯其出之也敬慎而周密故一事之善而德性尊焉聖人之心和斯其接之也易直而安詳故一時之善而氣象備焉聖人之心公斯其及之也廣大而不遺故天下之善而一人受焉一人之善而天下受焉於何見之於子與人歌見之名卿贈畣而賦雅頌之章猶存拜賡規諫之義閭里謳吟而來倡和之什不失采風問俗之心此有取乎歌

也。予與人歌。予亦猶是也。或言短而意彌長。述者之所感爲作者之所未傳。或情深而聲彌淡。聽者之所悟。爲歌者之所未覺此有取乎歌之善也。予與人歌而善。予亦猶是也。而予之心則已與善相深矣。忽而聞焉。欲其善之與我洽也。聲輟而善隨逸焉。則彼之曲折未盡出也。夫所謂曲折者。人能之。人未即解之予解之。予又未即能之。如是而人之善隱。予之善亦隱矣。必使反之。則人所能者亦解焉。予所解者亦能焉。而曲折乃盡出也而予之心。則已與善相發矣。漸而即焉。喜其善之與我親也。理得而善斯秘焉。則我之畛域未盡化也。夫所謂畛域者。人有之予未嘗無之。予有之。人安得有之。如是而人之善微。予之善亦微矣。而後和之。則人所有者固有焉。人所無者亦有焉。而畛域乃盡化也。然則一歌也。而聖心之精且深也如此。其虛而感之大也如此其誠敬周密也如此其和易而安詳也如此其公而無可私廣大而不遺也如此此可爲天下取善之法矣善之來也無端其往也亦無端寂然而生我無以留之則竟謝焉矣我不欲謝之則亦竟留焉矣其中至賾其外至庸無心者不能取而有心者取之聖人所以有窮理格物之學也此可爲天下與善之則矣善之大也無量其細也亦無量紛然而至以一人盡之而已盡於一人矣不以一人盡之而并盡乎天下矣其用萬殊其體一本有心者不能與而無心者與之聖人所以有存神過化之功也

子曰文莫吾猶人也章

**歸有光文**言以明道而發之成章者謂之文**評**文即言也得此疏解尤明**文**能文之士方馳騁於浮華支詞漫衍而世皆求工其

所已至云云。評韓柳歐蘇諸公皆不出此言。其餘尚未能及此耳。韓歐亦止是爲文章帶得幾分道理耳。況其他詞章之陋者乎。

文字照註作言爲的。躬行君子四字囫圇不拆。固不可講做君子躬行。亦不是躬行之君子。蓋君子二字。是指君子之道。非美其人而予之名也。君子二字。是言所行之則。作實理看。非稱美之號也。故謝氏謂猶言君子道者三。我無能焉。朱子謂與君子之道四。丘未能一焉之意同。當作躬行君子之道講。四字囫圇出。

金聲文今天下所不足豈文哉。非不澤一世之耳目。使反而問焉。而不必有益於吾之身。亦自關古今之問學。然舉而措之。而或不能無疑於其所行。評文人名士。下梢全無把鼻。如是如是。文天生聖賢之意，期有以獨貴，而立於世之所不足，使敝敝焉爲衆人之所公爲，則亦衆人焉已矣。評如此說，却是虚憍之氣，聖人所謂躬行君子，意極平實，况躬行亦衆所公者，但不肯耳。雖不尚文，而躬行未盡，亦不得爲君子。

文行相須，原無偏廢之理，夫子正只患奪志耳。

此節語味，有重有輕，有疑有信，有曲有直，却只是一氣轉注。

文原只是講所以躬行之理，只爲學文人便將來但作説話説了。程子所以譏其玩物喪志也，爲如此。若子以四教，卻是文作第一件，弟子行有餘力則以學文，朱子謂不學文則所失不止於固陋而已，又何嘗不重文也。近世學者，恐文章之士易走作，遂至以學文爲禁，而所取率皆鄙瑣不𪫺不𢤱之物，即有一二拘謹之士，下梢亦無展拓，只爲此章書看得不融貫，將文行打作兩橛便生出多少病痛耳。

後儒易惑於異學也只爲他說來頗似聖言。大略如聖人說文行緩急。他便道文字支離。知行合一。亦似重行之義。不知他輕文便欲不立語言文字。非聖人輕文本意。他重行。只要行他所見非聖人所重之行也。看聖人躬行下急著箇君子。便有箇篤信好學。聖賢準則在。他卻說效先覺之所爲。亦是專求諸外。直敢道求之吾心而非。雖言之出於孔子不敢信以爲是。然則其所重之行。決與聖賢異矣。故離君子而說躬行。行字便沒著落。以此知聖人之言。字字切實。不可易也。

後來異端立說。亦似輕文重行。然所行實非君子之道。朱子謂他只要踐履他的說耳。

子曰若聖與仁章

夫子雖不居聖仁之名。然觀其所言。正已得聖仁之實。此是公西華意中語。若謂夫子自己維度辭其名而居其實。則是聖人假謙虛打誑語矣。

抑字轉。是夫子自有安身立命處。不是徒謙讓未遑讓第一等事與別人做也。之字即指聖仁而言。爲字煞有實際。不厭須從爲之看出。蓋惟爲乃易生厭也。

爲之謂爲聖仁。脫却聖仁。空講爲字者。非也。

或謂爲誨不宜根定聖仁。不知阿誰不通學究敢如此亂道。註中明白說爲之謂爲聖仁之道。誨人亦謂以此教人。汝曹偏不曾見何也。總是正學不明。皆務爲圓通而惡切實。故其弊至此。

弟子不能正指不厭倦而言。若爲誨則大家日用分內。孔門弟子。舍此更有何事。如何不能耶。

不厭倦。正是夫子之聖仁處。公西所以說不能學。

不能學。只指不厭倦爲是。

子疾病子路請禱章

子曰丘之禱久矣。即此見禱之有理。即此見禱之無益。即此見聖人之敬天持身。旦明不失其辭氣之間。如春水方至。百川灌河。絕澗枯渠。無不充溢。古人云學者最要識得聖賢氣象。試從理會來。

子曰奢則不孫章

儉字尚從禮中出來。儉非即固也。儉則固耳。其間有漸積有流弊。如晏子一狐裘三十年。可謂之儉。然君子作法於儉。其失則固。故禮不可不慎也。今有家累巨萬。而慢薄行乎骨肉。苛刻及乎里閭。作法於鄙。無所不至矣。那得援此二字以自文乎。

子曰君子坦蕩蕩章

註中循理二字是坦蕩蕩眞本領即所謂本天者也若只向心上尋坦蕩蕩氣象到得晉人說老莊止矣分別出曠達一流方見君子眞相

坦字不應與蕩蕩分對

坦蕩蕩三字直下言坦然無適而不寬廣也故坦字只在蕩蕩二字上看有以平寬相對則坦與蕩蕩分兩義矣下長戚戚又作何解故知坦字當與長字相照會也

陳子龍文君子之得志也布公於時推誠於衆而小人之得志也矯情欺世常懷他日之慮評小人之長戚戚亦不專防人禍此章言君子小人心體之不同雖處窮達險夷獨居與衆寂靜感動時無不然者非獨指用人禦世也文以率直之性而當陰相

伺察之人，則君子必敗，小人必勝。評君子神明通達，變化不居，而其體自平曠。今日君子必敗，不敵小人，則是以坦蕩蕩爲大呆子也，豈其然乎。

子温而厲章

下半句只完上一字，不是兩件德美。

厲與不猛與安，正是形容温威恭圓相，而字是併合語，非轉換語。只做温威恭之妙極是，若做六件支對誤矣。

是記者形容，聖人未嘗自知其然。此意亦人所共知，但於自然中看出聖人自有工夫主宰處，有積厚自流處，乃爲有學問之言。

呂子評語正編卷十終